Edith Niedieck, Jahrgang 1963, lebt und arbeitet in Köln. Nach dem BWL-Studium war sie Texterin in einer renommierten Münchener Werbeagentur. Verheiratet mit Mike Niedieck, Sohn des legendären Kölner Swingmusikers Charly Niedieck, seinerzeit auch Bassist des Kölner Eilemann-Trios. *Geheimniskrämer* ist ihr zweiter Krimi bei **cmz**.

Für dich und für euch und für Felix voller Glück

Inhalt

Die Personen

Ferdinand Krämer, Inhaber der Rheinischen Überlandwerke (RÜW), Investor, liebt die Jagd ebenso wie seine kleine Jacht, konsumiert üppig Schokolade und Lakritz – trotz seines Gewichts und obwohl er Verschwendung nicht leiden kann –, hat ein Faible für Innovationen, lässt ständig den Fernseher laufen und behält die Fernbedienung im Auge – sehr zum Leidwesen seiner Frau Johanna.

Raphael Brandt, Kommissar mit Tiefgang, Freund kulinarischer Genüsse, Spezialist für delikate Kriminalfälle und Gastprofessor am Institute for Criminal Science, als gebürtiges Nordlicht will er nicht mehr für Milchreis oder ein kühles Pils auf kölsche Tapas oder den Dom verzichten.

Jean Baptist Frings, engster und ältester Freund von Krämer, gehört zur Kölner High Society, bestens vernetzter Unternehmer, verheiratet mit Agi, ist am liebsten prominent, will von allen gemocht werden und seine heile Welt vor Beschmutzung bewahren.

Noah Fellinger, Vertriebsleiter der RÜW, sozial engagiert, verheiratet mit Caro, verbringt – nicht reich, nicht arm – ein unbescholtenes Leben in Reih und Glied.

David Kasperski, Biologe, IT-Spezialist, Umweltaktivist, klettert Energiekonzernen aufs Dach – auch wenn er nach Touren mit dem Jetski Wasser predigt und Wein trinkt.

Johanna Krämer, mütterliche Gattin von Ferdinand Krämer, kontrolliert, hat Recht und den Kühlschrank immer voll, will das Dach begrünen, aber kein Bio kaufen.

Agi Frings, Ehefrau von Jean Baptist Frings, neugierig, positiv, geht schlankweg auf ihre Ziele los, hat den Hula-Hoop und eine Zwitscherbox für sich entdeckt.

Caro Fellinger, Ehefrau von Noah Fellinger, fühlt sich beschützt in Blümchenschlafanzügen, erdet sich durch Theater und Bücher, läuft gern auf Socken, kann aber auch auf hohen Absätzen aufrecht gehen.

Lucas Fellinger, Einserschüler, beharrlich, sympathisch, liebt Sprachen, Fischstäbchen und Youngtimer, möchte dem Reihenhaus-Einerlei mit dem Wohnmobil entfliehen.

Florian Reil, genannt Flo, Ex-Lover von Caro, treibt seine Spielchen und läuft mit leeren Taschen herum.

Tim Hofer, Pressesprecher der RÜW, langweilt sich nie, weil er Krämer berät und dabei kein Kontra scheut.

Herr Ulrich, Leiter einer Sozialeinrichtung, viel zu glatt rasiert mit übergroßer Brille auf rundem Gesicht, flötet er durch die Zahnlücke in den höchsten Tönen von seinem Engagement.

Valerie, Assistentin von Ferdinand Krämer, jung, nett, aber taxiert ihr Gegenüber mit unberechenbarem Blick.

Aus dem Nichts

Warten war so überflüssig wie ein Loch im Kopf. Offenbar sollte er an Hunger sterben. Ausgerechnet er! Wer klärte dann seinen Tod auf? Raphael Brandt biss sich auf die Unterlippe. Beim Gedanken an die kölschen Tapas lief ihm das Wasser im Mund zusammen. Frikadellen, Reibeküchlein mit Tartar, Speckschnittchen … unheimlich lecker und einfach bestellt, aber noch längst nicht geliefert. Er seufzte. Immer diese Experimente. Von Essen auf Rädern war er Gott sei Dank noch Lichtjahre entfernt. Das neue Kölner Veggie-Taxi von seiner Wohnung anscheinend auch. Aber warum sollte er sich aufregen? Was änderte das schon?

Ein Kranich mischte sich in sein Selbstgespräch ein. Die Rufe der imposanten Vögel drangen aus den Rheinauen bis nach oben. Vor zwei Jahren war er abends noch in Oldenburg nach Hause gekommen. Dort war es behaglich gewesen, aber jetzt war es himmlisch! Schiffe zogen malerisch am Haus entlang. Und als wäre sie extra bestellt worden, warf die Abendsonne ihr goldenes Licht über die Dächer, die zusehends von Schatten eingefangen wurden. Nicht ein Hauch ging durch die lichten Kronen der braunen Lorbeerbaume, die er schon lange nicht mehr gegossen hatte.

Brandt schlürfte in kleinen Schlucken seinen Kaffee, die kühle Märzluft ließ den schwarzen Wachhalter dampfen. Langsam hob er das Kinn, beugte sich leicht über die Brüstung und blickte mehr als einhundert Meter in die Tiefe. Plötzlich ein Flattern. Ein Taubenschlag. Etwas Weißes klatschte neben ihm auf das Geländer. Erschrocken duckte er sich. Der Löffel in seiner Tasse wäre fast ins Auge gegangen. Schnell deponierte er den Becher auf dem nicht sehr breiten, aber ellenlangen Balkon und suchte den Himmel nach dem Flüchtigen ab. Seltsamer Vogel.

Brandt lächelte. Das dachten seine Kollegen aus dem Polizeipräsidium auch über ihn. Als er entschieden hatte, ins obere

Drittel des imposanten Colonia-Hochhauses in Riehl zu ziehen, erntete er nur Spott. Sollten die getrost über das längst antiquierte Schmuddelimage von Hochhäusern lästern. Für ihn lebte es sich fantastisch in diesem Turm, der den Namen seines Bauherrn trug. Demnach war er jetzt sogar ein Colonialist. Aus historischen Gründen ganz wichtig mit C am Anfang statt mit K, wie er gerne scherzhaft erläuterte. Ein bisschen stolz war er schon – auf seine Wohnung über Eck, die sich damit gleich in zwei Richtungen öffnete. Eine lärmfreie Alternative zu seiner niedersächsischen Heimatstadt mit einer beneidenswerten Aussicht, zum Rhein und zum Dom bis hin zum Bergischen Land und dem Siebengebirge. Manchmal konnte er sogar noch einen Blick auf die Skyline von Düsseldorf erhaschen.

Es war bereits dunkel gewesen, als er die Eigentumswohnung in diesem Riesen besichtigt hatte und Köln unter ihm magisch leuchtete. Fulminant, dass er dieses Immobilienangebot unweit des Zoos erhielt, vom Makler, der ein Freund des Polizeirats war. Netzwerken war nichts anderes als systematisches Kaffeetrinken mit den richtigen Personen. Wann sonst konnte es für ihn einen passenderen Zeitpunkt geben, um zu investieren? Ein Prozent Zinsen, zwei Prozent Tilgung. Waren bei fünfhunderttausend Euro, fünfzehntausend im Jahr, also zwölfhundertfünfzig im Monat. Das sollte bei seinem Gehalt zu rocken sein. Wenn nicht, hieße es, die Familienvilla in Oldenburg zu verkaufen. Das wollte er natürlich unbedingt vermeiden. Unabhängig davon, dass seine Urgroßeltern, Großeltern und Eltern sich geschlossen im Grabe umdrehen würden.

Brandt rieb sich über die Oberarme. Warum konnte sein Pullover nicht weicher sein? Zumal dieses edle Fair-Trade-Teil so teuer gewesen war. Wie ein kratziges Fell klebte die Wolle an seinem Körper. Nichtsdestotrotz fühlte er sich wohl in seiner Haut. Lediglich seine Kehle war rau wie Sandpapier. Er ging in den offen gestalteten Raum, schob die Balkontür zu und atmete tief ein. Es roch nach frischem Holz … nach Farbe und Lack …

und irgendwie nach Zukunft. Wohnzimmer und Küche hatte er zusammenlegen lassen. Dieser gesamte Bereich war sein Homeoffice, das ursprüngliche Arbeitszimmer sein Kleiderschrank. Er hatte alles geändert. Alles. Er hatte nicht nur umgebaut – er hatte sein Leben neu eingerichtet. Dieser Zauber, der ihm bisher nur unterschwellig bewusst gewesen war, wurde ihm jetzt schlagartig klar. Seine urbane Freiheit hatte mit dem Einzug in dieses außergewöhnliche Objekt begonnen. Nun freute er sich auf einen schönen, kräftigen Wein, stellte den geöffneten Primitivo auf den Schreibtisch und hielt das leere Rotweinglas prüfend ins Gegenlicht des laufenden WDR-Programms, als Jean Baptist Frings ihn breit anlächelte.

»Herr Frings, als Inhaber eines renommierten Wirtschaftsconsultingunternehmens, als General der Karnevalsgesellschaft Kölsche Köpp rut-wieß T.G. ...«

»*KöKös*, wie man uns liebevoll nennt«, ergänzte Frings.

»Oha, selbstverständlich. Also, als General der KöKös und als gebürtiger Kölner, aufgewachsen in einer Traditionsfamilie, fällt es Ihnen garantiert nicht schwer, uns zu verraten, ob die Kommunikationsbereitschaft dieser Metropole es einfacher macht, beruflich erfolgreich zu sein?«

Brandt füllte langsam, aber stetig sein Glas und konnte Frings' Antwort kaum erwarten.

Frings zupfte unruhig am Ohrläppchen und kniff die Augen zusammen. »Jede Region hat ihr Netzwerk – nicht nur das Rheinland. Wenn Sie verstehen, was ich meine?«, versuchte er elegant auszuweichen.

Brandt verschluckte sich und hielt das Weinglas weit von sich, bevor ihn ein heftiger Hustenanfall packte. Er rang nach Luft, räusperte sich, Tränen schossen ihm in die Augen. Er wischte sich mit dem Ärmel des Pullovers übers Gesicht, atmete ein paarmal tief durch und nahm behutsam einen neuen Schluck. »Na, der hat Nerven. Nach dem, was ihm in letzter Zeit alles so passiert ist.« Er stellte lauter.

»Herr Frings, wie geht es Ihnen nach dem Mord in der Flora und vor allem nach den vielen Bedrohungen, die Sie erleben mussten? Haben sich die Wogen geglättet und ist das Kölner Wohlfühlmilieu wieder in der Spur?«

Frings zog die Manschetten seines Hemds aus den Jackettärmeln und schob die Rolex in gut sichtbare Position. »Ja, zum Glück ist unser Leben wieder intakt. Aber wenn ich ehrlich bin: Es gelingt mir immer noch nicht, den Weg zur Riehler Redoute entspannt zu gehen«, seufzte er und schaute dabei so traurig zu Boden, als habe der Moderator ihm gerade sein Bobby Car geklaut.

Brandt war fasziniert von Frings' professionellem Auftritt. So jammerte man also, ohne zu jammern. Das Interview begann Brandt Spaß zu machen.

Frings schaltete von jetzt auf gleich um, breitete beide Arme zur Kamera aus und strahlte übers ganze Gesicht: »Sie glauben gar nicht, welch tiefe Demut und Dankbarkeit ich in mir trage. Für so viel Mitgefühl, das mir nach dem Anschlag entgegengebracht wurde. Mein großer Dank gilt auch meiner wunderbaren Ehefrau Agi. Liebes – danke, danke, danke! Danke euch allen.«

Nicht nur Brandt, auch der Moderator fühlte sich anscheinend von Frings gut unterhalten.

»Herr Frings, würden Sie für unsere Zuschauer noch einen Satz vervollständigen: Am liebsten bin ich …?«

»Prominent!«, prustete Brandt lauthals hinaus und drückte dabei versehentlich den roten Knopf der Fernbedienung. Zu dumm, dass er deshalb Frings' Ergänzung verpasste. Aber de facto blieb Brandt ohnehin bei seiner These.

Er schaute auf die Uhr. Warum war er vorhin nicht einkaufen gegangen? Warum musste er immer den Einkaufszettel verlieren? Warum hatte er seine Brieftasche zu Hause vergessen? Darum hatte er jetzt den Salat. Wie ein Storch stolzierte er entlang der Küchenzeile auf und ab und schielte dabei auf die unterschiedlichen Essige und Öle, die penibel sortiert im Regal standen. Er öffnete den Hängeschrank, ließ den Teller erst einmal Teller sein und fischte eine kleine schwarze Cocktailserviette heraus. Ihr weißer Aufdruck entsprach seinem Mantra – satt und glücklich. Ergo hoffte er, dass der Fahrer des Restaurants jeden Moment zustellen würde.

Möglicherweise konnte der Portier, der auch in Notfällen vierundzwanzig Stunden an sieben Tagen der Woche à la James Bond zur Verfügung stand, weiterhelfen.

Er rief also bei 24/7 an.

»Das Colonia-Hochhaus, Sie sprechen mit—«

»Brandt hier!«, unterbrach er die höfliche Männerstimme. »Sagen Sie mal: Ist etwas für mich abgegeben worden?«

»Was soll das sein?«

»Mein Essen.«

»Ihr Abendmahl?«

»So in der Art«, sagte Brandt. »Na ja, eigentlich genau das.« Es stieß ihm sauer auf. »Meine Bestellung müsste längst angekommen sein«, versuchte er es erneut.

»Vielleicht an eine andere Adresse.«

»Das glaube ich nicht.«

Es entstand eine kleine Pause.

»Es tut mir leid. Der Hauseingang ist zwar barrierefrei, aber es wurden keine Speisen für Sie angeliefert. Das wäre mir aufgefallen. Ein barrierefreier Zugang bedeutet nämlich nicht, an mir vorbei zuhuschen«, sagte der Portier schließlich.

Brandt unterdrückte ein Lachen. 24/7 war doch aufgeweckter, als er immer gedacht hatte. Er steckte eine Hand in seine Hosentasche und blickte zum Schachbrett. Da lag ja sein Portemonnaie. Wieder mal hatte er nach dem letzten Spielzug stattdessen den König eingesteckt.

»Kann ich sonst noch etwas für Sie tun?«

Brandt schüttelte den Kopf.

»Kann ich sonst noch etwas für Sie tun?«, wiederholte die Stimme.

»Nein, danke.« Brandt schüttelte noch einmal den Kopf.

»Sollte Ihre Order noch eintreffen, melde ich mich unverzüglich. Und falls wir uns nicht mehr sprechen, wünsche ich Ihnen eine erholsame Nacht.«

Brandt nickte und warf einen zerknirschten Blick auf den Berg an Arbeit, der ihm bevorstand. Na, das sagte sich so einfach. Und nur, wenn man satt war. Wie war noch die Nummer vom Restaurant? Ein Klingeln nahm ihm die Suche ab.

»Sie – wollte ich gerade anrufen! Wo bleiben Sie denn?«, blaffte er ins Telefon.

»Es ist uns sehr, sehr unangenehm, aber unser Fahrer hatte einen Platten und konnte nicht mehr weiterfahren«, erklärte eine hohe Frauenstimme verlegen. »Mittlerweile ist Ihre Bestellung natürlich kalt und nicht mehr genießbar, aber wir können Ihnen selbstverständlich eine Ersatzlieferung anbieten.«

»Heute noch?«

»Selbstverständlich! Warum fragen Sie?«

»Man weiß ja nie.«

»Hi, hi, das stimmt. Also, bis gleich.«

»Selbstverständlich, bis gleich.«

Er leitete ihr Versprechen an seinen Hunger weiter, kaute am letzten Schluck Wein, gönnte sich ein zweites Glas und setzte sich an den schweren, mit Schnitzereien verzierten Schreibtisch. Ein Erbstück seines Vaters. Schon als Knirps hatte er den Wunsch in seine Fußstapfen zu treten.

»Du bist, wie du sitzt«, hatte sein Vater ihm jeden Morgen vor dem Kindergarten erklärt. Also nahm Brandt nach jedem Heimkommen an diesem eindrucksvollen Tisch Platz und half dem Vorsitzenden Richter des Oldenburger Oberlandesgerichts beim Verfertigen von Täterprofilen. Malte bunte Strichmännchen. Die Gestalten tummelten sich auf einer ausgemusterten vergilbten Tapetenrolle. Sie mussten miteinander verwandt sein – sonst wären sie nicht alle so dünn gewesen. Brandt lächelte. Sein Vater war nicht müde geworden, seine kriminalistischen Qualitäten zu würdigen.

Während Brandt die gerahmte Urkunde betrachtete, die er als Gastprofessor am *Institute for Criminal Science* der Universität zu Köln erhalten hatte, beschäftigte sich ein Teil seines Gehirns bereits mit den Masterarbeiten seiner Studenten. Er startete zwei Bildschirme. Seit dem letzten Wintersemester sollten Abschlussarbeiten zusätzlich auch in digitaler Form über ein Online-Portal fristgerecht eingereicht werden. Brandt klickte die letzte Seite jeder Arbeit an. Wer keine unterschriebene eidesstattliche Versicherung angefügt hatte, musste leider wiederholen. Er wusste, dass das bitter war. Aber im Gegensatz zu anderen Professoren kam das bei ihm nur selten vor. Und im Gegensatz zu anderen Professoren prüfte er am liebsten die gedruckten Exemplare. Es machte schließlich auch viel mehr Spaß, einen einzigen Waldspaziergang an der frischen Luft zu genießen, als tausend Herbstbilder auf Pinterest anzuklicken. Es machte so viel mehr Spaß, mit einer großen Tüte Popcorn im Kino zu sitzen, als beim Streamen einzuschlafen. Es machte so viel mehr Spaß, mit Wein und Tapas in Papierfluten abzutauchen, bevor es am nächsten Tag digital weiterging. Also Cheers! Auf seinen Abend.

Brandt rückte zig Kladden zurecht, schnappte sich die oberste und blätterte die Seiten mit Titel und Inhaltsangabe um. Er war gespannt auf das erste Thema, die wissenschaftliche Originalität und die zugrundeliegende Logik. Manchmal ging die Fantasie mit den Studierenden durch. Fantasie war eine mächtige Kraft, die der Menschheit zur Verfügung stand. Auch Mördern.

»Aus dem Hinterhalt«, las er laut vor, schüttelte den Kopf und zückte den Stift mit der *Kölschen Tinte*, um prompt den ersten Kommentar an den Rand zu schreiben – und die Arbeit war lang. Mist, jetzt hatte er gekleckst.

Schnell holte er ein Taschentuch hervor, presste es auf den blutroten Fleck und versuchte sein Malheur zu vertuschen. Unaufhaltsam pauste sich der Punkt durch den Baumwollstoff. Wurde länger und breiter. Wie Löschpapier saugte sich das Gewebe voll. Bevor die Tinte das gestickte Monogramm erreichte, zog er das Tuch ab, zerknüllte es und stopfte es zur Schachfigur in die Hosentasche. Sein Kunstwerk wollte er beim nächsten Drogeriemarktbesuch vorzeigen und dort nach einem Tintenkiller suchen. Den Patzer auf der Masterarbeit verbuchte er als Pech.

Glück verspürte Brandt, als er die schwarze, mit zwei weißen Domspitzen applizierte Kappe auf sein exklusives Schreibgerät steckte. Zur Feier seines neuen Lebens als Kölner Kriminalhauptkommissar hatten liebe Kollegen ihm diese Freude bereitet. Sie wussten, er hatte ein Faible für Schönes und Besonderes aus Traditionshäusern wie Ortloff. Er mochte das leicht schabende Geräusch, wenn der *Kölsche Füller* über das Blatt strich. Er mochte es, wenn man spüren konnte, dass es ein Mensch war, der andere Menschen bewertete. Klecksen war sehr menschlich.

Brandt führte eine Hand zum Rücken, die andere zum Bauch und lehnte sich nach hinten. Die Muskeln krampften, der Magen knurrte, und in einer der Masterarbeiten bedachte ein Student einen brisanten Gerichtsbeschluss mit ungewöhnlich scharfer Kritik. Die Richter hätten durch die Augen der Täter gesehen und Zeugenaussagen in etlichen Punkten nicht geglaubt, lautete seine Einschätzung.

Brandt war mittlerweile überzeugt, dass es ein langer Abend werden würde. Aber er war sowieso ein Schlafloser, stellte die Bildschirmhelligkeit auf Night Shift und verglich, blätterte, prüfte. Prüfte, blätterte und versank in die Masterarbeiten über beispiellose Mordserien. Zweitausend Seiten Abgrund lagen vor ihm – und er war erst auf hundertachtzig, als aus dem Nichts das Licht ausging.

Gute Nacht!

Wie war das möglich? In seinem Schädel hatte sich ein pochender Schmerz eingenistet. Und jetzt das noch: keine Tabletten, kein Strom und null Ahnung, wo er die Energie für die kommenden Stunden hernehmen sollte. Auch nicht die für den leeren Akku seines Handys. Toll. Brandt machte die Augen auf und zu und lauschte dem Aufheulen des Nachtwinds, der stärker schien als sonst. Außerdem war ihm flau, was mit jedem Vorwärtstasten stärker wurde. Er öffnete den Kühlschrank. Nichts. Kein Licht. Eigentlich gut, dass er leer war.

Mit ausgestreckten Armen hangelte er sich weiter voran. Von Lichtschalter zu Lichtschalter, hin zum Sicherungskasten. Mehrfach drückte er die kleinen Hebel runter und hoch. Wieder nichts. Vorsichtig tapste er zurück ins Wohnzimmer. Seine Augen hatten sich allmählich an die Dunkelheit gewöhnt. Sah es draußen ähnlich aus wie drinnen?

Er öffnete die Glasfront einen Spalt und zwängte sich durch. Vereinzelte Regentropfen akupunktierten das Gesicht, der Kopfschmerz war wie weggeblasen.

Mit beiden Händen stützte er sich an der Brustung ab und seine Gedanken überschlugen sich, als er hinüber zur Lanxess Arena, dem Rheinpark und dem Messeturm und weiter flussabwärts nach Mülheim schaute. Rechtsrheinisch war alles beleuchtet und sein Blick wanderte rheinaufwärts. Zwei, drei Binnentanker schlingerten übers Wasser. Ob der Dom noch leuchtete? Ja, er leuchtete noch. Ob die Bastei noch leuchtete? Ja, sie leuchtete noch. Doch ab da …

Er spürte die Kälte durch die engen Maschen seines Pullovers kriechen. Blitze spukten durch die Nacht. Kein Grollen, kein Dauerhupen dröhnte. Keine Laternen, keine City Lights, keine Ampeln brannten. Von Zeit zu Zeit krochen Autos durch die Straßenschluchten. Ihre Scheinwerfer tauchten die Bäume auf der Allee am Ufer in ein schemenhaftes Licht. Brandt verfolgte einen Lichtkegel, bis er irgendwo hinter einer Krümmung verschwand. Die Bürgersteige waren menschenleer. Stellenweise blinkten orangefarbene Pünktchen. Wo sonst das Leben pulsierte, wirkte alles wie gelähmt. Zwei Busse standen quer auf einer Kreuzung. Ein paar Silhouetten wandelten drumherum. Blaue Flecken tanzten an Fassaden. Brandt pendelte gegen eine Böe an. Über ihm knallte ein Fenster zu.

Sie gefiel ihm nicht, die Lage. Sie gefiel ihm ganz und gar nicht. Der Kölner Norden steckte unter einem schwarzen Schleier.

Vielleicht wusste 24/7, was passiert war.

Auf Strümpfen betrat Brandt den langen Flur auf der vierunddreißigsten Etage. Allein der flauschige, bordeauxrote Teppichboden schuf die Stimmung einer gehobenen Hotellobby. Dazu diese Stille. Alles war unendlich still. Ruhe konnte einen derart stören. Hatten die Nachbarn nichts mitbekommen? Rund eintausend Bewohner schienen süß zu träumen. Das gesamte vertikale Dorf bereits im Tiefschlaf?

Eine spärliche Beleuchtung existierte zumindest. Anscheinend waren die Gemeinschaftsbereiche an ein Notstromsystem angeschlossen. Das wunderte ihn nicht. Vor seiner Kaufentscheidung hatte er die riesigen Technikräume besichtigen dürfen. Sie glichen dem Maschinenraum eines Luxuskreuzfahrtschiffs.

Er lief den Gang entlang, vorbei an Wohnungstüren, passierte die etageneigenen Müllschlucker und Briefkästen und drehte sich wiederholt um. Ob die Überwachungskameras noch funktionierten? Und was war mit der Alarmanlage?

An den vier Schnellaufzügen meldete sich erneut sein Magen zu Wort. Aufzüge waren super! Wenn sie fuhren, konnten sie satt machen und Tapas nach oben schaffen.

Leise schlich er weiter und näherte sich der Ausgangstür, die ins Treppenhaus führte. Mit Bedacht betrat er den Absatz und ließ langsam das Schloss hinter sich einschnappen. Auch hier war niemand zu sehen.

Doch.

Es war jemand da. Er spürte es, drückte sich gegen die Hauswand und hörte ein Brummen. Tieffrequent. Ob der elektronisch gesicherte Zugang über das hauseigene Parkhaus auf der dritten Ebene auch am Notstrom angeschlossen war? Oder stand der offen? Eilig nahm er die erste Stufe. Dann die zweite. Dann die dritte. Die waren kein Problem. Auch die folgenden nicht. Auch wenn es viele waren. Und gerade jetzt – viel zu viele. Gut zehn Minuten würde er bis ins Erdgeschoss brauchen. Zurück sähe es bei seiner Kondition für die rund einhundertzehn Höhenmeter vermutlich mau aus.

Er hastete von Etage zu Etage. Die Notbeleuchtung flackerte. Eine Tür schlug zu. Er blieb stehen. Horchte. Auf ein Klacken. So metallisch und hart. Brandt hielt sich am stählernen Handlauf fest. Da, erneut das Klacken. Diesmal war es *sein* Ring gewesen, er schluckte. Verhalten schaute er um die nächste Ecke. Ein Schatten huschte weg. Schritte folgten.

»Hallo?«, rief Brandt. »Hallo, ist da jemand?«

Ein Klopfen. Ein Quietschen. Ruhe. Bis auf das Brummen. Es lärmte immer lauter und ächzte aus dem letzten Lamellengitter der Lüftungsanlage.

Brandt suchte nach seinem Taschentuch. Schläfen und Nacken waren pitschnass und er jagte weiter nach unten. Schneller. Noch schneller. Nahm zwei Stufen auf einmal. Übersprang die letzten fünf, rutschte beinahe auf den Strümpfen aus und riss die Tür vom Erdgeschoss auf.

Hechelnd stand er vor 24/7.

Der Portier guckte ihn fragend an. »Trainieren Sie für unseren alljährlichen Treppenlauf?«

»Gegenfrage: Sind meine Tapas da?«

»Nö.«

Brandt beugte sich vor, richtete sich aber gleich wieder auf und pumpte Luft. Er musste dringend an seiner Fitness arbeiten und zeigte nach draußen auf die dunkle Straße. »Wissen Sie, was passiert ist?«

Der Portier musterte unverhohlen Brandts Socken, und auf seinem Gesicht stand ein Der-geht-mir-auf-den-Senkel-Grinsen. Schließlich zog er die Schultern hoch und schüttelte den Kopf. »Keine Ahnung. Ich kenne den Grund nicht. Stromausfälle können immer passieren. Man muss nicht immer alles so schwarzsehen.«

»Aber es gab keinen Alarm!«

»Warum auch?«, fragte der Portier ungerührt und machte ein Gesicht, als dächte er über ein kniffliges Kreuzworträtsel nach. Dann erklärte er Brandt mit furchtbar wichtiger Miene: »Es brennt nicht. Würde es brennen, hätte das den Alarm ausgelöst.«

»Und bei einem Stromausfall?«

»… schaltet unsere Anlage einfach auf Akkubetrieb um und läuft weiter. Allerdings …«

»Ja?«

»… meldet unser System eine Störung. Das zeigt mir das Bedienfeld der Alarmanlage an.«

»Alle Achtung. Wie schlau ist das denn?« Brandt konnte die altkluge Belehrung von 24/7 auf leeren Magen nur schwer ertragen. Bestimmt war er schon ganz bleich im Gesicht.

Der Portier hingegen verfügte über eine gesunde, sonnenverwöhnte Hautfarbe. Und das war nicht das Einzige, was an ihm frisch aussah. Dunkelblauer Anzug, weißes Hemd, dunkelblaue Krawatte zu grau melierten, vollen Haaren rundeten das Bild eines Vorzeigeconcierges ab. Dazu duftete er nach Zedern. Etwas zu harzig, aber sehr passend zu seiner leicht hölzernen Borniertheit.

Brandt kam zum Punkt. »Was ist denn mit den Wohnungen? Für die gibt es keine Notstromversorgung, oder?«, fragte er und hoffte dadurch, sein Glück zu erzwingen, wenn er schon kein Abendbrot bekam.

Der Portier guckte entgeistert. »Notstrom für die Wohnungen? Nee, das wäre völlig übertrieben!«

»Hm.«

»Wenn man nachts schläft, ist es ja auch dunkel. Oder brauchen Sie dafür Licht?«

»Nein …«

»Gute Nacht!«

Der Absturz

N ein!« Sie tobte. Johanna Krämer verfolgte ihren Mann durch die gesamte untere Etage. Ferdinand Krämer erkannte seine Ehefrau nicht wieder. Er hob den Fuß und kickte gegen die Wohnzimmertür. Mit der Fernbedienung unter der Achsel balancierte er je einen ordentlich aufgeschichteten Stapel aus Lakritzschnecken und frisch gebackenen Schokokeksen auf den Handflächen und schaffte es tatsächlich bis auf die Couch. Sorgfältig positionierte er seine Wackelkandidaten auf jeweils einem grauweißen Bouclékissen und kuschelte sich gemütlich dazwischen. Der Fernseher flimmerte und mit jedem Programmwechsel schob er sich synchron eine Handvoll Kekse, eine Handvoll Lakritz in den Mund. Ein aufregendes Zusammenspiel. Aber dass seine Gattin ihn mit einem Küchenmesser bedrohte, fand er überhaupt nicht lustig. Das hätte er nicht von ihr gedacht. Im Traum nicht.

Krämer schmatzte leise. Dösen war paradiesisch. Vor allem im Gegensatz zu diesem Geschrei …

»Ferdinand!«

Dann herrschte für einen kurzen Moment wieder Stille.

»Ferdinand!« Die dritte Silbe wurde länger.

Gähnend öffnete er einen Spalt breit die Augen, zog unwirsch die Wolldecke über den Kopf und räkelte sich noch einmal.

»Fer…di…nand!«

Er traute seinen Ohren kaum. Seine Herzdame schien tatsächlich im Motzmodus zu sein. Mürrisch richtete er sich auf, dabei purzelte die Fernbedienung auf den Teppich. Unwillkürlich betrachtete er den schwarzen Bildschirm. Richtig, er hatte buchstäblich verpennt, ihn einzuschalten und stierte zunächst Richtung Küche, dann ausgiebig zum Terrassenfenster. Ein blasser Schein ließ vorübergehend feine Schlieren sichtbar werden. Ein paar Blätter, die noch vom Herbst liegengeblieben waren, wirbelten kurz durch die Luft und schwebten langsam zu Boden. Dann war wieder alles dunkel. Stockfinster. Seltsam. Üblicherweise brannte die Außenbeleuchtung des Nachbargrundstücks. Zumindest, wenn es noch vor dreiundzwanzig Uhr war. Er streckte den Arm und knipste die Stehlampe an und aus, an und aus. Keine Reaktion. Aber auch das hatte nicht viel zu sagen. Ihm fiel ein, dass die Birne bereits gestern defekt gewesen war.

Mit Schwung wuchtete er sich hoch, folgte dem Gekeife und fiel im Flur fast über Johannas Füße.

»Ach, auch schon wach?«, stöhnte sie süffisant.

Krämer versuchte die Fassung zu wahren und kramte wortlos in der Flurkommode. Soweit er wusste, befand sich das Teil in diesem Fach. Er hantierte an etwas Länglichem, schaltete die Taschenlampe ein und beleuchtete ihr Gesicht.

»Kannst du mir bitte mal verraten, was hier los ist? Was gibt das, wenn es *fädich* ist?«

»Fertig?«, fragte Johanna empört und klagte übergangslos: »Ich bin völlig erschöpft!« In ihrer Stimme schwang Weinerlichkeit mit und sie scheiterte an dem Versuch, mit zusammengebissenen Zähnen zu lächeln. Abwartend schaute sie ihn mit ihren Kulleraugen an, die ihn normalerweise dahinschmelzen ließen. Zu den hellblauen Augen gehörten energisch geschwungene Brauen, feine Zornesfalten und eine Stupsnase, an der ein Tropfen hing.

»Tempo?« Krämer reichte ihr ein Taschentuch. »So ein Theater zu veranstalten! Warum kauerst du auch hier unten auf dem Treppenabsatz?«, wollte er wissen. »Und, warum hast du einfach im gesamten Haus das Licht ausgeschaltet?«

»Ach nee … das fragt der Richtige. Ausgerechnet du – mit deinem Nachhaltigkeitsfimmel! Sonst beschwerst du dich doch immer, dass ich eine Festbeleuchtung inszeniere. Und danke dafür, wie du es verstehst, mich zu trösten.«

Krämer bemerkte, wie ihm die Röte ins Gesicht stieg, und half ihr endlich auf. Sie zitterte, als stünde sie in einem kalten Wind, aber gleichzeitig stemmte sie bereits wieder die Hände in die Hüften und pustete sich eine blonde Haarsträhne aus dem Gesicht.

Sie war zweifellos hart im Nehmen. Und gewiss im Geben. Ob sie ernsthaft vorhatte, ihn erneut zu beschimpfen und für ihren Absturz verantwortlich zu machen? Dabei hatte er heute Abend nur seine Ruhe gewollt.

»Kann es sein, Johanna, dass beim Bügeln eine Sicherung rausgesprungen ist? Das Eisen ist uralt.«

»Mein lieber Mann, ich war gerade auf dem Weg nach unten, als plötzlich das Licht ausging. Und zwar ohne mein Zutun. Soll heißen: Wir haben keinen Strom!«

»Im gesamten Haus?«

»Woher soll ich das wissen?«, fragte Johanna und rieb sich die Hüfte.

In wenigen raschen Schritten war Krämer am Eingang und riss die Tür mit einer Mischung aus Sorge und Gereiztheit auf. Das konnte er brauchen. Eine umgefallene Mülltonne blockierte den Gehweg. Angestrengt versuchte er etwas zu erkennen. Nur ein leises Schnurren und gelegentliches Fauchen war zu hören. Aus einem stecknadelkopfgroßen Punkt wuchs ein Strahlenbündel heran und verkleinerte sich wieder. Das Geknatter verstummte. Krämer schluckte mühsam und spürte Johannas Blick im Nacken.

War es Wirklichkeit, was er vermutete? Oder nur Einbildung, weil er sich seit Wochen überreizt und übermüdet fühlte. Vielleicht war es nur ein Zwischentief? Vielleicht schien morgen wieder die Sonne? Still schwitzte er vor sich hin, da hörte er Johanna abermals klagen.

»Aua, aua … ahhh!«

Krämer drehte sich zu ihr um.

»Ist es noch sehr windig?«, fragte sie und ihre Stimme klang gepresst.

Er schüttelte den Kopf.

»Was ist denn jetzt los?« Streng schaute sie ihn an.

»Hier geht gar nichts mehr«, sagte er trocken und erntete dafür erneut einen strafenden Blick.

»Das weiß ich! Aber wie kann es sein, dass das Licht nur bei uns aus ist?«

»Ist es nicht.«

»Was willst du damit sagen?« Johannas Ton hatte an Schärfe gewonnen.

Krämer schwieg.

»Was ist, Ferdinand?«

»Es ist unwichtig.«

»Mir aber nicht.«

Das Licht der Taschenlampe wackelte. Mit jeder Faser seines Körpers witterte er Trouble. Zorn brach in ihm los und er hieß ihn willkommen. »Alles aus, einfach aus!« schäumte er über und sein Puls ging auf Anschlag. »Wupp, auf einen Schlag ist alles weg! Überall! Aber dafür ist mein Trauma da!«

»Ich bin dein Trauma?«, fragte Johanna erschrocken und klammerte sich ans Treppengeländer.

»Doch nicht du! Das, was sich da draußen abspielt, könnte mein Albtraum werden. Alles ist tot. Nirgendwo brennt Licht. Und ich vermute, wir sind mit dem Problem nicht allein!«

»Hm, ist ganz Riehl betroffen?«

»Riehl, Niehl, Nippes, Weidenpesch, Mauenheim, Bilderstöckchen, Merkenich … Ich kann es dir nicht sagen!«

»Das ist doch nicht zu fassen! Wir sind in Köln erstklassig vernetzt«, meinte Johanna.

Er fuhr sich über die stoppeligen Haare. »Ich ärgere mich schwarz!«

»Du? Wirklich, Ferdinand. Du ärgerst dich schwarz? Und was ist mit den grünen und blauen Flecken, die ich garantiert bekomme?« Johanna fasste sich ans Steißbein. »Morgen früh können wir wahrscheinlich noch nicht einmal warm duschen. Und Schuld daran sind vermutlich einzig und allein deine Rheinischen Überlandwerke. Welcher Kopf der RÜW das wohl zu verantworten hat?«

»Klar, jetzt bin ich wieder der Buhmann.« Krämer atmete mit einem Seufzer aus. Er hatte im Laufe seiner langen Ehe gelernt, sich möglichst nicht mit Johanna anzulegen. Sie würde alles daransetzen, es ihm bei nächster Gelegenheit heimzuzahlen. Wären seine Jagdklamotten versaut, blieben sie versaut. Hätte er Appetit auf kräftigen Eintopf, gäbe es Low Carb. Würde er die Rallye Dakar planen, führe sie mit ihm Schlitten. Um diese wüsten Gefahren auszuschließen, durfte er Johanna nicht alles auf die Nase binden. Zum Beispiel, dass er wieder einmal eine größere KöKö-Uniform schneidern ließ und bei Renault in Longerich den Elektroflitzer Zoe für sie bestellt hatte. Das Leasing ihres geliebten Countryman lief bald aus. Also durfte sie jetzt besser auch nicht wissen, dass er eigentlich überhaupt keine Zeit mehr für sie und ihre Wehwehchen hatte, und am liebsten schon längst im Wohnzimmer am Tisch und am Handy wäre.

»Komm!«, sagte er mit einer bewusst sonoren Stimme. »Magst du dich auf die Eckbank in der Küche setzen? Pass auf, ich stütze dich … so ist gut … langsam! Gleich haben wir es geschafft.« Dann schnappte er sich Streichhölzer und zündete für Johanna eine Kerze an. Wenn man am liebsten aus der zweiten Reihe agierte, hieß das nicht, dass man nicht wusste, was man wollte. Im Gegenteil. Dafür gab es ein simples Wort: Diplomatie.

»Besorgst du mir wenigstens noch eine Kühlkompresse, bevor der Eisschrank komplett abgetaut ist und die Truhe zum Überlaufen bringt?«, drängelte Johanna.

»Sehr gerne, aber dann muss ich endlich telefonieren – Schatz.«

»Suche erfolgreich?«, fragte Krämer und zog die Wohnzimmertür ein Stück weit zu. »Was Sie nicht sagen … Fehler im Netz … wie Kai aus der Kiste? … Da wäre ich nicht draufgekommen. Und jetzt? … Es gelingt Ihnen nicht, dass der Strom fließt. Ich bitte Sie! Was heißt, der Entstördienst ist dran? … Moment! Geben Sie mir mal den Einsatzleiter«, sagte er in Habachtstellung, tastete nach einem Glas Wasser und trank wie ein Verdurstender. Durch die Zufuhr von Flüssigkeit sollte man angeblich besser fokussieren können. *Trink dich schlau* war ihm sowieso viel lieber als *Trimm dich fit*.

Als der Einsatzleiter ihn besänftigen wollte, setzte Krämer zugleich an:»Drei Probleme haben wir. Erstens: Sie scheinen nicht ganz bei Trost zu sein oder warum geht Ihnen kein Licht auf, wie Sie zu einer flotten Lösung kommen? Zweitens: Wo bleibt Ihr proaktives Arbeiten? Gerade agiles Vorgehen zeichnet Mitarbeiter aus. Ist es so schwer, das umzusetzen? Drittens: Unsere RÜW ist einer der innovativsten Energieversorger der Region. Und das wollen wir auch bleiben. Dafür agieren wir dicht am Puls der Zeit. Die RÜW beliefert mittlerweile über hunderttausend Privat- und Gewerbekunden mit Ökostrom und steuert einen klaren Wachstumskurs. Das gehört zu unserer Historie. Unser größter Marktanteil liegt im Kölner Norden. Und Sie wissen nicht, wann dort wieder das Licht angeht? Und behaupten lapidar, alles sei im grünen Bereich? Legen Sie mal 'ne Schippe drauf!«

Krämer warf sein Smartphone auf die geölte Eichenplatte, wischte sich mit dem Ärmel die Nase und sank verzweifelt auf einen Armlehnstuhl. Er hätte in die Tischkante beißen können. Sowas von.

Zur Beruhigung spielte er mit der Taschenlampe. Ließ den Lichtkegel auf dem massiven Holzboden kreisen. Folgte in Wellenbewegungen den groben Rippen und Knötchen eines ungebleichten Schafwollteppichs. Er mochte den Norden. Er mochte Schafe. Aber Lammfleisch käme bei ihm niemals auf den Grill. Das Lammerleben war viel zu schön, um nur so kurz sein zu dürfen.

Krämers Blick wanderte weiter und streifte synchron mit dem Spot über den Boden. Er glaubte, dort ein Centstück erkannt zu haben. Oder täuschte er sich?

»Wer den Pfennig nicht ehrt«, grübelte er laut. Ob das nach wie vor galt? Ihm kamen die Grundschulzeit in den Sinn und die Einstellung seines engsten Freundes Jean Baptist Frings. Der war fest davon überzeugt, dass man dem Geld entgegengehen müsse. Nur deshalb seien die Frings' und Krämers seit Generationen so erfolgreich. Das klang wie aus einem Poesiealbum der dritten Klasse, aber er wusste genau, was Frings meinte. Der Fuchs. Und in dieser

Sekunde lachte ihn das glänzende Centstück an. Wenigstens eine Suche, die ihm erspart blieb.

Unter Hochspannung griff er aufs Neue zum Telefon. Tapfer horchte Krämer nach:»Wie weit sind Sie? – Es bleibt noch eine Zeitlang düster? Düster ist, dass Sie so tun, als hätten Sie mit Strom noch nie etwas zu tun gehabt. Können oder wollen Sie nicht? Liegt es am Sturm? – Ist es Materialschwäche? – Beeilen Sie sich, nicht pennen!«

»Ich geh schlafen, Ferdinand!«, rief Johanna.

»O Wunder, dass Sie tatsächlich doch noch den Lichtschalter gefunden haben. Woran hat es denn nun gelegen?« Krämer hatte ein paar Stunden später keinerlei Zweifel, dass es eine einfache, dumme Erklärung für den Stromausfall geben musste. Erleichtert griff er nach einem dicken Block und malte mit einem Bleistift schon einmal drei Kreuze über Johannas ungeheure Einkaufsliste. Hoffentlich lag das Nächstliegende nicht fern.

»Ach! Verschleiß war nicht die Ursache? – Und die Böen? – Klar können die den Hochspannungsleitungen normalerweise nichts anhaben, aber was ist mit umgestürzten Bäumen oder herabgefallenen Ästen? – Auch nicht. – Es sind keine Masten umgefallen? – Der Sturm war gar nicht der Auslöser? – Aha, die Böen waren nur lokal?«

Krämer sah zu der Domplastik, die auf einem Absatz in der Wand thronte. »Nein, das muss ein Trugschluss sein!« Hoffentlich merkte der Mann am anderen Ende nicht, wie sein Herz raste. »Das ist in der über einhundertjährigen Firmengeschichte noch nicht vorgekommen!« Senkrecht bohrte er die Mine in das Papier. Die Spitze brach ab.

»Was?«, würgte Krämer hervor. Seine Lippen bewegten sich wie im Gebet. Er brauchte frische Luft.

Unter Strom

P uh, dann kümmert ihr euch schon mal um die Frau, ja? Gut. Ich fahre nachher zu ihr.« Von der Mole her war Geschrei zu hören. Neugierig spähte Brandt im Niehler Hafen zu einem der vier Becken hinüber, konnte aber von den Toren der RÜW aus nichts erkennen. Das Rumpeln einer Tonne, die ein Mann fortrollte, lenkte Brandt ab.

»Die Böen letzte Nacht haben ganz schön gewütet, aber jetzt ist fast alles wieder tippitoppi«, stellte der Mann im Vorbeigehen zufrieden fest.

Es war ein trüber, feuchter Morgen, und wie immer wirkte das kastenartige Gebäude der RÜW auf den ersten Blick nüchtern. Doch heute schien es in einer dumpfen Tristesse gefangen, auch wenn Brandt erkannte, dass die verspiegelte Hülle den Bau je nach Sonnenstand, Tages- und Jahreszeit immer wieder anders aussehen ließ. Mal verschmolz sie mit dem Hafen und dem Himmel, mal erlaubte die Glasfassade Einblicke. An diesem Tag nicht.

Er tastete nach seiner Jackentasche. Sie fühlte sich klamm an, aber wenigstens hatte er sein Portemonnaie nicht vergessen. Diesmal konnte er nach der Arbeit im Supermarkt einkaufen gehen. Diesmal könnte ihm sein Abendessen keine Bauchschmerzen bereiten. Manchmal konnte Geld eben doch glücklich machen. Er schwenkte seinen grünen Smoothie to go wie einen edlen Cognac, nippte an ihm und wollte gerade gehen, als ihm Krämer geschäftsmäßig zackig entgegen kam.

»Herr Brandt mit d und t wie der Zwieback, das ist ja eine Überraschung. Nur der frühe Vogel fängt den Täter?«, scherzte Krämer, und sein Handschlag war glitschig.

»So ähnlich«, sagte Brandt knapp.

»Und was führt Sie zu mir?«

»Ich bin auf dem Weg zum Hambacher Forst, mit einem kleinen Schlenker zu Ihnen. Ich muss Licht in eine dunkle Sache bringen.«

»Wieso? Läuft doch alles wieder, oder?« Krämer schaute nervös auf sein Smartphone.

»Nicht wirklich. Ich hab über Nacht einen bizarren Fall auf den Tisch bekommen. Der Referatsleiter aus Aachen hat den Referatsleiter der Kripo Köln um Hilfe und um unsere Ermittlung vor Ort gebeten. Im Morgengrauen haben Jogger auf dem Parkplatz am Hambacher Forst eine grausame Entdeckung gemacht. Die Spurensicherung ist bereits dort.«

»Öfter mal *jet Neues*«, alberte Krämer weiter.

»Neu ist vor allem, dass wir ein Dienstfahrzeug der RÜW gefunden haben«, erwiderte Brandt ernst.

»Toll. Ich meine, das ist natürlich nicht toll«, hüstelte Krämer.

»Und wir haben eine Visitenkarte Ihres Vertriebsleiters gefunden.« Brandt hielt inne und gab Krämer die Möglichkeit zu einer Reaktion. Als dieser nichts sagte, fuhr er fort. »Und dazu haben wir vor allem die passende Leiche.«

»Bitte? Aber nicht Noah Fellinger!«, stieß Krämer hervor, so laut, dass der Mann mit dem lärmenden Häcksler fragend herübersah.

»Erschossen!«, klärte Brandt Krämer auf.

»*Dress!*«

»Ja, Scheiße.«

»Das gibt's doch nicht!«

In Zeitlupe senkte und hob Brandt den Kopf. »Doch.« Dabei schaute er Krämer prüfend an. Krämers Gesicht war kalkweiß bis auf die dunklen Ringe unter seinen blaugrauen Augen.

»Wie furchtbar! Wer macht denn so etwas?« Krämer knöpfte seinen etwas zu schmal geschnittenen Blazermantel auf und direkt wieder zu. Ein an einem dünnen Faden hängender Goldknopf drohte abzufallen. »Das ist ja ein dickes Ding! Sind Sie denn sicher?«

»Ganz sicher.«

»Merkwürdig. Ermordet. Einfach so. Was ist denn passiert?«

»Tja …«

»Gibt es Zeugen?«

»Könnte sein.«

»Die Jogger, ne? Vielleicht haben die Jogger jemanden gesehen?«

»Das bringt mich zu der Frage, wann haben *Sie* ihn das letzte Mal gesehen?«

»Fellinger? Äh ... gestern ... irgendwann nachmittags.«

»War er anders als sonst?«, hakte Brandt nach.

Krämer schüttelte den Kopf und murmelte: »Klingt nach Ruhe vor dem nächsten Sturm.«

»Wieso Ruhe? Was meinen Sie damit?«

»Na, dass der nächste Ärger bereits ins Haus stehen könnte.«

Krämer starrte auf den Eingang der RÜW.

»Ihr Mund steht offen«, sagte Brandt.

»Ja, wie es scheint, ist die Nacht an uns allen nicht spurlos vorbeigegangen. Wollen Sie einen Kaffee?«, fragte Krämer.

»Ein andermal.« Brandt zeigte auf den grünen Smoothie. Außerdem brannte es ihm unter den Nägeln. Er wollte unbedingt zum Tatort. Doch auf der anderen Seite ... Vielleicht konnte er hier noch etwas über Fellinger erfahren?

»Ich muss jedenfalls rein, ich stehe mächtig unter Strom. Sie können ja trotzdem mitkommen«, schlug Krämer vor.

»Okay, aber ich habe nicht viel Zeit.«

Als sie nacheinander durch eine Drehtür die RÜW betraten, schallte ihnen lautes Klingeln entgegen. Ohne sich zu grüßen, hasteten Menschen mit ihren Handys am Ohr aneinander vorbei und eilten an ihre Plätze. Türen knallten.

»Was war das denn?«, fragte Brandt.

»Einfach ignorieren. Heute ist halt kein normaler Tag«, antwortete Krämer. »Ich bleib entspannt.«

Irritiert sah Brandt ihn an. Woher kam Krämers plötzlicher Stimmungswandel? Er hätte wetten können, dass er log. Vielleicht weil er als besonnener Unternehmer Eindruck schinden wollte?

Krämer stupste ihn am Arm. »Unser Entrée kennen Sie bereits.«

»Stimmt.«

Die expressive Raumstruktur aus rot eloxierten Aluminiumpaneelen hatte Brandt bereits vor ein paar Monaten erleben dürfen. Krämer hatte damals seinen Geburtstag groß gefeiert. Es war kein runder, aber trotzdem war er eingeladen gewesen – in die heilige Empfangshalle. Daneben gab es ebenerdig Büros, ein Mitarbeitercafé sowie mehrere Besprechungsräume. Ansonsten war das Gebäudeinnere geprägt von Sichtbeton und Holz.

»Heute dürfen Sie auch in die obere Etage«, sagte Krämer jovial. »Dort befinden sich die Geschäftsleitung, ein Konferenzraum und der Zugang zu einer großen Dachterrasse.«

Brandt folgte dem Firmeninhaber hinauf in dessen Büro, vorbei an Pop-Art-Gemälden mit Motiven wie Marilyn, Coca-Cola-Flaschen und Campbell's Suppendose. Die Treppe endete neben einem bodentiefen Panoramafenster.

»Wow!« Brandt schielte auf den Niehler Hafen. »Hätte ich in diesem Industrieareal gar nicht erwartet. Nette Schiffchen.«

Krämer zog seinen Mantel aus, faltete ihn einmal längs und legte ihn über den Arm.

»Was Sie sehen, ist das Liegebecken für die Fahrgastschiffe der Köln-Düsseldorfer. Die KD unterhält dort auch ihren Instandhaltungsbetrieb. Wenn man bedenkt, dass Niehl einst ein Fischerdorf war, könnte der Niehler Hafen heute kaum kontrastreicher sein. «

»Ich möchte seit Längerem einen Bootsführerschein machen.«

»Binnen oder See?«

»Wenn schon: beides.«

»Kein Problem, Herr Brandt, das ist auf dem Rhein machbar.«

»Haben Sie einen Tipp, wo?«

»Ja, hab ich. Unsere Köln-Marina. Die Theorie können Sie im Onlinekurs absolvieren. Die Manöver natürlich nicht.«

»Hört sich gut an.«

»Der Leiter der Rheinischen Schifffahrtsschule ist ein alter Bekannter von mir, soll ich ihn mal fragen?«

»Das wäre ganz famos!«, meinte Brandt und fragte sich gleichzeitig, was er hier eigentlich machte. Plauderte über Bootsführerscheine, während ein paar Kilometer weiter die Kollegen mit einer Leiche auf ihn warteten.

»Das heißt aber auch, dass Sie mich mal auf meinem Bötchen im Rheinauhafen besuchen müssen«, forderte Krämer.

»Wohl eher auf Ihrem Boot«, mutmaßte Brandt und beschloss, inspiriert durch den Anblick von so viel Wasser, abends mal wieder im Schwimmbad des Colonia-Hochhauses seine Runden zu drehen – Rheinblick inklusive.

»Eine kleine Yacht ist kein Sparstrumpf. Aber sie zu besitzen, eine wertvolle Investition«, sagte Krämer schmunzelnd.

»Wie investieren Sie sonst Ihr Geld?«, fragte Brandt neugierig.

Krämer sah auf eine freistehende, indirekt beleuchtete Logowand mit dreidimensionalen Acrylbuchstaben.

»Immer in die RÜW. Außerdem habe ich eine große Kunstsammlung, die ich den Museen Schnütgen, Wallraf-Richartz oder Ludwig kostenlos zur Verfügung stelle.«

Brandt folgte seinem Blick, betrachtete aber eher die Türen hinter der Logowand. »Ist Fellingers Büro auch hier oben?«

»Als Leiter des Vertriebs gehört … äh … gehörte Fellinger zum Management. Folglich hat…te … er sein Büro hier oben.«

»Meine Kollegen werden Fellingers Büro inspizieren müssen.«

»Ja«, sagte Krämer nur.

Dass Krämer mit seiner einsilbigen Antwort den kleinen Plausch beendete, passte Brandt in den Kram. Dann hätte Krämer gleich Luft für relevantere Auskünfte.

Zusammen durchquerten sie ein Vorzimmer und kamen in einen Raum, den Krämer als sein Refugium vorstellte. Das Büro hatte in etwa die Ausmaße eines kleinen Hörsaals mit multimedialer Ausstattung, schätzte Brandt. Es gab einen großen Schreibtisch, drei ellipsenförmige Hocker, eine meterbreite Bücherwand, eine Sitzgruppe vor einem Flatscreen und einem interaktiven Whiteboard. Würfelförmige Sessel in jeweils einer anderen Farbe – rot, lila, blau, gelb – luden zum Gespräch ein. Brandt schnalzte. Lediglich mit dem religiösen Kupferstich hätte er nicht gerechnet.

»In der Tat eine gewagte Architektur, Herr Krämer.«

»Ja, in der RÜW kann ich mein Faible für moderne Raumgestaltung ausleben. Zu Hause regiert eher der Geschmack meiner Frau.«

Krämer hängte den Mantel an einen Haken und ließ sich in seinen Bürostuhl fallen. Dann setzte er sich gerade hin und bot Brandt einen Platz gegenüber an. In dem Moment klingelte es.

»Uff, ich bin noch völlig platt von der Nacht und der Nachricht über Fellinger.«

Brandt wies mit einer kurzen Kopfbewegung zur Telefonanlage. »Gehen Sie ruhig ran.«

»Später«, sagte Krämer und begann seinen Schreibtisch zu sortieren. »Sie erlauben? Energie muss trotzdem fließen und meine Assistentin hat heute frei, wenn Sie verstehen.«

Brandt verstand. Aber er verstand nicht, dass Krämer sich, wie es schien, nicht weiter für den Tod seines engen Mitarbeiters oder den Anrufer interessierte.

Es klingelte weiter. Dann klopfte es.

»Ja?«, rief Krämer.

Ein älterer Mann streckte den Kopf durch die Tür.

»Es ist nicht aufzuhalten.«

»Was ist nicht aufzuhalten?«

»Die Telefone laufen heiß. Hunderte an E-Mails kommen rein, im Sekundentakt – und sprengen die Postfächer!«

»Hm.«

»Die Kölner Verkehrsbetriebe erwarten eine Erklärung.«

»Die KVB?«

Der Mann nickte und blickte Krämer abwartend an.

»Okay, danke schön«, antwortete Krämer stoisch.

»Es haben auch große Hersteller von Konsumgütern angerufen.«

»Danke schön«, wiederholte Krämer.

»Und andere Energiekon—«

»Danke schön.«

Der Mann zog eine Augenbraue hoch und wandte sich ab. Krämer reichte Brandt ein Tütchen. »Salmiak?« Brandt schüttelte den Kopf – auch über Krämers Verhalten. Warum war der nicht mehr unter Druck?

»Ist aber lecker«, meinte Krämer, stopfte sich gleich mehrere Pastillen in den Mund, zückte eine Mappe und begann zu blättern. Während er unterschrieb, fragte er kauend: »Und, wie gefällt Ihnen Köln mittlerweile?«

»Immer noch sehr gut. Aber könnten wir bitte zum Thema kommen? Das ist jetzt wichtiger. *Mich* interessiert: Was macht Ihr Vertriebsleiter Fellinger nachts auf einem einsamen Parkplatz am Hambacher Forst?«

»Keine Ahnung, es gibt ja viele Bekloppte«, antwortete Krämer und schaute nicht einmal auf.

»Sie wissen nicht, was ein Vertriebsleiter, der seit knapp zwanzig Jahren in Ihrer RÜW arbeitet, während des Stromausfalls in diesem Gebiet wollte?«

»Keine Ahnung, vielleicht Yoga praktizieren.«

»Nachts?«

»Keine Ahnung, vielleicht wollte er spazieren gehen.«

»Nachts?«

»Keine Ahnung.«

Brandt sah ihn scharf an. »Haben Sie überhaupt von irgendwas Ahnung?« Krämer nervte.

»Für den Moment nicht. Ich bin todmüde. Das ist alles. Ist das nicht genug?« Krämer lächelte.

Brandt beugte sich vor, und je länger er Krämer bei seinem konstanten Gekritzel studierte, desto klarer wurde ihm, dass Krämer die 3-T-Methode hervorragend beherrschte. *Touch – Turn – Talk.* *Touch*: Reagieren Sie *kurz* auf eine Frage. *Turn*: Wechseln Sie das Thema. *Talk*: Übernehmen Sie die Gesprächsführung. Ob er diese Regeln tatsächlich bewusst einsetzte? Krämer war ein Bauchmensch, davon war Brandt ebenfalls überzeugt. Es juckte ihm in den Fingern.

»Sagen Sie, Herr Krämer …«

»Ja?« Krämer blickte ihn an und legte seinen silbernen Kugelschreiber parallel zur Kladde.

»Fühlen sich Ihre Mitarbeiter bei Ihnen wohl? Energiewirtschaft ist ein knallhartes Geschäft. Geht man dort nicht über Leichen?«

»Wir haben ein unglaublich solides Unternehmen mit einer sehr geringen Fluktuation, unter fünf Prozent pro Jahr. Todesfälle inklusive.«

Das war der *Touch*.

»Ich merke, Herr Brandt, Sie sind an Energiepolitik interessiert.«

Das war der *Turn*.

»Also Herr Brandt, was meinen Sie, wie sich die Energiewende auswirken wird?«

Das war der *Talk*. Hatte Krämer ihm etwa gerade sogar zugezwinkert? Brandt schwenkte den Smoothiebecher und trank den letzten Schluck pürierten Salat.

Pling, pling, pling. Krämer sah zu seinem Smartphone hinüber, als könnte er ohne zu öffnen die Eingänge mit einem Röntgenblick sehen, und ließ es links liegen.

»Erzählen Sie mir etwas über Fellinger? Wie war er?«

Krämer formte die Unterlippe zu einem Flunsch. »Bis gestern hat Fellinger ein ganz normales Leben geführt: Mitte vierzig, glücklich verheiratet, ein Sohn, ein Reihenhaus mit Garten in einer gutbürgerlichen Gegend … ich glaube, er hat sogar mal Tauben gezüchtet und … sich sozial engagiert, alles gut, also.«

Brandt kräuselte die Stirn. »Irgendwie passt das doch nicht richtig zusammen.«

»Wie meinen Sie das?«

»Fellinger ist tot und Sie bieten mir Süßigkeiten an oder fragen mich, wie es mir in Köln gefällt? Und wenn Fellinger das Leben eines Otto Normalverbrauchers geführt hat, warum sucht sich der Täter oder suchen sich die Täter ein Opfer, das nicht im Entferntesten vor Reichtum strotzt?«

»Im Leben läuft nicht immer alles glatt«, nuschelte Krämer, aber nicht leise genug für Brandt.

»Köln ist nicht Palermo«, entgegnete Brandt und tastete mit der Zunge nach einem Salatfitzelchen. »Kommen Sie, lassen Sie uns doch über den Mensch Fellinger sprechen. War er gesellig, verträglich, gewissenhaft?«

Krämer fummelte am Hemdkragen und Brandt fand, dass er zu dick war für diese Kragenweite. Der Knopf platzte immer wieder auf.

»Fellinger war eher zugeknöpft, irgendwie introvertiert. Auf mich machte er einen distanzierten Eindruck.«

»Inwiefern?«

»Das merkte man zum Beispiel, wenn er von seiner Kundenakquise berichtete. Bei Erfolgen stellte er sein Licht eher unter den Scheffel. Gab es etwas zu feiern, hielt er sich zurück. Sagen wir mal so: Ein Energiebündel war er nicht.«

»Ein Vertriebsleiter mit zu wenig Schwung?« Brandts Frage kam schroff rüber.

Krämer schaute kurz aus dem Fenster und gähnte. »Entschuldigung, eine Naturgewalt. Ich hatte schlaflose Stunden.«

»Fellinger wird gar keine mehr haben. Deshalb suche ich dringend nach einer Erklärung!«

»Ich hab Schluckbeschwerden.« Krämer fasste sich mit einer dramatischen Geste an den Hals und hustete unentwegt.

»Herr Krämer? Haben Sie mich nicht verstanden?«

»Doch – war ja laut und deutlich …« Krämer räusperte sich. Dann schob er den Kopf weit vor und zog den Pelikanhals wieder zu einem Doppelkinn zusammen. »Warum fragen Sie mich das alles, Herr Brandt?«

»Das größte Privileg eines Kriminologen ist es, Fragen stellen zu dürfen – und zwar ohne Einschränkung. Deshalb – wo waren Sie eigentlich vergangene Nacht?«

Krämer lehnte sich zurück und zog die Augenbrauen hoch. »Bei Johanna!«

»Bis heute Morgen?«

»Wie kommen Sie darauf, mich das zu fragen?«

»Wieso nicht?« Brandt schaute ihn intensiv an.

»Halten Sie mich für gefährlich?«, fragte Krämer lächelnd.

»Sollte ich?«, fragte Brandt zurück.

Krämer starrte ihn an. Sein kurzes Schweigen wurde von einem jungen Mann gestört, dessen Handy wie wild klingelte. »Hallo!« Der Mann grüßte mit einem Kopfnicken. Er trug ein saloppes schwarzes Hemd mit Stehkragen, dazu schwarze Jeans. Selbst sein eckiges schwarzes Brillengestell war darauf abgestimmt. Schlicht, ohne aufdringlich zu wirken und passend zu den lässigen Mokassins, dem breiten Uhrenarmband und den locker frisierten Haaren – in einer Melange aus Beigetönen.

»Mein Pressesprecher Tim Hofer«, erklärte Krämer knapp.

Brandt lächelte Hofer freundlich zu.

Krämer trommelte mit den Fingern auf eine Kladde.

»Es wird immer brenzliger«, sagte Hofer.

Krämer stöhnte und Brandt war gespannt, was jetzt folgte.

»Die Medien melden sich, die Stadtwerke, Krankenhäuser … es sind ein paar Leute mächtig sauer auf uns. Und deswegen hinter Ihnen her.«

Krämer sah von Hofer zu Brandt und wieder zurück.

»Wir sollten uns dringend unterhalten«, forderte Hofer.

Krämer nickte und sah auf seine Uhr. »Sagen wir in fünf Minuten? Hier in meinem Büro.«

»Bis gleich.« Hofer eilte aus dem Raum.

»Also gut.« Brandt stand auf. »Ich habe es offenbar mit einem komplexen Fall zu tun.« Abwartend sah er Krämer an. Wollte Krämer noch etwas sagen? Aber der hatte die Arme vor der Brust verschränkt und hielt seinem Blick mit zusammengekniffenem Mund stand. Krämer beherrschte das Spiel gut eine Unterhaltung zu beenden, wenn es ihm passte. Ausreden wie todmüde, Schluckbeschwerden oder Johanna machten es leichter. Aber das letzte Wort war mit Krämer noch nicht gesprochen.

Brandt verließ das moderne Unternehmensgebäude. Vor Krämers Porsche Cayenne blieb er stehen und betrachtete amüsiert die Nummernschildhalterung: Kölsche Köpp rut-wieß T.G.

Ob Krämer von letzter Nacht tatsächlich so kaputt war oder warum war er so sonderbar gewesen? Vollkommen neben der Spur. Warum mochte er sich nicht über Fellinger unterhalten? Sein Interesse an Krämer wurde dadurch nur größer.

Auf dem Weg zum Tatort stellte Brandt sich auf das Schlimmste ein. Welches Szenario ihn wohl empfangen würde? Bis jetzt hatte er eine stromlose Nacht, eine Leiche und einen sprachlosen Krämer.

Kapiert?!

E r merkte, dass er die Luft angehalten hatte, lehnte sich aufatmend zurück und verschränkte die Arme hinter dem Kopf.

»Wer war das gerade?«

Schwungvoll beugte Krämer sich wieder vor und klappte eine Akte zu. »Polizei.«

»Polizei?« Hofer sah ihn unverwandt an.

»Ja.«

»Etwa wegen vergangener Nacht?«

»Ja.«

Hofer schwieg.

»Die Kripo informierte uns, dass—«

»Moment. Kripo? Warum Kripo?«

Krämer verstaute allerlei Papier in einer großen flachen Schreibtischschublade. »Fellinger ist tot.«

»Ach, Blödsinn. Sie machen Witze, oder?«

Sie sahen sich an. Hofer hatte große Ohren und machte große Augen.

»Sie haben richtig gehört«, sagte Krämer.

»So plötzlich? Herzinfarkt?«

»Vielleicht zusätzlich.« Krämer hatte die ganze letzte Stunde über Fragen von Brandt ertragen und dabei an seiner Beherrschung gearbeitet.

Hofer rückte seine Brille zurecht und sah ihn verwundert an.

»Nee, die Kripo meinte, er wurde erschossen.«

»Was erzählen Sie denn da?«

»Wirklich!«

»Wo denn? Warum denn?«

»Jetzt beruhigen Sie sich, Hofer. Gefunden wurde Fellinger im Hambacher Forst.«

»Im Hamba … hm .. Mord? Scheiße.«

»Hab ich auch gesagt.«

Auf Hofers Stirn bildeten sich winzige Schweißperlen. »Na, das wird großartige Schlagzeilen geben, wenn die Medien davon Wind bekommen.«

»Vor allem haben wir jetzt keinen Vertriebsleiter mehr. Rein theoretisch könnten Sie stattdessen …«

»Vertriebsstrategien entwickeln, Absätze steigern, Mitarbeiter motivieren? Nee, ich hab schon genug am Hut.«

»Na ja«, flachste Krämer. Hofer war ein heller Kopf und er war froh, dass er ihn vor zwei Jahren bekommen hatte. Er hatte seine Funktion im Unternehmen sofort verstanden.

Hofer stieß verächtlich Luft aus. »Jetzt hören Sie mir mal zu: Bisher hatte hier jeder sein klares Ressort. Mit dem Vertrieb habe ich nichts zu tun. Und das wird auch so bleiben. Meine Aufgabe ist es, Sie zu beraten und nicht Fellinger zu vertreten.«

Krämer stutzte. Zum ersten Mal, seit er ihn kannte, entgleisten Hofer für einen Moment die Gesichtszüge. Aber irgendwie hatte er mit der Antwort gerechnet. Krämer wechselte das Thema. »Dann schießen Sie mal los!«

Hofer klappte seinen Laptop auf und legte sich ein paar Blätter zurecht. »Es würde zu lange dauern, Ihnen jetzt alle Beschwerden zu präsentieren. Also konzentriere ich mich nur auf ein paar Spitzen. Wir bekommen Anrufe und E-Mails von Betroffenen aus dem gesamten Kölner Norden. Die Stadtbahnen fuhren schließlich nicht mehr. In den Altersheimen fielen Sauerstoffgeräte aus. Während der Nachtschichten standen die Fließbänder still und einige Produktionen sollen nach wie vor gestört sein, selbst jetzt, wo der Strom wieder da ist. Auch in den Pressehäusern ging gar nichts mehr. Bis weit nach Mitternacht herrschte Alarmzustand, weil lediglich die Lokalseiten fertig waren. Deshalb gibt es heute nur eine Notausgabe. Restaurantbetreiber, Weinhändler oder auch die Leitung des Blumengroßmarktes drohen uns mit Vertragskündigungen.«

Krämer suchte in Hofers Stimme nach ein wenig mehr Anteilnahme. Er hätte ihn ruhig etwas bedauern können.

»Sie verstehen immer noch nicht, worauf ich hinaus will?«, hakte Hofer nach. »Na gut, ich sage Ihnen, wie es ist: Es brodelt. Der Stromausfall hat einen Shitstorm auf uns ausgelöst.«

»Das wird ja immer besser.«

»Wird es auch. Mich hat nämlich interessiert, warum die Versorgung auf keine der anderen Leitungen umgelegt werden konnte.« Krämer fixierte Hofer.

»Der Sturm war jedenfalls nicht die Ursache.«

»Super, Hofer, das weiß ich längst! Aber woran lag es dann?«

Hofer schob ihm einen Plan hinüber und tippte unermüdlich auf ein rot markiertes Feld. »Hier.«

»Schon gut, ich sehe es!«

»Hier, am Umspannwerk!«

Krämer zog den Plan näher an sich heran.

Hofer beugte sich zu ihm hinüber. »Dort, wo wir unseren Strom einspeisen. Den produzierten und gekauften. Sehen Sie?«

Krämer zog erneut an der Skizze.

Hofer machte sich immer länger und tippte weiter. »An diesem Knotenpunkt, wo alle einspeisen. Alle für Köln-Nord!«

»Hören Sie auf zu klopfen!«

»Oh, Entschuldigung.«

Krämer verdrehte die Augen. »Haben unsere Leute mit dem zuständigen Netzbetreiber gesprochen?«

»Haben sie.«

»Und was sagt der?«

»Bisher nichts.«

»Klar, dessen Gleichgültigkeit zeichnete sich bereits beim Entstördienst ab. Eine Glanzleistung«, murrte Krämer stirnrunzelnd.

»Ich dachte, unsere Einspeisung sei gesichert?«

»Nicht gegen Sabotage!«

Verstohlen kaute Krämer an einem Fingernagel.

Hofer sah ihn fragend an und hämmerte weiter mit dem Zeigefinger auf die Markierung, wie auf einen wunden Punkt. »Hier lag der Fehler im Netz!«

»Schöne Formulierung für eine Existenzvernichtung.«

»Das war ganz offensichtlich ein direkter Angriff – gegen uns«, wetterte Hofer. »Durch die Manipulation an unserer Einspeisung gab es eine Überlastung im Mittelspannungsnetz. Paff!«, schrie Hofer und Krämer zuckte zusammen. »Paff, brach das gesamte Stromnetz zusammen.«

Krämer überlief es kalt. »Der Stromausfall sollte uns treffen, aber er betraf nicht nur uns«, raunte er.

Hofer nickte eifrig. »Diesen Druck, den wir jetzt von anderen Energiekonzernen bekommen, war gewollt.«

»Er soll uns das Leben zusätzlich schwer zu machen.«

»Eine echt heftige Attacke, wenn man auf diese Weise realisieren muss, dass man nur eine kleine lokale Macht ist.«

»Und die anderen die Marktdominanz besitzen«, ergänzte Krämer und er merkte, wie Panik in ihm aufstieg.

»Sie sollten mal lesen, was die Medien so berichten«, klärte Hofer ihn auf. »In einem Artikel heißt es: Der Stromausfall zeige, wie furchtbar unfähig die RÜW als Energielieferant sei. Ein anderer unterstellt uns, wir wollten mit Schweigen unser Versagen vertuschen.«

»Tja.«

»Wir müssen an die Öffentlichkeit und uns erklären.«

»Warten Sie damit noch, bitte!«

»Worauf wollen Sie warten? Sehen Sie sich in Ihrem Laden um, Sie müssen handeln. Die ersten Kündigungen sind bereits geschrieben und werden morgen auf Ihren Schreibtisch flattern.«

»Aber warum das denn?«

»Die Kollegen haben zig Gründe, sich neu zu orientieren«, antwortete Hofer, während sich in seinen Augen Mitleid widerspiegelte.

»Wie meinen Sie das?«

»Nun, seit Wochen arbeiten alle am Rande ihrer Kapazitäten. Und gestern diese Sabotage. Sie sollen bezahlen. Für irgendetwas. Was weder ich noch Ihre anderen Mitarbeiter wissen, aber spüren.

Und da glauben Sie ernsthaft, meine Kollegen bleiben auf einem offenbar sinkenden Schiff?«

Hofer packte seine Sachen zusammen. »Denken Sie an meine Worte. Was auch immer es ist, ich muss es wissen«, sagte er kühl. »Ich kann Ihnen nur helfen, wenn Sie offen zu mir sind. Nur dann – und nur dann – kann ich für Sie strategisch kommunizieren.«

»Ich überleg mir was.«

»Überlegen Sie nicht zu lange. Sie sitzen in der Klemme, Krämer. Kapiert?!«

Dicke Fische

Keine Idee. Wie sollte er den Karren wieder aus dem Dreck herausbekommen? Er verspürte keine Lust, seine Leute von der Trading-Abteilung zurückzurufen, auch wenn das Abfragen der aktuellen Energiebörsendaten eigentlich dringend erledigt werden musste. Kurssprünge durften ihnen unter keinen Umständen entgehen. Das erforderte eine ausgeklügelte Software sowie viel Erfahrung und großes Geschick. Doch die Handelseinheit seiner RÜW hielt bestimmt mittlerweile wieder alles auf Drehzahl – redete er sich ein.

Grübelnd stand Krämer am Fenster, was aber zu nichts führte. Er besorgte sich den fünften Espresso, dazu ein paar Dinkeltaler, ging zur Sitzgruppe seines Büros, stellte Tasse und Teller auf einem Beistelltisch ab und ließ sich mit einem schießenden Schmerz im Ischias in einen der tausend Euro teuren Würfelsessel sinken. Verflucht, warum wurde er diese Verspannungen nicht los? Er schloss die Augen. Seine rechte Hand zitterte leicht. Krämer hielt sie mit der linken fest. Ihm war heiß, und er prüfte mit dem kalten Handrücken sein Gesicht. Es glühte. Seine Gedanken sausten wie Mücken in einem überhitzten Kopf umher. Nach der katastrophalen Nacht, der mörderischen Nachricht von Brandt am Morgen und der misslichen Unterhaltung mit Hofer schien es ihm das Beste, sich erst mal selbst ein wenig zu päppeln. Er beschloss, mit seinem Freund zu telefonieren. Frings hatte ihn sowieso darum gebeten, also rief er ihn an.

»Hi, Jean. Ich bin's.«

»Schön von dir zu hören, Ferdinand! Nach dem Absturz im Kölner Norden hast du tatsächlich Zeit zu telefonieren?« Frings stellte die Außenjalousien zum Rheinauhafen auf Sicht. Von seinem Unternehmen aus, das in der sechzehnten Kranhausetage lag, genoss er einen perfekten Überblick. Frings beobachtete zwei Möwen, die um einen erdgasbetriebenen Binnentanker kreisten.

Wie Geier, die darauf warteten, ein Stück vom Kuchen oder Kadaver zu bekommen.

»Wie geht es denn *zo Hus*?«, fragte Frings putzmunter.

»Wie soll es schon sein? Johanna ist *schlääch drop*«, erwiderte Krämer.

»Schlecht drauf?«

»Ja, Madame ist die Treppe heruntergefallen und jetzt indisponiert.«

»Kennen wir doch. Das gibt sich wieder«, meinte Frings.

»Hm.« Er machte eine Pause. »Brandt war hier«, nuschelte er.

»Ferdinand«, fragte Frings, »hast du was gesagt?«

Krämer versuchte zu lächeln. »Ich ... hab nur etwas vor mich hingemurmelt. Entschuldige, ich war nur ... für einen Augenblick nicht ganz da.«

»In letzter Zeit bist du das öfters«, meinte Frings. »Ich schätze, das liegt an der vielen Arbeit.«

»Brandt war hier!«, sagte Krämer diesmal lauter, nippte am Espresso und verzog den Mund. Er hasste kalten Kaffee.

»Brandt! Das ist ja nett. Was wollte er denn? Ach, Ferdinand, wenn du ihn das nächste Mal sprichst, bestell ihm herzliche Grüße von mir.«

»Ich fürchte, die Gelegenheit wird kommen. Fellinger ist nämlich tot.« Krämer knabberte an der Unterlippe. »Erschossen. Im Hambacher Forst. Brandt ermittelt.« Er bemühte sich, seiner Stimme einen sachlichen Klang zu verleihen, was ihm anscheinend nicht gelang.

»Dein Leiter des Vertriebs? Um Himmels willen! Und Brandt betreut den Fall? Sehr gut! Sonderlich begeistert darüber klingst du allerdings nicht. Dabei ist das doch positiv. Brandt ist genau der Richtige, um einen Mord aufzuklären. Denk an die Flora.«

»Gut. Aber warum kommt er zuerst zu mir und hat nichts Besseres zu tun, als mich vom Arbeiten abzuhalten?« Krämer berichtete über das Zusammentreffen am Hafen und sein Gespräch mit Brandt im Büro.

48

Frings zupfte sich am Ohrläppchen. Seine hellblonden Haare fielen ihm diagonal in die Stirn. »Es ist schon ein bisschen komisch, dass er dir direkt auf den Zahn fühlen wollte.«

Krämer strich sich über die pralle Wange.

»Ferdinand? Hat es dir schon wieder die Sprache verschlagen?«

»Nee, ich hab nur Schiss, dass ich zum Zahnarzt muss.«

»Au Backe! Schmerzen können aber auch reine Einbildung sein.«

»Sehr witzig.«

»Nimm es nicht persönlich, Ferdinand.«

»Schon gut, Jean. Ich bin zur Zeit etwas nervös.« Krämer griff zum Keks, der zerbrach.

Frings lehnte sich ans Fenster. »Ich merk das schon.«

»Was soll ich deiner Meinung nach machen?« Krämer wippte mit den Füßen. »Stress gehört halt zum Geschäft.«

»Mensch, Ferdinand, was ist das denn schon wieder für ein Spruch? Beruhige dich und hör auf, dich mental zu ruinieren! Schalt mal einen Gang runter. *Du* hältst doch in deinem Leben die Fernbedienung in der Hand.«

»Ich will nur verhindern, dass hier irgendetwas vollends entgleitet.«

»Warum sollte es, Ferdinand? Spinn nicht rum!«

Krämer sah auf seine Schuhe.

»Sekunde bitte, Jean.« Dann hob er sich ungelenk aus dem Sessel, hüpfte auf einem Bein eine neunzig Grad Drehung, hievte seinen rechten Fuß hoch, stellte ihn auf der Sitzfläche ab und band sich den Schuh doppelt zu. Nichts und niemand würde ihn in die Knie zwingen, schon gar nicht offene Schnürsenkel. Auf dem Binden von mustergültigen Schleifen hatte seine Mutter bestanden. Schlaufe rechts, schnüren, durchziehen, fertig! Um wirklich niemals auf die Schnauze zu fallen, war er bereits in seiner Jugend zum Typ Doppelknoten geworden. Im Gegensatz zu Frings. Frings war ein Slip On Träger. Schuhe zum Reinrutschen. Aus Kautschuk. Ihm war es egal, ob sie aufgrund des Materials schnell die Fasson verloren. Denn jede Sekunde, die er sich durch den bewussten Verzicht aufs Schnüren spare, investiere er in eine bessere Zukunft – hatte Frings ihm bereits als Heranwachsender erklärt. Aber vermutlich war sein Freund einfach nur stinkfaul gewesen.

»So, da bin ich wieder«, sagte Krämer. »Weißt du Jean, Brandt ist schwer einzuschätzen. Der findet Sachen, die hat überhaupt noch keiner verloren. Er wirkt auf mich unberechenbar.«

»Das muss er als ausgezeichneter Kriminologe auch sein, sonst flutschen ihm selbst dicke Fische durchs Netz. Außerdem – Brandt ist sicherlich ein scharfer Hund, aber eben made in Oldenburg. Also ein bisschen weltfremd ... ähm ... kölnfremd.«

»Dafür scheint er den Begriff Klüngel immer besser zu durchschauen. Das sagt mir mein Bauchgefühl. Er hat sich letztens bei den KöKös für das alljährliche Fischessen an Aschermittwoch angemeldet. Fast ein Jahr vorher!«

»Brandt lernt eben schnell.«

»Genau das ist das Gefährliche. Man muss immer wissen, wen man schlau macht. Man bekommt sie nicht mehr dumm.«

»Blödsinn«, schnappte Frings. »Lass dich doch von seinem Besuch nicht ins Boxhorn jagen. Außerdem hast du doch nichts zu verbergen.«

Krämer senkte den Kopf und starrte auf die Doppelknoten seiner Schnürsenkel.

Hinterm Busch

Vielleicht hing es auch mit dem bedeckten Himmel zusammen? Mit dieser ominösen, nach Erde riechenden Luft und den modrigen Pfützen. In diesem Augenblick wirkte der Parkplatz am Hambacher Forst auf ihn wie ein Grab.

Brandt schüttelte seine hellbraunen, zerzausten Haare, um das Bild zu verscheuchen. Kurios! Da hatte er heute Morgen extra drauf geachtet, mit dem rechten Bein aufzustehen, und trotzdem schien dieser Tag mies zu werden. Der Besuch bei Krämer eben war bereits ein Indiz dafür.

In dunklen Lederboots stiefelte er am unbefestigten Straßenrand der Parkplatzzufahrt entlang. Er war im Begriff, eine Insel der Gegensätze zu betreten. Den Hambacher Forst – in dem man an sonnigen Wochenenden wunderschöne Spaziergänge erleben konnte, nur nicht in *freier* Natur. Denn dieses Gebiet galt als Symbol der Auseinandersetzung zwischen Klimaschützern und der Kohlebranche. Einerseits versperrten Reste von Barrikaden, an denen man sich vorbeischlängeln musste, die Wege. Versuche der Umweltaktivisten, den Firmen, die mit der Abholzung beauftragt waren, das Leben schwer zu machen. Andererseits endete man irgendwann an der Kante einer Klippe, hinter der riesige Bagger mit einer Mordskraft Kohle abbauten. Ungetüme, die sich in einen tiefen Krater hineinfraßen. Monster, die sich in einer Mondlandschaft suhlten. Sichtbare Zeichen für Konflikte in unserer Gesellschaft.

Brandt hob das Flatterband an, drehte sich einmal um sich selbst und ließ den Tatort auf sich wirken. Diese unwirkliche Schwere, die über dem Parkplatz am Hambacher Forst lag. Hier, wo sonst Wanderer vergnügt zu ihren Touren starteten. Wo Pendler unter der Woche eine Pause genossen. Wo sich aber auch immer wieder Menschentrauben versammelten, um zu dem Braunkohleabbau zu pilgern.

Die Polizei hatte den Tatort abgesperrt. Die Polizisten an der blockierten Zufahrt schwiegen. Die Feuerwehrleute an den Absperrzäunen schwiegen. Auch die meisten der Menschen, die in Richtung des RÜW-Fahrzeugs blickten, schwiegen. Der Wagen stand halb in einer Böschung und war das sichtbare Zeichen des Schreckens, das den Hambacher Forst in der Nacht zuvor heimgesucht hatte.

Brandt sah zur gaffenden Menge, die sich auf einer Weggabelung an verwildertem Gestrüpp gebildet hatte.

»Nur ein Unfall«, hörte er einen Schaulustigen laut und großspurig erklären.

»Das ist einfach schrecklich!«, rief ein anderer.

»Ich trau mich nicht mehr hier hin«, verkündete die nächste aus voller Kehle.

»Das sieht nicht aus wie ein Unfall. Ich finde das abscheulich«, lärmte ein weiterer.

»War ja nur eine Frage der Zeit.« Eine junge Frau machte eine abfällige Handbewegung. Wütend wirkte sie nicht, eher sarkastisch. »Aber in Wahrheit ist doch die Gier nach Geld verantwortlich für so eine Tat. Die geplanten Rodungen im rheinischen Braunkohlerevier sind lediglich gestoppt, doch der Wald ist nicht gerettet. Der Tageabbau ist für Energiekonzerne eine Goldgrube. Mit ihren faulen Kohlekompromissen schaufeln die in dem Loch weiter! Und immer wieder kommt es zu Erdrutschen an der Tagebaukante.«

Vereinzelt wurde applaudiert.

»Von ursprünglich gut viertausend Hektar sind heute schon über neunzig Prozent durch die Kohlebagger weggeknabbert. Der Rest des einst mächtigen Waldes taugt höchstens noch als Denkmal. Ha, wenn er nicht irgendwann vertrocknet ist. Denn der Tagebau wirkt auf die Vegetation wie eine gigantische Abzugshaube. Die aufsteigende erhitzte Luft saugt Feuchtigkeit aus dem Wald.«

»Endlich mal jemand, der es ausspricht!«, rief ein Mann ihr anerkennend zu. »Die Konzerne gehen für ihre Millionengeschäfte über Leichen und wundern sich über Tote!«

Ein lautes Piepen durchbrach das Stimmengewirr. Ein Abschleppwagen hatte angesetzt, sich rückwärts dem RÜW-Fahrzeug zu nähern. Brandt eilte zum Fahrerhaus, um Abbruch zu signalisieren. Der Lastwagen sah von vorn aus wie eine dicke, schwarze Maske, feindselig, undurchdringlich.

»Stopp, stopp, stopp! Sie müssen noch warten! Fahren Sie bitte zur Seite und gedulden Sie sich, bis wir Ihnen Bescheid geben. Danke!«

Der Fahrer deutete ein Aye-Aye-Käpt'n an.

Brandt grüßte zurück und lief zielstrebig zur Spurensicherung, vorbei an einer großen Tafel mit eingezeichneten Wanderwegen: Faszination Natur.

Ein Rechtsmediziner untersuchte Fellingers Leiche, die noch immer im Auto lag. Einer der Kollegen am Tatort begrüßte Brandt:

»Der muss sofort tot gewesen sein. Da hast du eine harte Nuss zu knacken. Also: mehrere Kopfschüsse. Wir haben zahlreiche Hülsen gefunden.« Der Mann reichte Brandt einen eingetüteten Personalausweis. »Die Identität ist höchstwahrscheinlich geklärt.«

»Ich weiß.«

»Ist auch schon gecheckt. Keine Vorstrafen, keiner unserer Kunden.«

Erschüttert schaute Brandt auf das von Schüssen durchlöcherte Fahrzeug. Fellingers Kopf lag blutüberströmt auf dem Lenkrad.

»Eiskalt und abgebrüht« sagte Brandt mit gedämpfter Stimme, reckte den Hals und durchforstete mit Blicken den Innenraum. Im Fußraum entdeckte er eine Blutlache.

»Wurde etwas gestohlen?«

»Augenscheinlich nicht«, antwortete ein anderer Mann von der KTU im Kapuzeneinwegoverall, während er konzentriert weiterarbeitete. »Im Auto sieht es auch nicht danach aus, als hätte jemand etwas gesucht. Das Handschuhfach und der Kofferraum waren verschlossen. Und auch der Inhalt ist völlig normal. Kugelschreiber, Desinfektionsmittel, Parkscheibe, Fahrtenbuch … Ein Handy und eine Brieftasche lagen offen auf dem Beifahrersitz. Nichts deutet auf einen Raubmord hin. Es sieht auch nicht so aus, als hätte hier ein Kampf stattgefunden.«

»Hm. Der Tote ist von kräftiger Statur. Er hätte sich bestimmt gewehrt, wenn er eine Gelegenheit dazu gehabt hätte. Zeugen?«

»Bisher nicht. Die beiden Jogger konnten leider keine Aussage zum Tathergang machen. Als sie den Toten entdeckten, muss hier alles menschenleer gewesen sein. Sie seien Frühaufsteher und würden die Einsamkeit und Frische des Morgens genießen, ehe es hier trubelig werde, haben sie zu Protokoll gegeben.«

»Was denkst du, handelt es sich um eine geplante Tat? War es ein Zufallsopfer? Mit was für einem Drama haben wir es zu tun?«

»Tja – ganz schwer zu sagen. Wir sind am Hambacher Forst. Ein umkämpfter Wald. Erst letztens haben Unbekannte selbstgebaute Brandsätze auf Baumaschinen und Gerätschaften geworfen. Der Braunkohleabbau treibt die Natur in die Enge, raubt Tieren und Menschen den Lebensraum. Hier sind ständig Unruhen durch Demonstranten gegen die Braunkohlepolitik. Aber auch Jäger streifen hier schon mal durch. Zwar nur noch selten, aber wenn es ein Jagdunfall wäre, könnten wir den Fall schnell zu den Akten legen.«

»Hm.« Mit zusammengezogenen Augenbrauen sah Brandt auf das perforierte Fahrzeug. Der Beamte folgte seinem Blick.

»Ach so! Die Tatwaffe fehlt.«

Wenige Meter entfernt.

Krämer beobachtete Brandt aus nächster Nähe. Spontan hatte er beschlossen, sich ein Bild von den Ermittlungen und dem Tatort zu machen. Seinen SUV hatte er an der L264 geparkt, um sich über einen Parallelweg zur versperrten Zufahrt von hinten an den Parkplatz heranzupirschen. Am Startpunkt der Wanderwege bot ihm ein dicht verästelter, mannshoher Busch eine gute Deckung. Es war prima gelaufen. Bis plötzlich sein Handy lautstark klingelte. Krämer griff in seine Hosentasche und drehte dem Tatort den Rücken zu.

»Ja?«, sagte er und hielt sich dabei ein Ohr zu. »Ach, Johanna! … Was? … Auch wenn *ich* nicht laut spreche, kannst du es ruhig tun … Wie, wo ich bin? Wann meinst du? In der Firma natürlich, wo sonst? … Ob ich Nachrichten gehört habe? … Radio Köln? … Wer tot ist? Fel… lin… ger …! … Jetzt reg dich nicht auf! … Nein, ich kann nicht nach Hause kommen … *Quallmänner?* Ich mag heute Mittag keine Pellkartoffeln und momentan will ich gar nicht ans Essen denken! … Das wundert dich? … Pass auf – wir können das gerne nachher bereden, aber jetzt habe ich keine Zeit. … Johanna, bitte. Ich – kann – jetzt – nicht! Nein. Jetzt nicht!«, protestierte Krämer mit gedämpfter Stimme, legte auf und drehte sich wieder in Richtung des Tatorts, als ihm der Schreck in die Glieder fuhr. Nur für den Bruchteil einer Sekunde – aber hatten sich etwa ihre Blicke getroffen? Hatte Brandt ihn gehört?

Krämer verzog sich geduckt weiter ins Gestrüpp hinein und senkte den Kopf. Geschäftig wischte er auf seinem Smartphone herum, als würde er Nachrichten abfragen. Ob es ihm gelang, seine Neugierde zu unterdrücken? Angestrengt versuchte er sich mental auf ein Zusammentreffen mit Brandt vorzubereiten. Ihm schlimmstenfalls erklären zu müssen, warum er sich aus rein beruflichen Gründen im Hambacher Forst umsehen wollte.

Krämer rieb das Display am Hosenbein trocken. Seine Finger waren ganz feucht. Als er abermals einen Blick zum Tatort wagte, ging Brandt pfeilschnell auf ihn zu. War er aufgeflogen? Allmächtiger, lass das nicht wahr sein!

»Ich würde gerne mit einem der für die Reviere rund um den Hambacher Forst verantwortlichen Jäger sprechen«, hörte er Brandt, der ebenfalls sein Handy gezückt hatte, laut fragen.

Krämer lauschte – und registrierte, wie Brandt fernab des Tatorts unvermittelt im Dickicht verschwand. Pinkeln im Wald?

»Waidmannsdank!«, murmelte Krämer erleichtert.

Schwarzweiß

Danke für Ihre Beileidsbekundung.« Brandt lächelte Caro Fellinger aufmunternd zu. »Fällt Ihnen jemand ein, der Ihnen etwas Böses will? Vielleicht jemand, mit dem Ihr Mann Streit hatte?«

In einem crèmefarben gestrichenen Wohnzimmer kauerte Caro Fellinger auf ihrem Stuhl. Die brünetten kinnlangen Haare hatte sie glatt hinter die Ohren gekämmt, der hohe Seitenscheitel wirkte wie mit einem Lineal gezogen. Mit tief gesenktem Kopf umklammerte sie die angezogenen Beine. Umkreiste mit einem Zeigefinger die zarten, blauen Streublümchen auf ihrem weißen Schlafanzug. Jedes einzelne, das sie auf ihrem Knie finden konnte. Als wenn sie die Blümchen beruhigen, sie vor dem Pflücken oder Zertreten bewahren wollte. Dabei wiegte sie ihren schmächtigen Oberkörper monoton hin und her und summte. Als wollte sie sich in eine Art Trance versetzen. Dann schlug sie mehrmals den Kopf auf die Knie. »Ich kann mich nicht mehr spüren, ich kann mich nicht mehr spüren. Ich kann nicht mehr, ich bin so leer. Ich habe Ihren Kollegen doch bereits alles erzählt«, flüsterte Caro Fellinger, wurde auf ihrem Stuhl immer kleiner und wimmerte.

»Sie müssen nicht. Aber vielleicht nur eine Minute? Bitte, Frau Fellinger. Können Sie mir sagen, was Ihr Mann auf dem Parkplatz am Hambacher Forst wollte? Man kommt da nicht zufällig vorbei. Man braucht einen Grund, um sich nachts dorthin zu verirren.«

Caro Fellinger liefen die Tränen über das Gesicht. Sie schüttelte den Kopf und schluchzte bitterlich und presste eine kleine Stoffmaus an sich.

»Die hat mir Noah geschenkt. Ich sollte sie nie verlieren. Dann würden wir ewig zusammenbleiben, hatte er mir versprochen. Ich habe sie nicht verloren, aber Noah ist trotzdem weg.«

Brandt setzte sich zu ihr an den Esstisch und ließ ihr Zeit, sich zu sammeln.

Caro Fellinger japste kurz auf, zog die Nase hoch und musste husten. »Wir waren so stolz, dass wir vor Kurzem die letzte Rate für unser hübsches Reihenhäuschen gezahlt hatten. Wir fühlten uns so wohl in Vogelsang.« Das Haus war wirklich schön. Brandt spinkste in den Garten. Sehr gepflegt. Eine akkurat geschnittene Ligusterhecke rahmte das handtuchschmale Grundstück ein und gab ihm einen strengen, etwas steifen Charakter. Wenig Kitsch und Spielereien zierten den Rasen. Ein riesiger Flieder in der linken Ecke, zwei Kübel mit Obstbäumen in der rechten waren die einzigen größeren Pflanzen. Seitlich, ein wenig versteckt hinter einem gestutzten Lavendelbusch, lud eine nette Wohlfühlzone mit Kaskadenbrunnen zum Entspannen ein. Im vorderen Bereich stand noch ein neu aussehendes Hochbeet mit ein paar Kräutern, die den Winter überlebt hatten – mehr nicht. Auf der grau gefliesten Terrasse gab eine transparente Abdeckplane den Blick auf ordentlich zusammengerückte Gartenmöbel frei. Eine eingefahrene Markise, eine weiße Außenstehlampe und ein Grill ließen beschauliche Sommerabende vermuten, und Brandt versuchte, sich den siebenundvierzigjährigen, schlanken Fellinger dort vorzustellen. Ihn und seine Ehefrau, wie sie ein Glas Wein genossen und über etwas lachten und sich erzählten, was beide den Tag über erlebt hatten. Wie Fellinger auf einem Bleistift herumkaute oder sich die gewellten, dunkelbraunen Haare aus dem Gesicht strich, manchmal zur Musik mitsang oder taktbegleitend mit einer Gabel auf den eingedeckten Tisch klopfte. Sollte es so gewesen sein, wäre dies seit letzter Nacht Geschichte.

Caro Fellinger sah zu ihm auf, und die Sehnen an ihrem schlanken Hals traten deutlich hervor. Schwer atmend verharrte sie und streichelte rhythmisch die Stoffmaus. Ihr Blick wanderte zu einem gerahmten Schwarzweißplakat, das eine elegante Frau in dunklem Etuikleid zeigte, die aus einem Fenster auf eine Bucht schaute. Am unteren Bildrand stand neben dem Logo der *Goldenen Palme* in ebenso goldenen Großbuchstaben *Festival de Cannes*. Dann fing sie wieder an zu schaukeln und ihr Blick verlor sich im Nichts.

»Gestern haben wir noch gemeinsam aufgeräumt und geputzt. Alles war prima.« Über ihre Lippen huschte ein verunglücktes Lächeln. »Ich war davon so erschossen, dass ich früh zu Bett ging und wohl sofort eingeschlafen bin.«

Brandt hatte Schwierigkeiten, sie zu verstehen. So laut begleitete das Weinen die Worte.

»Und Ihr Mann?«

»Ich hab doch nichts mitbekommen. Erst heute Morgen. Ich wurde wach und er war nicht da.«

»Sie haben nicht bemerkt, dass Ihr Mann vergangene Nacht das Haus noch einmal verlassen hat?«

Caro Fellinger klapperte nur mit den Zähnen. Sie rieb mit beiden Händen an den geschwollenen Augen und verschmierte die letzten Überbleibsel der Mascara. Es waren die Augen einer Einsamen.

»Tat er das öfter? Nachts so mir nichts, dir nichts aus dem Haus verschwinden? Warum? Wohin?«

»Wenn mein Mann rausging, musste er mir nicht sagen, wohin«, erklärte Caro Fellinger pampig und wippte stoisch weiter.

Brandt erhob sich. Er ahnte, wie ihr zumute sein musste.

»Ich komme später wieder. Jetzt versuchen Sie sich erst mal zu beruhigen. Soll ich Ihnen eine meiner Kolleginnen schicken, damit sie nicht allein sind?«

Sie starrte an ihm vorbei ins Leere.

»Kommt er wieder? Er kommt doch gleich wieder. Oder nicht?«

»Nein, Frau Fellinger, aber er wacht über Sie.«

»Tut er das? Tut er das wirklich?«

Grünes Licht

Am nächsten Morgen saß Krämer vorgebeugt auf einem grellgrünen Hocker und drehte Däumchen zwischen den Knien. Zu dumm, dass er noch nicht gefrühstückt hatte. Selbst eine in aller Eile geschlürfte Tasse Kaffee oder ein schneller Biss ins Brötchen waren ihm nicht vergönnt gewesen. Er hatte also sein schönes Sprungbrett in den Tag verschlafen. Und Krümeln während der Fahrt im Auto kam für ihn nicht infrage. Vielmehr träumte er davon, jeden Morgen eine Stunde früher aufzustehen als nötig. Der Plan war da. An der Umsetzung haperte es. Warum gab es kein Bett, das ihn zwang aufzustehen, sobald der Wecker klingelte? Eines, das beispielsweise in die Senkrechte fuhr. Vielleicht sollte er sich eine dieser Weck-Apps herunterladen, die ihn jeden Morgen zwänge, mehrere Rechenaufgaben zum Deaktivieren des Alarms zu lösen? Sein Radiowecker, der störte doch nicht. So schön, dass ihm jemand im Hintergrund etwas ins Ohr säuselte.

Wenig erfrischt, begutachtete er die Reihen von Büchern entlang der Stirnwand seines Büros. Auf dem Boden davor stapelten sich Zeitschriften, Verbandsbulletins und Wirtschaftsjournale. Sie ordneten sich in eine Schlange an Informationen ein. Ob er anbauen musste?

Er zog ein kompaktes, kleines schwarzes Heft, das er immer bei sich trug, aus der Hosentasche, schlug es auf und notierte eilig einige Zahlen. Wie schnell konnte sich der Drang, ein Unternehmen wie die RÜW zu leiten, zu einer schrecklichen Besessenheit auswachsen? Keinesfalls wollte er sich in absehbarer Zeit vorzeitig zur Ruhe setzen. Auch wenn er das neuerdings immer häufiger gefragt wurde. Warum denn nicht? Wegen des Egos?

Er schmunzelte. Das wäre natürlich die einfachste Antwort gewesen. Das klassische Beispiel dafür war Frings. Der wollte immer der große Unternehmer sein, um das von ihm gemachte Geld zu zeigen. Und er hatte oft Gelegenheit dazu.

Achtlos zog Krämer an dem elastischen Verschluss des Notizbuchs, ließ ihn flitschen und zog erneut. Das Gummi riss. Nein! Seine Antwort auf die Frage, warum er nicht einem Jüngeren Platz machte und sich als Geschäftsführer zurückzog, lautete: aus Liebe zum Unternehmen und dessen bestens gehüteter Geschichte, Gegenwart und Zukunft. Das war auch der Grund, warum er nie krank machte. Und das wiederum war der Grund, warum ihm seine Johanna immer vorhielt, er sei zwar tüchtig, jedoch ebenso süchtig.

»Möchten Sie einen Kaffee?«, fragte eine leise, aber eindringliche Stimme. Seine Assistentin hatte unbemerkt den Raum betreten. Auf den ersten Blick wirkte sie nicht nur zurückhaltend, sondern schüchtern – in Wahrheit verstand sie sich hervorragend aufs stille Beobachten. Genau wie er – und sie hatten beide ihre Motive dafür. Valerie war erst vierundzwanzig, aber trotzdem schon die gute Seele der RÜW. Daher war er nicht sonderlich überrascht, wenn sie ihn kritisierte oder bemutterte, wohl aber genervt. Ihr herausragendstes Merkmal – neben ihrer ansehnlichen Größe, ihrem ansehnlichen Gewicht und ihrer überhaupt ansehnlichen Erscheinung – war die altertümliche Hornbrille, die sie an einer langen Perlenkette um den Hals trug. Krämer hatte noch nie gesehen, dass Valerie dieses Gestell tatsächlich aufsetzte. Auch jetzt baumelte es auf ihrem Pullover und hing dort wie ein Sichtausweis zur Identitätserkennung.

Mittlerweile hatte sie begonnen, die Perlen wie eine Gebetskette abzutasten. Irgendetwas brütete sie aus. Dann putzte sie die Gläser am Ärmel sauber und musterte ihn von unten bis oben, als trüge sie die Brille doch auf der Nase. Mit dem braunen, eng anliegenden Haar und dem Glanz auf den Wangen hätte sie eine Schwester der berühmten Mona Lisa sein können. Sie lächelte, er aber nicht zurück. Denn er war nicht sonderlich gut drauf.

Valerie wedelte mit den Händen vor Krämers Gesicht. »Hu-hu! Sie sehen nicht fit aus, Chef. Ich glaube, Sie haben einen Kaffee wirklich dringend nötig.«

Dummerweise hatte sie auch diesen voyeuristischen, verfolgenden Blick wie die Dame auf dem bekannten Renaissance-Gemälde und immer ein Auge aufs Äußere. Auch auf seins.

Ausdauernd schaute sie auf seinen Dreitagebart.

Krämer kratzte sich am Kinn.

Drei Sekunden vergingen. Vielleicht auch zehn.

Valerie zögerte, und zwar so lange, bis ihm die Hitze ins Gesicht stieg. »Es tut mir leid«, sagte sie. »Die Sache hat Sie ziemlich mitgenommen, ne? Ich kann das so gut verstehen. Ich bin genauso über Fellingers Tod erschüttert. Er war ein Netter und so tüchtig. Allerdings hab ich auch zwischendurch immer wieder Stimmen gehört, die meinten, er sei ein Streber und ziemlich eingebildet. Aber – er ließ es wohl nicht raushängen. Und war auch nie gemein oder gehässig. Nicht wahr?«

Krämer schwieg. Das war seine Antwort. Plus ein Bonbon.

Als Valerie schließlich einsah, dass sich seine Apathie nur wandeln würde, wenn sie – statt ihn ständig zu löchern und weiterhin zu belagern – hier und jetzt die Espressomaschine in Gang brächte, war endlich der Weg frei für Kaffee.

Warum nur wusste Valerie nach wie vor nicht, dass sie ihn vor dem Genuss seines ersten Kaffees am Morgen weiträumig umgehen musste? Richtig gesellschaftsfähig wurde er erst ab der dritten Tasse. Ihn vorher anzusprechen, geschah auf eigene Gefahr! Dabei gab es einen einfachen Trick, um ihm den Nörgelwind umgehend aus den Segeln zu nehmen: Man lauerte ihm mit einem doppelten Espresso auf.

Er bewegte die Zehen. Sie kribbelten. Das war das Dumme an eingeschlafenen Füßen. Sie bekamen nicht mit, wenn man wach sein wollte. Vielleicht war sein Blutdruck wieder zu niedrig? Das war nämlich einst der Ursprung seines übermäßigen Koffeinkonsums gewesen. Mittlerweile kannte er seine tägliche Koffeintoleranz, mit der er haarscharf an einer Überdosierung vorbeisteuerte. Na ja, fast. Die tödliche Dosis Koffein lag bei etwa zehn Gramm täglich. Das entsprach rund einhundert Tassen Kaffee. Und die schaffte nicht einmal er. Selbst wenn Johanna ihm unterstellte, dass er zu Vielem fähig wäre. Zum Beispiel ihr die Nachtruhe zu rauben, wenn *er* den Kaffee zubereitete. Denn dann schlief sie die nächsten drei Tage nicht. Ob sie ihm deshalb als Retourkutsche ab und an einen entkoffeinierten unterjubelte – oder warum nickte er vorm Fernseher so häufig ein?

»Voilà.«

Krämers Gesichtszüge hellten sich auf, als Valerie ihm einen herrlich duftenden Espresso Doppio servierte.

»Interessiert es Sie nicht, was gerade im Netz abgeht?«, versuchte sie nochmals den Faden aufzunehmen. »Machen Sie doch mal Rechner und Fernseher an. Die Medien werfen uns Green Fake vor. Und das Netz kann nicht genug davon bekommen. Die behaupten, Sie seien korrupt.« Valerie war empört und entfernte sich aus dem Raum.

Krämer sah ihr hinterher. Das also war das Ergebnis ihres Perlenzählens. Er ließ den Espresso auf einem Packen Bücher links liegen und lief eilig zur Sitzecke. Dort grapschte er sich die Fernbedienung und hielt sie mit ausgestrecktem Arm Richtung Bildschirm. Wie gebannt starrte er auf den achtundneunzig Zoll großen Flatscreen.

»… Es mehren sich die Stimmen, die den Verantwortlichen der RÜW Green Fake vorwerfen. Viele sehen zudem zwischen dem nächtlichen Stromausfall und dem Fund einer Leiche im Hambacher Forst einen Zusammenhang, zumal es sich hierbei um einen leitenden Angestellten der Firma handeln soll. Und auch an der ökologischen Ausrichtung der RÜW entstehen immer mehr Zweifel, so dass mittlerweile in Unternehmenskreisen bereits von einem handfesten Skandal die Rede ist.«

»Kokolores!«, brüllte Krämer empört, aber das konnte außer Valerie keiner hören. Sollten die doch den Mund halten. »So ein Unsinn! Diese Drecksmedien! Brauchen ständig neue Feindbilder. Die sind doch nur an Verkaufszahlen oder Einschaltquoten interessiert.« Er konnte sich nicht erinnern, wann er das letzte Mal derart attackiert worden war. Dass er sich beim Hämmern auf den klemmenden Programmtasten fast den Finger verstaucht hätte, nahm er schon gar nicht mehr wahr. Wohin sollte diese Misere führen?

»Mega Flop! Der Energielieferant RÜW bietet mit viel PR-Getöse angeblichen Ökostrom an, der sich jetzt nach neuesten Informationen als Augenwischerei mithilfe legaler Stromwäsche herausstellen könnte. Das Unternehmen soll systematisch fossilen Strom zu Ökostrom umetikettiert und sich dabei zulässiger Mittel bedient haben, die sogar von der EU unterstützt werden. Dahinter steht ein ausgeklügeltes System namens RECS. Mit diesem Renewable Energy Certificate System soll es möglich sein, bestimmte Strommengen mit einer neuen Identität zu versehen. Offenbar wollte die RÜW den Anschein erwecken, dass ihre Kunden grünen Strom aus den Steckdosen zapfen. In Wirklichkeit aber schien es dem Unternehmen letztlich nur darum gegangen zu sein, Kohlestrom gewinnbringend aufzuhübschen.«

Mit dem Zeige- und Mittelfinger der linken Hand kratzte sich Krämer am Haaransatz und wechselte zum nächsten Sender.

»… Auch die Reaktion der Umweltaktivisten folgte prompt, und sie nahmen die RÜW ins Kreuzfeuer. Mehrere Personen demonstrierten heute auf dem Parkplatz am Hambacher Forst. Was sagen Sie zu den Vorwürfen?«, erkundigte sich der Berichterstatter neugierig.

Ein athletischer Surfertyp mit zynischen Gesichtszügen ergriff das Wort.

»Wir fühlen uns von Herrn Krämer getäuscht. Anscheinend findet er es populär, uns Kölner zu veräppeln.«

Der schon wieder! Und Krämer fragte sich, *warum* eigentlich der schon wieder? Eigenartig. Ständig begegnete ihm der Kerl auf der Mattscheibe. Neulich auch. Vom ersten Moment an war dieser Mensch ihm unsympathisch gewesen. Er sah aus, als hätte er in eine Steckdose gefasst. Seine wilde Mähne hatte diesen Struwwelpeter-Look. Waschen, bürsten, föhnen, nichts half. Es gab Haare, die sich nicht bändigen ließen. Wie ihr Träger. Musste sich jetzt ein solch lausiger Besserwisser derart in sein Unternehmen reinhängen?

Krämer spürte, wie ihn der Eifer packte. Er war sich nicht sicher, aber konnte es sein, dass ihm dieser aufdringliche Witzbold sogar schon mal leibhaftig über den Weg gelaufen war? In der Köln-Marina oder im Sürther Bootshaus? Oder unten auf dem Parkplatz des Betriebsgeländes? Stieg er ihm vielleicht nach?

»Der Unternehmenschef soll uns nicht für blöd verkaufen. So eine miese Ratte!«

»Miese Ratte?«

»Ja genau, eine miese Ratte! Nicht uns, *ihm* fehlt der Verstand! Sein Vorgehen wirkt auf mich absolut aus der Zeit gefallen. Er hat sein ökologisches Gespür verloren, aber es gibt eine Alternative.«

»Und die Alternative wäre was?«

Es dauerte eine Weile, bis der findige Struwwelpeter antwortete: »Die Schließung wäre natürlich eine Maßnahme.«

Der Reporter sah ihn überrascht an, als ein Bärtiger sich vor die Kamera zwängte und einmischte.

»Die RÜW betreibt Greenwashing!«, plärrte er ins Mikrofon.

Krämer drehte mehrfache Pirouetten, wütend wie eine Wespe. Der Stachel saß und er schaltete nochmals aufs dritte Programm.

»… Bei der Stadt Köln sorgen die Vorgänge für erhebliche Verwunderung«, erklärte dort gerade ein Ratsmitglied. »Es kann nicht angehen, dass unsere Bürgerinnen und Bürger durch die Hintertür benachteiligt und verschaukelt werden.«

Der Bildschirm wurde dunkel, und Krämer spiegelte sich mit seiner Fernbedienung im Flatscreen.

»Valerie!«, rief er. »Wo steckt Hofer? Ich muss mit Hofer sprechen!«

Hibbelig saß er vor seinen Computer, als das Telefon klingelte – einmal.

Krämer schluckte zweimal heftig.

»Krämer?« Er schluckte erneut. »Krämer?«

Er legte auf. Ganz offensichtlich hatte sich einer verwählt. Geschlaucht betrachtete er die eingegangen E-Mails, zwang seine Hand, die Maus ruhig zu führen und öffnete die erste Nachricht. »Hm.« Interessant. Oder auch nicht. Sie war von einem Mitbewerber auf dem Energiemarkt. Er las die Betreffzeile: »Hallo, helfen Sie uns bitte auf die Sprünge!« Schnell überflog Krämer den Text. »Damit wir Sie bei Ihrem aktuellen Ökostromanbieter – der RÜW – abmelden können, brauchen wir Ihre Mithilfe. Nennen Sie uns Ihren Zählerstand, und schon kann es weitergehen. Vielen Dank!«

In seinen Ohren fing es an zu rauschen, und er klickte weiter, immer weiter. Auch auf einen Facebook-Kommentar. Eine Petition forderte: »Stopp dem Green Fake! 1896 haben schon unterschrieben. Nächstes Ziel 2500.«

Im Betreff der letzten E-Mail stand: Haben Sie Ihren Laden nicht im Griff? Wir kaufen ihn!

Unverschämtheit. Krämer tickerte mit einem Kugelschreiber. Es brodelte in ihm. Fieberhaft addierte er die Zahlen, die er eben in sein Notizheft geschrieben hatte. Markierte jeden Wert mit einem Strich, als wollte er ihn festhalten. Dann presste er die Finger an die Schläfen, als Hofer plötzlich und endlich im Raum stand.

Hofer bewegte sich nicht von der Stelle.

»Ich hatte Sie darum gebeten, mir gegenüber als Ihr Berater und Pressesprecher mit offenen Karten zu spielen«, sagte er ruhig, aber mächtig unterkühlt.

»Ich weiß.«

»Stattdessen kommen Sie mit einem neuen fetten Klops um die Ecke.«

Einen Augenblick fürchtete Krämer, dass Hofer seine Kündigung einreichen wollte. Auch wenn er jetzt noch nicht die Beherrschung verlor, konnte Hofer mit Sicherheit fuchsteufelswild werden – irgendwann. Wenn er ihm nicht signalisierte, dass er seinem Pressesprecher vertraute.

»Was soll ich Ihrer Meinung nach tun?«

»Mir sagen, was es mit dem Green-Fake-Vorwurf auf sich hat.«

Krämer stützte einen Ellenbogen auf. Sollte das eine Frage sein?

Er antwortete trotzdem.

»Nichts.«

»Natürlich«, sagte Hofer leicht süffisant. »Sie halten mich wirklich für dumm, stimmt's?«

»Nein, das tue ich nicht. Ich meine nur … es reicht, wenn Sie wissen, dass an dem Vorwurf des Green Fakes nichts dran ist.«

Hofer schnaubte ein leichtes Lachen, das Krämer ein wenig erleichterte. Anscheinend war er nicht sauer auf ihn, sondern nur konzentriert bei der Sache.

»Dann halten wir einfach mal fest«, sagte Hofer, »die RÜW ist ein unabhängiger Stromanbieter. Einen Teil produzieren wir selbst, einen anderen kaufen wir ein. Heißt, wir vermarkten Ökostrom nicht nur aus unseren eigenen kleinen dezentralen Wind-, Wasser-, Solaranlagen und Biomassekraftwerken, sondern auch von anderen Erzeugern.«

»Genau!«, ergänzte Krämer. »Wir haben es in den letzten Jahren geschafft, dass die RÜW zu einem *echten* Ökostromversorger geworden ist.«

»Klar, klar.«

»Wir geben einhundert Prozent!«

Hofers Blick hing an ihm und war hellwach. »Eben offenbar nicht!«

»Doch, doch!«

»Nein, nein.«

»Jetzt reicht es aber, ich brauche weder die Medien noch meinen Pressesprecher, um zu wissen, was stimmt und was nicht. Unser Ökostrom stammt zu einhundert Prozent aus erneuerbaren Energien! Auch der eingekaufte.«

»Ach, warum wird Ihnen dann jetzt überhaupt eine Irreführung unterstellt? Es heißt, Ihr *echter* Ökostrom sei gar nicht echt«, sagte Hofer und klang schon wieder ziemlich distanziert. »Eine nebulöse

Sache, finden Sie nicht? Dieser zusätzliche eingekaufte Strom soll Kohlestrom sein! Zu diesem Kohlestrom, den Sie beispielsweise auch günstig über die Börse bezogen haben, sollen Sie ein entsprechendes Kontingent an RECS-Zertifikaten erworben haben. Mit diesen Grünstromsiegeln konnten Sie nun Ihrem Kohlestrom eine neue Identität geben – ihn als Ökostrom bezeichnen und ihn als solchen teuer verkaufen. Das ist der reinste Verschiebebahnhof, Herr Krämer! Oder wie würden Sie das nennen? Vielleicht postmoderne Energieerzeugung?«

Durch Krämer ging ein Ruck, als hätte Hofer ihm eine gepfeffert. Jähzornig sprang er auf, trat gegen den Papierkorb und fluchte.

»So eine Sauerei, was mir unterstellt wird! Jawohl, eine Sauerei ist das! Gerade mir, ausgerechnet mir!«, keuchte er. »Alles, aber auch alles hab ich dafür getan, um *grün* zu werden! Heute sind wir komplett *so* aufgestellt. Einhundert Prozent unseres gesamten Stroms stammt aus Quellen mit null CO_2-Emissionen. Null, Null, Null – dreimal Null ist Null!«

»Tja, worauf warten Sie dann? Erklären Sie sich öffentlich. Kooperieren und kommunizieren – das sollte Ihr neues Hobby werden. Mit anderen Energiekonzernen, mit Ihren Mitarbeitern und mit den Medien.«

Krämer hechelte kurz, schnell und hörbar. Seine Augen juckten.

»Irgendwie bemerkenswert«, sagte Hofer spitzzüngig. »Sie stecken in letzter Zeit immer wieder in Schwierigkeiten: Mal hier was, mal dort was, immer irgendwas.«

»Ach so?«

»Ja! Und da wundern Sie sich, wenn das Verhältnis von Medien und Umweltschützern zu Ihrem Unternehmen nicht von Herzlichkeit geprägt ist? Seien wir doch mal ehrlich: Mehr oder weniger gärte dieser Vorwurf der Grünfärberei doch schon seit Wochen. Aber ich sag Ihnen was: Diese Nummer können *Sie* den Medien erklären. Bitte schön: *It's showtime*, Herr Krämer.«

»Das versteh ich nicht.«

»Wenn Sie das nicht verstehen, ist das Ihr Problem!« Hofer warf ihm einen Blick zu. War da der Anflug eines Lächelns in seinem Gesicht? »*Ich* für meinen Teil habe die Nase voll. *Ich* halte nicht meinen Kopf für Ihren Green Fake hin.«

»Gut, wenn das so laufen soll …«

»Heißt was?«

»Das heißt überhaupt nichts. Sie können gehen.«

Hofer zuckte die Schultern, und Krämer dachte schon, das bleibe seine einzige Reaktion.

»Das tu ich gern«, sagte Hofer. »Und zwar für immer!«

Das war eine Dusche!

»Wollen Sie mir damit sagen, dass Sie bei uns aufhören wollen? So en passant? Ich hab schon genug Probleme!«

»Eben.«

»Sie sind mein Pressesprecher. Sie leben von meinem Geld. Im weitesten Sinne sind Sie mein Sprachrohr.«

»Ich kündige!«

Also doch! Krämer verkniff das Gesicht und ballte eine Faust hinter dem Rücken. »Auch gut. Aber vorher erklären Sie der Presse meine Unschuld.«

»Das werde ich nicht tun.«

Es hatte keinen Zweck. Hofer blieb hart und Krämer versuchte es anders. Er drückte auf die Tränendrüse. »Ich werde mich in dem Pressedschungel verlaufen. Das Ganze macht mich total fertig. Dann kann ich auch gleich in den Rhein springen.«

»Ja, tun Sie das! Und tun Sie mir einen Gefallen. Tauchen Sie am besten komplett ab.« Hofers Augen wurden ganz schmal. »Überweisen Sie mir einfach mein letztes Gehalt und wir sind quitt.«

»Okay – gehen Sie!« zischte Krämer und guckte kariert aus der Wäsche.

Showtime

O b er sich aus diesem bedrückenden Schlamassel wieder herausziehen konnte? Wie aus einem Pulli, der zu heiß gewaschen worden war? Nicht dass er bequeme Zelte mochte, denn sie passten vor lauter Stoffvolumen unter keinen Mantel. Aber dass es gerade so eng für ihn war, stimmte ihn dann doch nachdenklich. Was ihm fehlte, war ein Konzept.

Wenn ihm Hofer nicht half, dann half er sich halt selbst. Er benötigte schnellstmöglich eine Antwort auf die Stimmungsmache in den Medien. Außerdem musste er eine wie auch immer geartete Lösung für den Umgang mit den Umweltaktivisten finden. Und er musste sich auf weitere Besuche von Brandt einstellen. Da der Programmleiter eines lokalen Radiosenders Mitglied bei den KöKös war, hatte man ihm immerhin noch heute eine Stellungnahme in Echtzeit angeboten. Deshalb entschloss er sich, mit den Medien zu beginnen und in einer vorabendlichen Liveschalte um Vertrauen zu werben. Das Team vom Rundfunk wartete bereits in der Leitung, um die Übertragung umzusetzen. Interaktionen mit Zuschauern wären perfekt für ein frühzeitiges Krisenmanagement, predigte ihm Frings seit Jahr und Tag. Außerdem sei das A und O der Kommunikation nach wie vor ganz einfach: Freundlichkeit und Verbindlichkeit – und zwar immer! Na klar. Als Rampensau sagte sich das so einfach. Für ihn war diese Direktausstrahlung eine echte Herausforderung. Eine Tragödie in einem Akt von drei Minuten.

»Sie sind gleich auf Sendung«, erklärte ihm eine reizende Frauenstimme aus dem Studio. »In fünf – vier ...«

Krämer lockerte die Schultern. Sein linkes Augenlid begann zu flattern. Und dann noch dieses flaue Gefühl im Magen.

»Dazu haben wir jetzt den Inhaber der RÜW, Herrn Krämer, in der Leitung. Zur Zeit sicherlich Kölns gefragtester Unternehmer. Herzlich willkommen!«, sagte der Moderator.

Krämer quetschte sich ein Dauerlächeln ins Gesicht und schnaufte, um seine Stimme eine Nuance tiefer zu schrauben. »Haben Sie vielen Dank!«

Jetzt flatterte auch sein rechtes Augenlid.

»Ich darf sagen, Herr Krämer, dass in der Öffentlichkeit aktuell heiß debattiert wird, wie fair Ihr grünes Versprechen tatsächlich ist.«

»Äh, ach so … ja, auch uns erreichen unzählige Anfragen dazu.«

»Genau. Deshalb haben wir, als bürgernaher Sender, Sie darum gebeten, selbst zu dem Vorwurf Stellung zu beziehen.«

»Ich bin sehr stolz auf unseren Ökostrom.« Krämer blickte auf den Niehler Hafen und knetete die Hände. Er hasste Kameras und Blitzlichtgewitter – und Mikrofone.

»Das glaub ich Ihnen unbenommen. Aber Ihnen wird vorgeworfen, dass Ihr grüner Strom eine Illusion sei. Ihr RÜW-Strom biete also dem Bezieher keinen Vorteil für das ökologische Gewissen, wie ihn etwa das Ökogemüse verspricht, das ohne Pestizide angebaut wird. Sie lassen Verbraucher in dem Glauben, sie würden Strom von einem hundertprozentig ökologischen Unternehmen erhalten. Wie würden Sie Ihr Nachhaltigkeitsmärchen Ihrer Großmutter erklären?«

»Ich bin mir keiner Täuschung bewusst«, entgegnete Krämer. Es war mehr eine rhetorische Floskel.

»Bitte?«, fragte der Moderator erstaunt. »Das ist Ihre Erklärung dafür, dass Sie uns offenbar hinters Licht führen? Mehr fällt Ihnen nicht ein? Sind Sie sicher?«

Krämer wischte mit einem Taschentuch die Fingertapsen vom Bildschirm. Eine Erklärung dürfte schwierig werden. Außerdem war er nicht darauf gefasst gewesen, dass der Moderator ihn dermaßen in die Ecke treiben würde. Was zum Henker sollte das?

»Ich versuche es noch einmal anders, Herr Krämer: Es ist keinesfalls alles vernünftig, was den amtlichen Segen erhält. Also, stimmt es, dass Sie Unfug mit Ökostromzertifikaten betreiben? Haben Sie irgendeine Geschäftsbeziehung zu Unternehmen aus der Kohlebranche? Ökostrom und ein blutiges Zeichen im Hambacher Forst: Wie passt das zusammen?«

Der Moderator ließ ihm Zeit.

Es mochten mehrere Sekunden vergangen sein und Krämer wünschte sich einen Geistesblitz.

»Erst einmal bitte ich um Entschuldigung dafür, dass der Stromausfall so lange gedauert hat. Wenn ich irgendeine Möglichkeit gesehen hätte, die Sache zu beschleunigen, so hätte ich es getan.«

»Vielen Dank, Herr Krämer, aber anscheinend hören Sie A, verstehen B und antworten C. Leider ist unsere Sendezeit zu Ende.«

»Aber ich—«

Krämer war nicht mehr auf Sendung. Von unten beleuchtete das Bildschirmlicht seine Miene. Die Fäuste geballt, hob Krämer den Kopf leicht an und hörte den Radiomoderator sagen:

»Ja, liebe Zuhörer, man möchte Herrn Krämer sofort glauben. Hoffen wir mal, dass jetzt, wo es nicht mehr düster ist, nicht noch ganz andere finstere Machenschaften zu Tage treten.«

»Schönes Wochenende!«, rief ihm Valerie zu.

Aus der offenen Tür zum Vorzimmer fiel ein grüner Lichtstreif in den dämmrigen, fast dunklen Raum. Valerie hatte sich diese LED-Leuchte mit wechselnden Farben für ihren Arbeitsplatz gewünscht. Farben könnten Rheuma und depressive Verstimmungen lindern und hätten großen Einfluss auf Nervensystem oder Blutdruck, hatte sie ihm erklärt. Erfrischendes Blau im Sommer, anregendes Rot für den Winter, motivierendes Gelb am Morgen, entspannendes Grün für den Feierabend. Unruhig packte Krämer seine Siebensachen. Ihn schmerzte das Kreuz, und ihm platzte der Kopf. Er wollte nach Hause und Johannas Kochkünste in vollem Bauchumfang würdigen.

Er schloss die Bürotür von außen zweimal ab und stutzte. Drückte erneut den Lichtschalter, aber es blieb dunkel. Hektisch suchte er im Mantel nach seinem Handy, inzwischen gingen die Deckenstrahler an. Er inspizierte die obere Etage, lief hinunter in die Empfangshalle, hinaus auf den beleuchteten Vorplatz. Ein typischer Freitagabend. Weit und breit war niemand zu sehen. Niemand konnte wissen, dass ihm seine Schritte zu laut vorkamen. Er blieb stehen, im nächsten Moment fiel ein braunes Paket vor seine Füße. Krämer sah sich um und horchte. Sein sechster Sinn brauchte ihn nicht darauf hinzuweisen, dass ihn jemand ins Visier genommen hatte. Er zögerte. Das Paket war wie neu, ohne Schnüre, ohne Klebeband. Eine Ecke war deutlich dunkler – war vielleicht nass geworden, schien durchgeweicht. Er stupste den Karton mit dem Fuß leicht an, die Ecke riss ein. Mit spitzen Fingern hob er das Paket auf und sein Magen drehte sich um. Aas und zersetztes Gewebe rochen süßlich beißend, das hatte er oft genug als Jäger erfahren. Dieser starke Geruch kam durch die Stoffe Cadaverin und Putrescon bei der Verwesung eines Lebewesens zustande. Nach dem vollständigen Zusammenbruch des Immunsystems besiedelten Bakterien den toten Körper und begannen, ihn zu verdauen und sich selbst exponentiell zu vermehren.

Schaudernd öffnete er den Deckel. Was er sah, war mehr, als er momentan ertragen konnte, bei aller Freude an Überraschungsgeschenken. Dennoch las er den Beipackzettel: Nimm das, Krämer!

Schachmatt

D u Ratte!«, brüllte ihm jemand ins Ohr. Krämer hatte seinen Kopf so schnell abgewandt, als hätte ihm eine unsichtbare Faust ins Gesicht geboxt. Mit offenem Mund stand er da und versuchte, den Druck auf sein Trommelfell auszugleichen. Was hatte er getan? Was wollte dieser Typ von ihm? Kannte er ihn? Jetzt griff man ihn nicht nur in den Medien, sondern auch schon auf offener Straße an. Sein Herz pumpte schneller. Zitternd sah er einem mit Jeans und schwarzem Jackett gekleideten Mann hinterher, der in Richtung Ebertplatz davonlief. Worauf wartete sein Körper noch?

Nach den Tagen voller Paukenschläge, Wut und Selbstmitleid hatte er am Samstag begonnen, langsam und mit wachsender Entschlossenheit, das innere Chaos zu sortieren. Er hatte sich Erholung befohlen und bastelte an einem Plan, um sich vor seinen Widersachern zu schützen. Er würde noch mal zur Schule gehen. Ins Bushido in Kalk – das war das beste Dojo in Köln. Er würde Shotokan Karate und Selbstverteidigung lernen, um sich im Ernstfall zur Wehr setzen zu können. Er würde alles ertragen: Befreiung aus Klammern, Treten mit schmerzhafter Wirkungskontrolle, Hämmern an Pratzen und diese bescheuerten Kiais. Er würde sich von drillenden Dans und ätzendem Achselschweiß schikanieren lassen – das Dojo wäre bestimmt kein Ponyhof, aber er würde es allen zeigen. Er wäre dynamisch wie Karate Kid, hätte Todesfäuste wie Bruce Lee, Muskeln wie Jean-Claude Van Damme. Ob das für Johanna ein Scheidungsgrund werden könnte?

Doch noch stand er neben ihrem Countryman auf der Neusser Straße in zweiter Reihe. Die Parkplatzsuche war ihm lästig gewesen, obwohl zahlreiche Buchten frei waren und er extra ihren Flitzer genommen hatte. Aber die Politessen waren an diesem besinnlichen und sonnigen Vormittag sowieso nicht unterwegs. Vermutete er. Außerdem verstand er den Aufwand nicht, dass er nur für ein paar lächerliche Butterhörnchen unbedingt zum Ebertplatz fahren musste. Als ob sie in Riehl keine tollen Bäcker hätten, die er von zu Hause aus prima zu Fuß hätte erreichen können. Aber nein, Madame musste immer ihren Willen und ihren Dickschädel durchsetzen. Denn an jedem Sonntag – und nur sonntags – stand auf dem Ebertplatz diese mobile Brötchenbude. Eine zugegeben sehr charmante, ausgesprochen stilvolle Bäckerei mit einer ganz eigenen minimalistischen Art: Mit begrenzter Menge in Handarbeit gebackener Teigwaren und Patisserie, einem kleinen Angebot vorzüglichen Biokaffees und einer überschaubaren Auswahl an Tageszeitungen – zum Genießen zu Hause, auf dem Weg irgendwohin oder unter Bäumen vor Ort. Mit zwei bunt lackierten Minitischen und Ministühlen. Mit Menschen in einer Maxischlange. Die alle begierig waren auf ein Stückchen Montmartre mitten in Köln. Bienvenue in der Schlacht um Croissants.

Er machte sich also auf zum Ebertplatz, kreuzte den Hansaring, tänzelte mit weit schwingendem Einkaufskorb und gespielter Lässigkeit an plaudernden Grüppchen und Herumlungernden vorbei und stellte sich als Letzter an. Innerhalb weniger Sekunden hatte er bereits zehn Personen hinter sich, dafür immer noch gefühlte einhundert vor sich.

Es war noch gar nicht lange her, da galt der Ebertplatz in Köln als vernachlässigte und zwielichtige Ecke, als eine Art Betonschlund im Norden. Der Brunnen war stillgelegt und glich einer Mülldeponie, mehrere Rolltreppen waren abgeschaltet oder mutwillig zerstört. Wer dieses verschachtelte Hexagon überqueren musste, tat das oft mit einem ziemlich mulmigen Gefühl und so schnell wie möglich. Heute präsentierte sich der Ebertplatz als wachgeküsster Kulturort, an dem im Sommer trotz einbrechender Dunkelheit niemand daran dachte, nach Hause zu gehen.

Krämer arbeitete sich voran. Immerhin, die Croissants konnte er schon sehen. Leider gab es keine Chance, sich vorzumogeln. Brav ging es im Gänsemarsch Schritt für Schritt weiter, dabei trat er versehentlich einer Frau in die Hacken.

»Entschuldigung!«, grummelte Krämer.

Die Frau blickte, ohne Augenkontakt aufzunehmen, über ihre Schulter und nickte.

Krämer hielt sich zwar an die Regeln und grüßte mit kurzem Nicken zurück, aber seine Aufmerksamkeit galt allein den Blätterteighörnchen, deren appetitlicher Butterduft ihn endlich auf Position zwölf einlullte. Falls er sich nicht verzählt hatte. Krämer reckte den Hals. Warum machte dieser Idiot an der Ausgabe nicht voran? Und zwar hopplahopp! Ob diese *Trööt* vor ihm die ganze Bude leerkaufen wollte? Dieser nervende Langweiler bestellte und bestellte, lud ein und lud ein. Und jetzt kramte er in der Brieftasche und zählte und zählte und fing an zu erzählen. Er textete die Tante in der Brötchenbude zu, aber dann …

»Tadaaa!« Triumphierend hielt die Labertasche eine Tüte in die Höhe und wartete auf Applaus.

»Mach schon! Das gibt es doch nicht«, stieß Krämer hervor. »Andere wollen auch drankommen.«

Doch die *anderen* guckten völlig unbeteiligt in der Gegend herum.

Krämer klopfte sich die Hosen ab, als hätte er mit einem Croissant bereits gekrümelt, und wusste plötzlich: Der Schwätzer musste das Subjekt von eben auf der Neusser Straße sein. Nein, schlimmer! Das war doch wohl nicht dieser clevere Struwwelpeter aus den Fernsehberichten? Seine zotteligen Haare hatte er zu einem Knoten aufgetürmt. Hocherhobenen Hauptes stampfte er mit seiner Brötchentrophäe dicht an der Schlange entlang und ging ungebremst auf Krämer los. Hatte er es doch gewusst! Dieser Umweltaktivist rückte ihm tatsächlich auf die Pelle.

»Na, du miese Ratte, erkennst du mich? Du Intelligenzallergiker!«, blaffte er Krämer an. »Bei der Zerstörung der Ökosysteme ist auch *deine* Ernährungskette in Gefahr, Fleischklops!«, zischte er. Währenddessen war er noch näher gekommen, ihrer beide Nasenspitzen berührten sich fast.

Krämer packte sich an die Kehle, wich zurück und versuchte dabei, selbstbewusster auszusehen, als er sich fühlte. Ob er sich eine Klampfe anschaffen sollte, um demnächst pazifistische Lieder zu trällern? Vielleicht könnte das den Müslimann besänftigen.

»Ach, das tut mir leid, dass es Ihnen gerade nicht gut geht, aber lassen Sie das bitte nicht an mir aus, Sie Ritter der Schwafelrunde«, antwortete Krämer laut und für alle vernehmlich, aber ganz ruhig und fast automatisch. Da war er ja – sein Entspannungsnerv, den er an diesem Wochenende trainieren wollte. Das überraschte ihn selbst. Auch den Menschen um ihn herum fehlten offensichtlich die Worte. Peinlich berührt und unentschlossen starrten sie sich an. Einer hinter Krämer grinste hilflos. Der Struwwelpeter war längst spurlos verschwunden.

Krämer gähnte verstohlen. Er brauchte etwas, womit er die Wartezeit totschlagen konnte. Beim Stichwort *tot* zwickte ihn sein wiederentdeckter Entspannungsnerv in den Bauch, und für einen kurzen Moment dachte er an Brandt, was er tunlichst vermeiden wollte. Da Krämer sich sowieso sukzessive der Backwarenausgabe näherte, konzentrierte er sich lieber auf die ausliegende Sonntagszeitung, der er – trotz der reißerischen Schlagzeilen – seit Jahren treu war. Diese Treue beruhte, wie es aussah, auf Gegenseitigkeit. Denn eine Titelzeile des *Express* zog seinen Blick magisch an: *Untergang* las er in fetter Schrift. Aber was ging unter? Die Sonne war vorhin aufgegangen, in Venedig fuhren die Gondeln – noch. Die Schlagzeile ließ ihn nicht in Ruhe, und zum Glück war er der Nächste.

»Sie wünschen?«

»Ich muss unbedingt wissen, was untergeht.«

Die Bäckerin schaute Krämer erstaunt an.

»Ist Ihnen nicht wohl?« Sie warf ein Geschirrtuch über ihre Schulter und erwiderte seinen aufgescheuchten Kaninchenblick. Dabei röteten sich ihre Wangen, und auf der Stirn bildeten sich Sorgenfalten.

»Alles gut!«, schummelte er und plusterte sich ein wenig auf.

»Croissants natur oder gefüllt mit Haselnusscreme?«, fragte die Frau munter, lächelte, und ihre Augen leuchteten wieder.

»Haselnusscreme?«, wiederholte Krämer und verstummte. Dann aber zeigte er auf das Boulevardblatt. »Nein, ich will wissen, was untergeht!« Er griff sich eine Zeitung und breitete sie so geschwind aus, dass die Frau gerade noch rechtzeitig ein volles Milchkännchen vor dem Umkippen bewahren konnte.

»*Das* muss ich wissen!« Krämer tippte nonstop mit dem Zeigefinger auf die Schlagzeile. »Oder glauben Sie, es war ein Vergnügen, in der Schlange zu versauern?«, rief er überlaut.

Die Bäckerin trocknete sich die Hände an der Schürze ab. Drinnen in der Brötchenbude dampfte der Kaffeevollautomat in der Ecke vor sich hin. Sie legte den Kopf schief und reckte ihren Hals.

»Aber hier steht es doch! Schauen Sie – da! Im fortlaufenden Text. *Untergang im Niehler Hafen? RÜW mit allen Wassern gewaschen.* Und hier, auf Seite zwei geht es weiter.« Prüfend schaute sie ihn an. »Auf dem Foto – sind *Sie* das?«

»Nee!« Krämer legte ihr fünfzehn Euro hin. »Zehn Croissants bitte – natur!«

»Sehr gerne!«

Krämer sammelte zwei Tüten ein, stopfte sie in den Korb und ging wortlos davon.

»Und was ist mit der Zeitung?«

Abseits an einem Mäuerchen wandte Brandt sich zur Seite und rollte eine Schachfigur zwischen den Fingern.

»Stimmt was nicht?«, wollte sein Kollege von ihm wissen.

»Ich weiß nicht«, sagte Brandt, schlug einmal kräftig den König auf die Handfläche und kehrte zum Spiel zurück. »Okay.«

»War das nicht Krämer?«

»Yep!«

»Übrigens, du bist dran, Raphael. Es ist dein Zug. Und leider sieht die Runde für mich mal wieder kritisch aus. Sehr großzügig von dir!«, feixte sein Kollege.

Genau deshalb spielte Brandt so gerne Schach. Das Strategiespiel war gefährlich. Man konnte Figuren verschieben, sie ziehen lassen und für sie denken. Er war elf gewesen, als er es lernte. Schach gehörte zu ihm wie Lesen. Vor allem war es ein wunderschönes Spielchen, aber eben ein Spielchen. Ob Krämer auch eins mit ihm trieb?

Brandt hatte sich so sehr auf die heutige Partie gefreut. Hier, auf dem Ebertplatz, gab es sogar die Möglichkeit, ganze Turniere abzuhalten. Nicht ein, nicht zwei, nein gleich mehrere Schachbretter auf Gestellen waren an der Mauer des Platzes befestigt. Am Gastrocontainer konnte man Schachfiguren gegen ein Pfand auszuleihen.

»Soll ich uns zwischenzeitlich einen Burger holen?«, fragte sein Kollege und Brandt konnte eine Überflutung durch Kinnwasser förmlich tropfen sehen.

Er lächelte amüsiert, aber winkte ab.

»Nee, lass mal. Wenn ich schon Fleisch esse, dann Bio.« Er selbst hätte jetzt Lust auf kölsche Tapas gehabt, wollte aber nicht erneut eine Bestellung beim Veggie-Taxi riskieren.

»Wow, Raphael, passend zu deinen morgendlichen Smoothies. Deine grüne Seite! Doch ein Biosteak allein rettet die Welt nicht«, warf sein Kollege ein und sah Brandt erwartungsvoll an. Der stellte soeben den König neben sich auf die Mauer.

»Aber Fleischkonsum ist einer der größten Feinde unseres Klimas.« Brandt zog sich die Ärmel seines dunklen Dufflecoats hoch, damit der farblich abgestimmte, orangeblau geringelte Organic-Sweater hervorguckte. An seinen freien Tagen ließ er sein neues verknittertes Leinenjackett gerne hängen. Denn selbst dann war ihm die Zeit zu kostbar, die er benötigte, um es zu glätten.

»Warum wird Fleischwerbung nicht gestoppt? Ich plädiere für glücklichere Tiere«, forderte Brandt, legte die Hände auf die Knie, machte einen Katzenbuckel und streckte sich im Wechsel. »Alles eine Frage der Haltung!«

»Hm. Wusstest du eigentlich, dass Konrad Adenauer 1916 in Köln die Sojawurst erfunden hatte? Grund war die damalige Fleischknappheit.«

Brandt überlegte eine Weile, als müsse er in seinen Erinnerungen kramen.

»Ein Erfindergeist«, sagte er schließlich und rieb sich die Augen.

»*Mein* Geist verlangt übrigens dringend nach Kaffee. Bringst du mir einen mit?«

Als Antwort lachte sein Kollege nur kurz auf.

Brandt tastete die Hosentaschen ab. »Verdammt! Schon wieder habe ich statt des Portemonnaies den König eingesteckt. Könntest du vorstrecken?«

»Ich hab mich schon gewundert, wofür du einen zusätzlichen König brauchst? Zum Kaffee lade ich dich natürlich ein. Warte, ich bin gleich zurück.«

Es dauerte zehn Minuten, bis Brandt den nächsten Spielzug ausgewählt hatte. Inzwischen war auch sein Kaffee da – und ebenso die Sonntagszeitung.

»Lecker!«, bedankte sich Brandt. »Und dir einen guten Appetit!«

»Schmeckt wirklich klasse«, erwiderte sein Kollege und zeigte mit einer Kopfbewegung auf den Express. »Kommst du weiter im Fall Fellinger?«, fragte er mit vollem Mund, während Brandt sich wieder auf das Schachbrett konzentrierte und nur einen flüchtigen Blick auf die Zeitung warf.

»Weißt du, was echt frappierend ist? Krämer tut so, als ginge ihn der Tod seines Vertriebsleiters überhaupt nichts an.«

Sein Kollege nickte. »Immer wieder nett, wenn Menschen ein gepflegtes Desinteresse zeigen.«

»Absolut!«, fuhr Brandt fort. »Dabei fehlt dem Krämer ein wichtiger Mann in der RÜW. Außerdem war es Mord in seinem direkten Umfeld.«

Sein Kollege zerknüllte die Burgerverpackung. Im hohen Bogen landete sie punktgenau im Mülleimer.

»Du hast Krämer beim Brötchenkauf eben so intensiv betrachtet, als wolltest du ihn hypnotisieren und etwas aus ihm rauskitzeln.«

Brandt setzte sich aufrecht.

»Vor allem versuche ich gerade mehr über Fellinger herauszufinden. Zum Beispiel, wie er gelebt hat. Ich hab in den sozialen Medien recherchiert. Aber es gibt keine Accounts und kaum Informationen über ihn. Die, die ich gefunden habe, sind irrelevant. Auf Xing ist er vertreten, aber er hat kein Kontaktnetzwerk erstellt.«

Endlich machte Brandt seinen Spielzug. »Schach!«, freute er sich, schlug den Express auf und pfiff. Kein Konzert, keinen Beifall, sondern Alarm. Verdammt, sah Krämer matt aus.

Speakers' Corner

S ie waren überall – diese Gedanken der anderen. Aufgeschrieben. Aufgezogen. Aufgehängt. Umweltschützer demonstrierten mit Parolen. Sichtbar, aber auch vermummt. Laut und leise und verteilt über den gesamten Vorplatz der RÜW. Eine Zumutung. Dutzende von Menschen tummelten sich, wuselten durcheinander. Viele von ihnen stellten sich auf eine kleine Leiter oder einen Schemel, um besser zu sehen und zu hören oder gesehen und gehört zu werden. Daneben bildeten sich immer wieder Gruppen, in denen diskutiert wurde. Worum es ging, war klar. Dass es Aufregerpotenzial gab, ebenso. Dass Krämer an einem Montagmorgen am Fenster klebte, nicht. Sein Atem beschlug die Scheibe. Er stellte den Hebel nach oben und kippte den Rahmen. Gebannt beobachtete er, wie sich die Scheibe wieder aufklärte und lauschte dem Zirkus.

Zukunftsbäume braucht das Land!
Megadürren sind die Herausforderung!
Es gibt keine Erde 2.0!
Stopp RÜW!
Hambi bleibt!
Ende Gelände!

Ein Mann mit Funkmikrofon kletterte auf eine Holzkiste nach Art von Speakers' Corner. Neben ihm stand eine mobile Beschallungsanlage. Der Typ mochte Anfang dreißig sein. Er war schlank und wirkte auf Krämer ungeachtet seiner dunkelblauen Strickmütze und den zerrissenen Jeans furchtbar wichtig, was durch sein schwarzes Jackett noch unterstrichen wurde. Seine blonde Mähne wehte trotz der Kopfbedeckung ungebändigt im Wind. Auf den ersten Blick schien sein Gebaren auf ganzer Linie provokant. Auf den zweiten Blick erkannte Krämer in ihm den Struwwelpeter vom Ebertplatz.

»Wir lassen uns nicht einlullen, Krämer! Wir lassen uns mit deinen Pseudoinformationen nicht abspeisen, nur weil du *Wer* in Köln bist. Weg mit den alten, dummen Patriarchen!« Dabei schaute er herausfordernd in Richtung seines Büros.

Am liebsten hätte Krämer ihm den Mittelfinger gezeigt.

»Leute, wir müssen damit aufhören, die Falschen zu hofieren«, fuhr der Kerl mit Verachtung in der Stimme fort. »Jeder kennt Kim Kardashian, niemand weiß, warum. Aber wie viele Klimatologen fallen euch ein? Viele unserer Umweltschützer leben für unsere Ziele auf einem Stück Wiese, die ihnen am Hambacher Forst von privaten Unterstützern zur Verfügung gestellt wurde. Doch es gibt auch die Waldbesetzer in Baumhäusern. Ich rate euch, passt auf eure Freunde genauso auf wie auf die seltenen Tierarten und den alten Baumbestand im Forst. Die ältesten Bäume dort haben ein stolzes Alter von dreihundertfünfzig Jahren – und das ist nicht ihre natürliche Altersgrenze. Warum sollten wir zulassen, dass fossile Brennstoffe systemrelevant sind? Dass Fleischfabriken systemrelevant sind?«

Krämer vergrub die Hände tiefer in die Hosentaschen. Biss die Zähne zusammen. Die Kieferknochen knackten. Er konnte und wollte es nicht mehr hören, zog sein Handy heraus, rief Brandt an und bat um Abhilfe. Eine bessere Lösung fiel ihm auf die Schnelle nicht ein, um in seine Komfortzone zurückzufinden. Er hatte momentan nur die Wahl zwischen Pest und Cholera – oder wie auch immer die Seuchen hießen. Sein Entspannungsnerv hatte ihm signalisiert, auf keinen Fall den Verstand einzuschalten. Dann doch lieber die Pest.

Für Krämer dauerte es eine Ewigkeit, bis schließlich ein dunkler Kombi und fünf Einsatzbusse vorfuhren. In dieser Zeit hatte ihm Valerie drei doppelte Espressi gebrüht, was das Warten ein bisschen erträglicher machte. So. Nur wo blieb Brandt?

»Valerie?«, rief Krämer seiner Assistentin zu und hoffte, dass sie ihn bis ins Vorzimmer hören konnte. »Bringen Sie mir bitte noch einen Espresso?«

»Das wäre dann der vierte«, krähte sie zurück.

Er zuckte mit den Schultern.

»Warum nicht? Der Herr Kriminalhauptkommissar bequemt sich sowieso nicht, zu mir hochzukommen«, knurrte Krämer. Auf der anderen Seite konnte es ihm recht sein, wenn Brandt lediglich das unerfreuliche Treffen auflöste und von ihm fernblieb. Und während er sich fragte, wie weit Brandt wohl im Fall Fellinger war, sah er, wie der blonde Sprecher vor dem Kommissar stand und lamentierte. Nach nicht einmal fünf Sekunden fingen die zwei an, herzhaft zu lachen. Dieser Struwwelpeter schien sich lieb Kind zu machen. Der Typ klopfte Brandt immer wieder auf die Schulter und stieß ihn leicht in die Seite. Vermutlich lagen sich die zwei gleich in den Armen. Warum bloß veranstaltete dieser Kriminologe einen dermaßen überflüssigen Kaffeeklatsch? So richtig gönnen wollte Krämer den Männern ihre offensichtliche Einigkeit nicht. Wirklich glauben konnte er den eitlen Sonnenschein aber auch nicht. Was versprach sich Brandt davon? Egal. Krämer fischte sich eine Dropsrolle vom Schreibtisch und knisterte mit der Verpackung. Dummerweise drehte er die Enden gegen den Uhrzeigersinn.

»Hallihallo!«, brüllte jemand vom Vorplatz.

Hektisch hielt Krämer Ausschau nach dem Schreihals, da … war es bereits zu spät. Zig bunte Fruchtbonbons landeten auf dem Boden statt im Mund. Eins, zwei … nach der Dreisekundenregel waren sie nicht mehr genießbar. Bakterien hatten sie besiedelt. Oder? Kurz gefasst: Je süßer das Lebensmittel, desto schneller war es verloren. Klang irgendwie logisch. Aber ganz sicher war er sich nicht, was es mit dieser Regel tatsächlich auf sich hatte. Eines war klar: Völlig gleich, wo er sich bewegte, er war immer und überall von Mikroorganismen umgeben. Der Boden, auf dem er stand. Der Platz, auf dem er saß. Das Kopfkissen, auf dem er lag. Biotope mit wahren Leckerbissen für Mikroben. Was auch klar war: Er ekelte sich vor diesen Kleinstlebewesen. Dagegen kam er selbst als Jäger und Süßer nicht an. Also schubste er die flachen Drops ruckartig mit seinem Fuß unter ein Sideboard, das neben dem Fenster stand, und atmete durch.

Vor allem, weil Brandt endlich auf die RÜW zeigte und sich in Bewegung setzte. Immer mehr Protestler plapperten jetzt durcheinander. Wild gestikulierend versuchten sie Brandts Aufmerksamkeit zu erhaschen. Die Polizisten besänftigten mit beruhigenden Gesten, aber lösten die Versammlung nicht auf.

»Morgen!«, rief Brandt, ließ die Tür offenstehen und begrüßte ihn mit einem kurzen kräftigen Händedruck.

»Wie Sie vielleicht schon gesehen haben, spricht unser Trupp gerade mit den Leuten, momentan ist alles friedlich. Trotzdem werden wir Platzverweis erteilen müssen, weil die Aktion nicht angemeldet wurde. Ach ja, und ich hab direkt unsere Kollegen mitgebracht, die zwischenzeitlich Fellingers Büro unter die Lupe nehmen. Hatte ich Ihnen angekündigt, nicht wahr?«

»Klar«, sagte Krämer, verschränkte die Arme und bohrte die verkrampften Finger in seine Oberarme.

»Wir müssen selbstverständlich auch Fellingers Computer mitnehmen.« Brandt schenkte ihm einen langen Blick.

Der Oldenburger hatte sein Alter, ein markantes Gesicht, meergrüne Augen und war zwei Köpfe größer als er.

»Nun«, Krämer zog die Schulter zurück. »Unser Vertrieb arbeitet ausschließlich mit Laptops – wegen der Mobilität und der Reaktionsschnelligkeit«, antwortete er mit fester Stimme.

»Dann nehmen wir halt den Laptop«, forderte Brandt.

»Wenn es sein muss«, entgegnete Krämer und beäugte seine rechte Schuhspitze.

»Es muss«, konterte Brandt. »Und übrigens klebt ein Bonbon an Ihrem Schuh.«

»Ach!« Krämer bückte sich umständlich, zog den Drops ab und steckte ihn verstohlen in die Brusttasche.

Brandt schüttelte den Kopf.

»Wissen Sie, Herr Krämer, ich verstehe die gesamte Situation nicht. Es sind eine Menge Aktivisten da draußen, die alle das Gleiche monieren: sinkendes Vertrauen in Ihr Unternehmen, mangelnde Transparenz durch Ihre Person. Finden Sie das nicht ungewöhnlich? Liegt eine Klärung nicht auch in Ihrem Interesse? Ihr Pressesprecher könnte Ihnen bestimmt dabei helfen.«

»Dieser verfluchte Hofer! Ich habe mich in ihm getäuscht. Der taugte nichts.«

»Ach.«

»Wir haben uns einvernehmlich getrennt.«

»Einvernehmlich …«

Krämer überlegte einen Moment. Nickte. »Zwar buchstäblich aus dem Nichts, aber er wollte es so. Reisende soll man nicht aufhalten.«

»Hm. Trotzdem – prallt an Ihnen Kritik tatsächlich wirkungslos wie an einer Teflonpfanne ab? Warum reden Sie nicht mit den Leuten?«

Krämer versuchte, ein Hohlkreuz zu machen, und dehnte sich zurück. Er wartete und die Sekunden verstrichen … und gab dann einen kleinen erstickten Laut von sich. Peinlich.

Brandts Mundwinkel verzogen sich nach unten, gleichzeitig verkleinerten sich seine Pupillen.

»Ich muss gestehen, dass ich Bilder vom Kahlschlag im Netz gesehen habe. Auf einigen Stümpfen der abgeholzten Bäume standen Grabkerzen. Das sah schon ganz schön krass aus«, sagte er und schaute aus dem Fenster.

Krämer stellte sich neben Brandt.

Die Demonstranten standen dicht hinter ihrem schimpfenden Sprecher.

»Egal warum – ob für die Kohle, den Bau von Wohnungen, Gewerbegebieten oder Verkehrswegen: Wir holzen ab wie in einem Entwicklungsland. Die Menschen können im Sommer in Köln nicht mehr leben. Die grüne Lunge verschwindet und das Klima in der Stadt wird immer extremer. *Das* sind die Themen, die wir anpacken müssen. Eine Rodung von Bäumen provoziert langfristig Dürre im Sommer!«

Brandt nickte bekräftigend.

»Ich war letzten Sommer in der Nähe des Hambacher Forsts walken. Um das Waldstück herum befindet sich freies, flaches Land. Der Boden war karg und verkrustet. Es war trocken und heiß. Fuhr ein Fahrzeug über ein Feld, lief ich in einer stetigen Staubwolke. Feinste Partikel verteilten sich in meinen Haaren, puderten die Nase und den Mund und legten sich als bräunlicher Film auf die Haut. Die Sonne schien wie durch ein Milchglas. Das hatte etwas Endzeitliches. Wer die Folgen der Kohleverstromung spüren will, dort werden sie deutlich sichtbar.«

Das Piepen des Smartphones unterbrach den Kommissar in seinen Schilderungen.

»Einen Moment, Herr Brandt.«

Krämer wischte über das Display. Jetzt whatsappte ihn auch noch Frings an, um ihn zu erinnern, dass die Kabinettssitzung der KöKös vorverlegt wurde. Krämer klappte die Handyhülle zu. Da meldete sich Frings erneut und bat ihn, nur ja nicht ihr Event *Essen ohne Strom* im La Maison zu vergessen. Frings hatte die schräge Angewohnheit, für jeden einzelnen Termin eine separate Nachricht zu senden. Krämer war genervt. Außerdem empfand er es als über alle Maße geschmacklos, dass Frings ihn ausgerechnet in seiner jetzigen Zwangslage auf dieses Dunkeldinner hinwies. Er hatte doch in der Absturznacht nicht mühevoll alles wieder ans Leuchten gebracht, um sich mit lauwarmen Getränken, weicher Butter und gequollener Puddingpelle bei einer funzeligen Notbeleuchtung abspeisen zu lassen. Nein, er wollte an diesem Quatsch ohne Soße nicht teilnehmen, aber Frings auch nicht gleich abservieren.

»Valerie, haben Sie meinen Espresso vergessen?«, maulte er laut und schaute Brandt fragend an. »Möchten Sie *diesmal* einen Kaffee?«

»Sehr gerne.«

»Schwarz?«

»Mit Milch und Löffel.«

Krämer orderte, wie ihm befohlen.

Valerie war von der schnellen Truppe. Mit einem schiefen Blick auf Brandt brachte sie in Windeseile beide Getränke herein. Auch Neugierde verlieh Flügel.

»Perfekt!«, bedankten sich Brandt und Krämer synchron.

Brandt grinste. Krämer nicht, er nippte am Espresso. Schmeckte wie Muckefuck. Ob Valerie ihm seiner Gesundheit zuliebe einen *Mocca faux* untergejubelt hatte? Mit diesem Ersatzkaffee aus Löwenzahn, Dattelkernen, Feigen, Maiskörnern, Kartoffeln konnte er sich nicht wirklich anfreunden.

»Sie dürfen Ihren Kaffeelöffel auch auf der Untertasse ablegen«, maßregelte er Brandt und leckte seinen Löffel ab.

»Alles gut, ich muss mich konzentrieren«, antwortete Brandt und blickte nach wie vor unbeirrt nach draußen.

»Hey, Krämer, hörst du uns? Deine RÜW wird elendig sterben wie unsere Bäume!«, brüllte der Sprecher und rieb Daumen und Zeigefinger seiner linken Hand gegeneinander. »Dann ist nix mehr mit: Geld regiert die Welt!«

»*Aapejeseech*«, murrte Krämer. »Du eingebildeter … du … du … Affengesicht … du—«

»Krämer!«, dröhnte es wieder von unten.

Krämer spitzte die Ohren.

»Deine Dummheit mit dem Green Fake war bisher nur erfolgreich, weil Dummheit sich leichter organisieren lässt als Klugheit!«

Brandt lachte auf. »Was für eine Inszenierung. Er ist frisch gewählt, dieser Aktivistensprecher. David Kasperski heißt er.«

»Ha! David gegen Goliath. Das wird ja immer absurder!«, schäumte Krämer.

Brandt rührte ungerührt weiter im Kaffee. »Ich hab eben mit ihm gesprochen. Er klang sehr vernünftig. Ein seit einem Jahr ökonomisch abkömmlicher Unternehmer. Ein Biologe und Tüftler aus der IT-Branche, der ursprünglich die Welt umsegeln wollte.«

»Und da führt die Reise dieses verhinderten Aussteigers in die RÜW? Mit seinem Blablabla betreibt er Politik zur persönlichen Zerstreuung. Hat der 'ne Macke? Hier ist nicht der Hyde Park!

Und dann die Manipulation an der Schnittstelle, wo wir den Strom einspeisen! Außerdem sieht dieser Kasperski aus wie der Struwwelpeter vom Ebertplatz ... er bezeichnet mich als miese Bazille ... äh ... Ratte.«

»Sabotage? Struwwelpeter? Ratte?«, fragte Brandt erstaunt.

»Ach, nicht weiter von Bedeutung«, antwortete Krämer mit einer abfälligen Handbewegung und schaute auf die Masse. »Warum starren die mich so an? Solche Leute kenn ich nur zu gut. Die *mich* aber nicht. Das wollen die auch gar nicht. Wissen Sie, schon vor Wochen hab ich sogar für unser Mitarbeitercafé einen fleischlosen Tag eingeführt. Eine Mittagspause ohne Currywurst. Und wer honoriert das? Niemand! Dann hab ich auch noch meinen Porsche Cayenne eingetauscht. Gegen das E-Hybrid-Modell. Na, ist das nachhaltiges Handeln oder nicht?«, verteidigte Krämer sich, drehte sich aufgewühlt um und sah Brandt direkt in die Augen. Dann wedelte er ihm mit einer Schokoladentafel zu.

»Ich lass mir den Spaß nicht nehmen. Zur Feier des Tages gönnen wir die uns jetzt. Zucker hin, Zucker her.«

»Haben Sie die geschenkt bekommen?«, fragte Brandt.

»Warum?« Krämer war überrascht. Worauf wollte Brandt jetzt schon wieder hinaus?

»Haben Sie noch mehr davon?«

»Warum?«

»Vielleicht geht die in die Luft«, drohte Brandt schelmisch.

»*Ich* gehe gleich in die Luft!«, protestierte Krämer.

»Genau«, sagte Brandt und grinste. »Der Mechanismus wird ausgelöst, wenige Sekunden, nachdem Sie ein Stück der Tafel abgebrochen haben.«

»Oh!« Behutsam legte Krämer die Tafel auf den Schreibtisch. Fix trat er einen Schritt zurück. »Eine ... *Bombe surprise?*«

»Nein! Keine Eisbombe, sondern ein Anschlag mit einem explosiven Stück Schokolade.«

»Wie bitte? 'ne Schokobombe gegen ... äh ... mich? Die lag heute Morgen bei mir auf dem Tisch. Ich weiß nicht, von wem.

Was mach ich denn, wenn die vergiftet ist?«

»Nichts mehr, weil Sie vorher geplatzt sind«, lachte Brandt und rieb sich die Augen.

Krämer lächelte freudlos. Schnell schnappte er sich eine Dose ohne Deckel. »Die stand neben der Schokoladentafel. Bitte schön, lieber Lakritz?« Er hatte weder den Wunsch zu sterben noch eine Vorliebe für eine kontaminierte Traube-Nuss.

»Ich bin in den letzten Monaten heftig traktiert worden«, erklärte er. »Auch mit einem Paket vor der Tür und der deutlichen Botschaft in Form einer toten Ratte. Vielleicht haben diejenigen auch Fellinger auf dem Gewissen? Ein Anschlag auf ein RÜW-Fahrzeug und meinen besten Vertriebsmann. Herr Brandt, was meinen Sie!«

»Und warum kein Attentat auf Sie direkt? Sie sind die Schlüsselperson für den Green-Fake-Skandal.«

»Keine Ahnung. Vermutlich sollte es eine Warnung an mich werden. Ich muss etwas tun. Sonst machen die mich fertig. Die betreiben schlichtweg Mobbing!«

»Und Sie, mobben Sie etwa nicht?«

»Iiich? Ich doch nicht! Das können Sie nicht ernst meinen, Herr Brandt! Sehen Sie nach draußen, da spielt die Musik.«

»Mobbing ist ein großes Wort, Herr Krämer. Man muss immer aufpassen, was man sagt. Denn das lässt Rückschlüsse auf einen selbst zu. Also bleiben sie entspannt.«

Empört streckte Krämer die Arme aus dem Fenster und stampfte mit einem Bein auf. Seine Augen brannten.

»Wie ich schon sagte, Sie sehen doch selbst, dass diese Wahnsinnigen mir aufs Dach klettern und nach dem Leben trachten! Da bleibe ich selbstverständlich sowas von tiefenentspannt.«

Brandt sah ihn irritiert an.

»Dass Umweltschützer versuchen, den Manager eines Energiekonzerns zu ermorden, davon habe ich bisher noch nicht gehört. Eher umgekehrt. Immer mehr Menschen werden bei ihrem Einsatz für die Natur, für saubere Energie, für den Erhalt natürlicher Ressourcen ermordet. Weltweit soll es laut Aussage von Wissenschaftlern eine enorm hohe Dunkelziffer vertuschter Morde geben. Und der Klimawandel könnte die Situation weiter verschärfen. Ihre Argumentation ist dünn, Herr Krämer. Ein bisschen sehr dünn.«

»Die stecken alle unter einer Decke.« Krämer schenkte sich Mineralwasser ein, aber rührte das Glas nicht an. Es klopfte am Türrahmen. Ohne Aufforderung polterte ein Kollege von Brandt herein.

»Habt ihr was?«, fragte Brandt.

»Nein. Nur den Laptop, den nehmen wir mit.«

Brandt nickte. »Gut.«

Jetzt erst nahm Krämer das Glas und leerte es. Unbarmherzig maß Brandt ihn mit Blicken. Immer musste der ihn prüfend anglotzen. Ab jetzt folgte er einfach seinem Beispiel und starrte zurück.

Brandt kniepte ihm zu, verknebelte seinen Dufflecoat und stellte den Kragen hoch. Er war schon an der Tür, als er sich noch einmal umdrehte.

»Ganz schön hohe Wellen, die hier vom Niehler Hafen in den Hambacher Forst schlagen. Das hatte ich gar nicht erwartet. Ahoi, Krämer!«

Krämer sah ihm nach. Wenn er sich jetzt ebenfalls entfernte, dachten die anderen da draußen womöglich, er tue das, weil es ihm miserabel ginge. Ob sie auch dachten, dass er sich Gedanken über sie und sein Verhalten machte? Pah, so ein Quatsch! Sie hielten sich wohl für dermaßen wichtig. Als hätte er nichts Besseres zu tun.

Komatöse Lage

Die Tür verzog sich immer – egal, ob bei nasser, trockener, heißer oder kalter Witterung. Krämer trat gegen das Holz. Rüttelte am Knopf. Schmiss seine Tasche auf den Boden. Hielt den Schlüssel im Anschlag. Stemmte sich mit voller Wucht gegen das Holz. Die Tür schwang auf und er fiel fast ins Haus. In letzter Sekunde konnte er noch sein Gleichwicht halten. Das war verdammt knapp gewesen, aber auf seine Mitte war eben Verlass. Die Dielen knirschten unter seinem Gewicht.

»Wo kommst du her?«, rief Johanna aus dem oberen Stockwerk.

Wortlos warf er seinen Wollmantel auf einen Stuhl, bugsierte die Tasche hinein, drückte die Tür leise ins Schloss und ging auf Zehenspitzen in die Küche. Er wusch sich das verschwitzte Gesicht und die Hände in der Spüle und stand mit tropfender Nase da. Gab es etwa kein Geschirrtuch? Es lag so viel Nutzloses in der Küche herum, aber nichts zum Abtrocknen. Also tupfte er sich das Gesicht mit dem Oberarm ab und schüttelte die Hände in der Luft. Viele kleine Wassertropfen spritzten auf das blitzeblanke Induktionsfeld. Schnell wischte er mit einer feuchten Hand über die Fläche und polierte mit dem Hemdsärmel hinterher. Dann griff er nach einem Glas, legte den Kopf schräg, hauchte, wienerte, prüfte den Glanz, aber sah nur Schlieren.

»Überlass das mir!«, fauchte Johanna. Einem Racheengel gleich sah sie ihn missbilligend an.

»Musst du mich derart erschrecken?«

»Das ist dein schlechtes Gewissen«, erklärte sie, drehte sich kurzerhand wieder um und verließ den Raum.

Krämer hielt inne. Warum brachte seine Schmiererei sie derart auf die Palme? Auch ohne sein Zutun würde ihre Küche niemals das Titelbild von *Schöner Wohnen* zieren. Fehlende Ordnungsliebe, die sie ihm mit einem verächtlichen Blick in seinen wohnlich ausgebauten Keller vorwarf, konnte er ihr umgekehrt für ihre Küche vorhalten. Meistens nämlich sah sie aus wie die Kammer des Schreckens. Ungeputzte Töpfe stapelten sich über Pfannen. Wagenladungen an Duftkerzen, Wollsocken und ungenießbaren Teevariationen standen neben Pillen gegen Stress und Vitaminmangel parat. Aufgerissene Post lugte aus Modekatalogen hervor. Auf der überladenen Arbeitsfläche warteten frisch eingekaufte Lebensmittel darauf, weggeräumt zu werden, während Klamotten in Paketen, die voller Hoffnung in Größe sechsunddreißig statt in vierundvierzig bestellt worden waren, dazwischen lagerten. Warum das Induktionsfeld bis eben überhaupt so sauber geglänzt hatte, war ihm ein Rätsel.

Sein zugestellter Keller hingegen war ihm keines. Mit all den Fotokisten vergangener Zeiten wohnte ihm ein wahrer Zauber inne. Ein tatsächlicher Mehrwert. Und dass ab und zu ein wackeliger Turm aus Kisten mitten im Raum stand, betrachtete Krämer wohlwollend als Provisorium. Na gut – ein wochenlanges.

Ein ziemliches Getöse machte sich breit. Johanna hatte den Staubsauger angeschaltet und fuhrwerkte damit zuerst in der Diele und dann im Wohnzimmer herum. Für die Mikroben bedeutete das alles andere als ein Fest. Für ihn bot sich die passende Gelegenheit, den Kühlschrank zu inspizieren. Im Gegensatz zu seinem Magen war dieser nämlich gerammelt voll. Wunderbar übervoll. Aber nicht sortiert. Käse! Wo bloß der Parmigiano steckte? Krämer beugte sich vor und hängte den Kopf ratlos in diesen Futterautomaten hinein. Da spürte er, wie etwas Spitzes in seinen Rücken piekste. Überrascht drehte er sich um – Brust raus und Schultern zurück wie ein Zinnsoldat. Abwehrbereit stand er da und hielt ein Tütchen hinter dem Rücken umklammert.

»Ja, ja«, sagte Johanna nur und deutete mit der Gabel in der Hand in Richtung Boden.

»Wie sehen eigentlich deine Schuhe aus?«

Vergeblich versuchte er, sich mit den Hacken aus den Tretern zu quetschen, aber die Doppelschleifen lockerten sich nicht. Das war schließlich ihr Sinn und Zweck. Nochmals unternahm er einen

Versuch und mühte sich dabei dermaßen ab, dass hinterrücks fein geriebener Parmesan aus dem Beutel rieselte.

»Ich bin nicht perfektionistisch, aber ich bin beeindruckt davon, wie *du* auf der Suche nach etwas Essbarem einhundert Prozent gibst«, stellte Johanna fest.

Er grinste sie breit an, schluckte aber einen Kommentar hinunter.

»Wo warst du überhaupt so lange? Schau mal auf die Uhr, wie spät es ist.«

Krämer stellte die leere Verpackung in den Kühlschrank zurück. »Alles gut, ich musste zum Probetraining für Karate. Hatte ich dir das etwa nicht erzählt?«

»Du? Karate? So ein Blödsinn!«, rief sie und lachte aus vollem Hals. »Mit deinem Rücken?«

»Ja und?«, fragte Krämer verblüfft.

Sie rollte mit ihren großen Augen.

»Gut, so unsportlich, wie du wirkst, bist du tatsächlich nie gewesen. Aber wird Karate zukünftig zur Regel?«

»Die einen sagen so, die anderen so«, antwortete er.

»Ernsthaft?«

»Ja, ernsthaft. Mal sehen. Aber vermutlich eher nicht.«

Johanna kam näher und betrachtete forschend sein Kinn. »Hast du dich geschnitten?«

Krämer verzichtete auf eine Antwort. Für Nachschub an Rasierwasser sorgte eigentlich immer seine Gattin. Aber dieses Mal hatte er sich heimlich selbst eine neue Duftnote zugelegt. Eine sehr männliche. Wie sie zu einem harten Kerl wie ihm passte. Sogar neue scharfe Klingen hatte er sich gekauft. Wie er jetzt wusste, schien seine Blutgerinnung im Großen und Ganzen zu funktionieren, nur ein wenig schwindlig war ihm gewesen.

»Ach, jetzt verstehe ich auch die Blutspuren an den Tüchern im Kosmetikeimer.«

Krämer wandte sich ab, tänzelte um den Herd herum und beäugte das versaute Kochfeld von allen Seiten, während Johanna ein nigelnagelneues Parmesanstück auspackte. Ein paar Bröckchen fielen daneben. Sie stellte die Reibe dazu, kramte im Oberschrank und drängelte ihn mit der Hüfte zur Seite.

»Darf ich hier hin oder willst *du* kochen?«

Krämer trat drei Schritte zurück.

»Seh ich aus wie jemand, der kochen kann? Ich kann uns eine Dose Linsensuppe öffnen, mehr nicht.«

Johanna drehte den Hahn voll auf und ließ Wasser in einen Topf laufen.

»Gibt's Spaghetti?«, flötete Krämer.

Sie drehte den Hahn wieder zu.

Hatte sie seine Frage nicht gehört oder warum beachtete sie ihn nicht? Offenbar hegte sie nur den Plan, ihn so aus der Küche zu vertreiben. Mit dem Griff nach einem Eckchen Hartkäse würde er den Grund erfahren. Krämer mopste sich eines.

»Ferdinand, hör auf, ständig vor dem Abendessen zu naschen! Ich meine, du sähest zunehmend fluffiger aus. Außerdem besitze ich scharfe Küchenmesser.«

»Ich weiß Johanna, ich weiß. Wusstest denn *du*, dass siebzig Prozent unserer Träume geheime Botschaften enthalten? Ich zum Beispiel schlafe jeden Abend mit den Gedanken an etwas ein, das nach Vanille und Himbeeren schmeckt und Schokolade, Milch und Sahne enthält … und eiskalt ist.«

»Du beschreibst gerade ein Magnum.«

»Genau!«

»Genau das haben wir nicht, Ferdinand – aus gutem Grund!« Ihr strenger Blick musterte abermals seinen Bauch.

»Haben wir wenigstens die Kaffeekapseln aus Holz bekommen?«, erkundigte er sich.

Johanna nahm eine rosa-gelbgestreifte Schürze von der Küchentürklinke, zog sie sich mit einem lockeren Knoten an, legte ein Bund Basilikum auf ein vier Finger dickes Brett und fing an zu hacken.

»Aus Holz?«, fragte sie verwundert.

»Habe ich bei einem Kaffeekontor geordert. Sind neu«, erklärte Krämer stolz.

»Passen die denn zu dir? Neu biste garantiert nicht mehr.«

»Wie wahr, liebe Johanna. Aber kompatibel.«

»Na, ich weiß nicht«, schmunzelte sie und hielt ihm mit einem Funkeln in den Augen einen Brief der Stadt Köln unter die Nase. »Liebesbrief.«

»Stadt Köln?«, fragte Krämer. »Was wollen die? Ach guck, der ist an *dich* adressiert, Johanna.«

»Eben. Aber das Knöllchen zahlst du! Neusser Straße, zweite Reihe, an einem Sonntag.« Sie fasste sich an den Kopf.

Krämer verschwand ohne weitere Worte in den Flur, tauschte die Schnürschuhe gegen Filzpantoffeln, zuckelte ins Wohnzimmer und sank aufs Sofa. Kraftlos ließ er die Hausschuhe von den Füßen rutschen, schubste sie unter den Couchtisch, stopfte sich Kissen in den Rücken und lehnte sich bequem zurück.

»Hach!« Nicht, dass er pink-grünkarierte Tapeten mit Goldbordüre nicht mochte und Trockenblumen in einem Stickrahmen als Staubfänger empfunden hätte. Aber diese goldene, dreifarbig bemalte Winkekatze? Gott bewahre! Ein fünfundzwanzig Zentimeter großer Glücksbringer. Der Mechanismus war sowieso von Anfang an defekt gewesen. Er streckte sich ein bisschen zur Seite, stupste die erhobene rechte Pfote an und überzeugte sich von der Funktion. Dann packte er die Winkekatze mit beiden Händen, schüttelte sie, knallte die Maneki Neko wieder auf den Beistelltisch und rückte sie zurecht. Jetzt stand sie wieder in der Mitte zwischen zwei Bilderrahmen.

Brummend schloss er die Augen, als wollte er sich sonnen. Andere, avantgardistisch ausgerichtete Familien wie die Frings'sche, besaßen weiße Möbel, abstrakte Collagen an den Wänden und kühle Metalljalousien an den Fenstern. Klar, könnte man behaupten, Frings' erstickten an Ästhetik – aber lieber daran als an stilbefreitem Krempel. Bei den Frings' wurde Loungemusik gehört, Cabrio gefahren und Tennis gespielt. Bei Johanna standen allerhöchstens Schlager, und zum Glück noch kölsche Töne, auf dem Radioprogramm. Wenigstens hatte er sich bei dem Sous-Vide-Garer, Pyrolyse-Backofen, Premium Allesschneider und seiner Kaffeemaschine mit Bean Adapt Technologie durchgesetzt. Bei Innovationen konnte man auch schon mal über den Nachhaltigkeitsanspruch hinwegsehen.

»Viertelstunde, dann gibt es Essen.« Johanna war ihm gefolgt. Krämer nickte.

»Du, Ferdinand?«

»Ja?«

»Weißt du was?«

»Nein.«

»Nimm es mir nicht übel, aber ich mochte den Fellinger nicht sonderlich.«

Ruckartig drehte Krämer den Kopf ihr zu. Etwas in ihm sträubte sich vehement, auf ihre Ehrlichkeit zu reagieren. Doch sie starrte ihn neugierig an und ließ ihm keine andere Wahl. Er zwang sich, entspannt zu lächeln.

»Man soll nicht schlecht über Tote reden«, sagte er nur.

»Wieso? Ist doch die beste Gelegenheit.«

»Wie kommst du jetzt überhaupt auf *dieses* Thema?«

»Ich glaube, ich sollte Caro Fellinger mal besuchen gehen. Die arme Frau.«

»Hm.«

»Ich nehme Agi Frings mit. Oder findest du das suboptimal?«

»Nö. Aber quatscht nicht über die RÜW. Auch über die Sabotage braucht niemand Bescheid wissen.«

»Hauptsache, *ich* weiß, was läuft«, witzelte Johanna.

»Ich meine es ernst, *schwad nit esuvill.*«

»Ich schwatz doch *nie* über uns. Wirst du denn dieser armen Frau finanziell helfen?«

»Natürlich«, antwortete er laut, schloss wieder die Augen und nuschelte: »Schauen wir mal.«

»Übrigens, Brandt hat angerufen.«

Krämer riss die Augen wieder auf.

Johanna sah ihn bedeutungsvoll an. »Warum hast du ihm denn nicht gesagt, wo du warst?«

»Wann?«

»Na, in dieser Nacht, als der Strom ausfiel.«

Krämer schwieg irritiert.

»Ich weiß, dass du nochmals aus dem Haus gegangen bist.«

Krämer brachte keinen Ton heraus.

»Du warst erst in den Morgenstunden wieder hier. Ich hab dich kommen gehört. Du bist direkt duschen gegangen.«

»Ich brauchte frische Luft«, röchelte er.

Mit Verschwörermiene legte Johanna einen Zeigefinger an die Lippen. »Ich hab für dich gelogen, um uns zu schützen«, flüsterte sie. »Wenn Brandt weiß, dass du kein Alibi hast, wird er sich darauf stürzen und Zeit verplempern, anstatt den Mörder von Fellinger zu suchen. Verstehst du?«

Krämer schielte auf die Glückskatze. Er bekam kein Wort heraus, selbst wenn Johanna es verlangen würde.

»Wo warst du?«, wollte sie dann doch wissen.

Krämer spürte Stiche in der Brust, hunderterlei Gedanken jagten durch seinen Kopf, dennoch fand er schließlich die Kraft zu antworten. »Ich hab dich lieb, aber wo ich war, ist wirklich unwichtig.«

»Was? Das hast du schon lange nicht mehr zu mir gesagt!«

»Was?«

»Dass du mich lieb hast!«

»Doch, hab ich.«

»Quatsch, hast du nicht!«

»Ich bin mir ziemlich sicher, genau vor ein paar Sekunden!«

Krämer ließ sich nichts anmerken, wie verblüfft er war, dass sie nicht nachhakte oder beleidigt war.

Lachend eilte Johanna hinaus und kam mit einem prächtigen pinkfarbenen Tulpenstrauß in einem schwarzen Keramikquader zurück.

»Guck mal«, sagte sie stolz und stellte die Vase auf den Esstisch. Krämer hatte den Fernseher eingeschaltet. »Schön«, sagte er, ohne Johanna anzuschauen.

»Mensch, Ferdinand, kaum hast du mir mal eine Liebeserklärung gemacht, hängst du schon wieder vor der Flimmerkiste? Du schläfst sowieso davor ein.«

»Ich bin nicht müde.«

»Das sagst du jedes Mal, wenn wir zusammen gucken und ich dich frage, ob du schläfst.«

»Dann mache ich nur während der Werbung die Augen zu!«

»Ja, ja«, sagte sie.

»Ehrlich! Ich ruhe kurz meine Augen aus, höre aber noch hin!«

»Trotzdem. Ich finde, du kannst den Fernseher auch einmal ausgeschaltet lassen. Wo ist die Fernbedienung?«, fragte sie, zog die Schürze aus und stemmte ihre Hände in die Hüften.

»Und du?«, erwiderte Krämer. »Bleibst du jetzt hier? Oder gehst du wieder in die Küche?«

»Warum?«

»Weil du wieder das Licht brennen lässt, Johanna. Das ist Verschwendung. Wenn ich mit meinem Wagen an der Ampel stehe, schaltet sich der Motor ja auch automatisch aus.« Krämer massierte sich den Nacken.

»Von dem durch deine Weitsicht Ersparten hätte ich mir Blumen von dir gewünscht. Hörst du?«, beschwerte sie sich und rieb sich die Knie. »Wenigstens nach meinem Treppenabsturz hättest du mich trösten können.«

»Du hast dir doch selbst welche gekauft«, murmelte Krämer.

»Die Geste wäre nett gewesen.« Mehrfach strich sie sich die Haare aus der Stirn, setzte sich aber wieder zu ihm. »Immer musst du zanken.«

»Ich hab Muskelkater«, sagte er und stellte den Fernseher lauter. Er wusste, dass sie Recht hatte. Aber er wusste auch, dass sie wusste, dass er Recht hatte.

»Findest du nicht, dass der zu laut ist?«

»Das mache ich nur, damit ich was höre.«

»Wie bitte?«, fragte sie laut.

»Weil du die ganz Zeit auf mich einredest«, erklärte Krämer und stellte lauter, als Nachrichten kamen.

»Ein Mann ist tot und jetzt ein weiterer schwer verletzt. Offenbar handelt es sich um ein erneutes Gewaltverbrechen im Umfeld des Hambacher Forstes. Wir berichten über einen Umweltaktivisten, der sich sehr für dieses Gebiet engagiert.«

Johanna legte ihre Hand auf seine.

»Warum bist du so blass um die Nasenspitze? Möchtest du lieber kein Essen haben?«

»Psst! Still jetzt!«, zischte Krämer und beugte sich nach vorn.

»… Mann wurde mit schweren Verletzungen unter einer Hängebrücke gefunden. Seitdem liegt er mit starken Gehirnblutungen im Krankenhaus. Die Ärzte mussten ihn in ein künstliches Koma versetzen. Den Informationen zufolge war er aus zehn Metern Höhe von einer zwischen zwei Baumhäusern gespannten Brücke gestürzt. Im Hambacher Forst wurden von den Besetzern mehrere Häuser in unterschiedlichen Höhen in die Kronen der Bäume gebaut …«

»Den kenne ich!«, entfuhr es Johanna, und sie deutete auf das eingeblendete Foto und klatschte in die Hände. »Mir ist die merkwürdige Frisur aufgefallen, als ich ein Interview mit ihm gesehen habe.«

Krämer stieß sie gegen den Arm. »Psst!«

»Aua! Ich bin nicht dein Karatepartner«, beschwerte sie sich leise.

»Die Polizei bittet dringend um Mithilfe. Wer kann Angaben zu dem Sturz machen? Hinweise nimmt jede Polizeidienststelle entgegen.«

»Ja!«, rief Johanna. »Jetzt fällt es mir ein! Weißt du, wo er uns auch über den Weg gelaufen ist? Letzten Sommer am Sürther Bootshaus, Ferdinand. Auf der Terrasse hat dieser Typ mit ein paar anderen gechillt. In pitschnassen Neoprenanzügen. Die hatten mächtig Spaß. Kannst du dich nicht daran erinnern? Danach fuhren sie mit ihren Jetskis fort.«

»Das passt. Wein trinken, Wasser predigen.«

»Was meinst du, was die auf dem Rhein Gummi gegeben haben!«

»Ein sehr ressourcenschonendes Hobby.«

»Dieser Typ kam mir gleich so bekannt vor.«

»Mag sein.«

»Und jetzt liegt er im Koma? Wie schrecklich! Warum sagst du denn nichts, Ferdinand.«

Krämer wechselte das Programm.

»Die spielen mit dem Feuer.«

Asche zu Asche

E in guter Backofen war selbstverständlich. Aber welche Küchengeräte musste man sonst noch als Single haben? Schwang Mann den Kochlöffel, ging es dann nur um das schnelle Sattwerden? Warum sollte eine Männerküche lediglich aus Snacks bestehen? Aus kölschen Tapas, die fix und fertig gekauft wurden? Am Herd zu stehen, lag absolut im Trend. Aber Kerle und Backen? Jawohl! Er schaltete den Ofen ein.

Kaum wollte er sich auf das Rezept stürzen, rumorte es. Brandt blickte von der Küchenzeile zum Balkon. Eine dunkle Wolkendecke lag schwer über dem abendlichen Köln, eigentlich war kein Regen vorhergesagt. Dafür prophezeiten die vor ihm positionierten kiloschweren Pakete feinsten Aurora-Mehls eine nur schwer zu gewinnende Schlacht. Wie schade, dass sich die Marke mit dem Sonnenstern der Kölner Ellmühle leider im Deutzer Hafen aus dem Staub gemacht hatte. Dennoch lockte ihn das Backen ohne Schnickschnack. Sein Ziel: ein Brot. Das sollte angeblich gar nicht so schwer sein. Der Laib ginge nur manchmal nicht richtig auf, liefe im Ofen auseinander, würde steinhart oder zerbröckele beim Schneiden, hatte er in diversen Backforen gelesen.

Mit der Frau eines Kollegen hatte er sich vor ein paar Wochen auf eine Fachsimpelei eingelassen. Sie hatten ein bisschen rumgealbert und überlegt, wie man Brot wohl pechschwarz einfärben könnte. Sein erster Gedanke war Sepiatinte gewesen und daraus hatte sich eine größere Vision entwickelt. Schwarze Ciabattascheiben, bestrichen mit weißem Frischkäse und belegt mit rosa Biolachs oder mit leuchtend grüner Avocado und roten Tomaten. Das sähe bestimmt grandios aus. Kurzentschlossen schritt er zur Tat.

Er tauchte die Hände in Mehl und begann zu kneten. Energisch zu kneten. Zog den dichten und zähen Teig von den Fingern, obwohl der sich wehrte. Er dehnte, faltete und war sehr gespannt, ob man die Sepiatinte auch schmecken würde. Die Masse sah aus wie ein toter Teerhaufen. Er schnaubte nervös, als das Telefon klingelte. Um diese Uhrzeit war das kein gutes Zeichen. Außerdem hatte er 24/7 bereits mitgeteilt, dass er heute keine kulinarischen Lieferungen erwartete. Der Portier konnte also nicht stören. Mit je einem Teigfinger tippte er gleichzeitig auf Annahme und Lautsprecher.

»Brandt?«

»David Kasperski liegt im Koma!«, lärmte ein Kollege. »Dieser Klimaschützer soll zuvor gegenüber einem Sanitäter behauptet haben, er sei von der Hängebrücke gestoßen worden.«

Fassungslos ließ Brandt den tristen Teigklumpen auf die bemehlte Arbeitsfläche fallen und hustete.

»Außerdem liegt uns der Obduktionsbericht vom Fellinger vor. Todesursache waren tatsächlich die Schussverletzungen.«

Brandt nickte.

»Aber es geht noch weiter: Im Hambacher Forst ist ein Baumhaus abgebrannt. In den Überresten wurde eine verkohlte Leiche gefunden.«

Bravo! War das der Plot für einen Umweltthriller? Ein schlechter Scherz? Nur ein Besuch vor Ort konnte Klärung bringen.

»Ich fahr hin!«, schmetterte Brandt schneidend. Erstmal musste er allerdings das schwarze, pappige Zeugs von seinen Händen und dem Telefon bekommen. Er freute sich bereits auf die Schlagzeilen: Zwei Tote und ein Schwerverletzter im Hambacher Forst. Polizei tappt im Dunkeln …

Polizeihubschrauber kreisten. Es stank zum Himmel. Beißend. Quälend. Rußig wie Aalrauch. Der Wind war schwach. Glimmende Glutnester umsäumten den nackten Waldboden. Das Feuer hatte sich geradezu in den Untergrund gefressen, die Laubschicht war vernichtet. Zig Einsatzkräfte mussten gegen das lichterloh brennende Baumhaus gekämpft haben, um ein Übergreifen der Flammen auf andere Baumhäuser oder Bäume zu verhindern. Ein Kronenfeuer wäre verheerend gewesen.

Behutsam schaufelten Spurensicherer verbranntes Gehölz beiseite und sein Blick glitt über die schaurigen Aschereste. Er blinzelte. Das grelle Licht der Scheinwerferreflektoren blendete ihn stark. Brandt trat aus dem hellen Strahl hinaus, wechselte die Seite. Da – das verkohlte Gerippe, das mal ein Mensch war. Die Überreste sahen zum Fürchten aus. Wie zu hart gebraten. Erstarrt. Die starke Hitze hatte die Muskulatur kontrahieren lassen. Mit angewinkelten Armen und gebeugten Kniegelenken lag das kohlrabenschwarze Etwas neben dampfenden Holzlatten, Töpfen, Wellblechen und Eisenstangen. Brandt winkte einen Feuerwehrmann zu sich. Wie viel Pech konnte ein Mensch haben, um gegrillt in Schutt und Asche zu liegen?

»Guten Abend. Kriminalhauptkommissar Brandt«, stellte er sich vor und reichte dem Einsatzleiter die Hand. »Haben Sie schon Informationen für mich?«

»Wir haben die Leiche nach der Löschung entdeckt«, sagte der Mann und zeigte auf Planken, die zur Seite geräumt waren. »Wir mussten zunächst den Ausbruchsherd des Feuers finden.«

»Vermuten Sie, dass es Brandstiftung war?«

Der Einsatzleiter zog kaum merklich die Mundwinkel nach unten. »Wir werden sehen«, sagte er seufzend.

»Fremdverschulden, Fahrlässigkeit?« Brandt ließ nicht locker.

»Schädelbruch und Knochenbrüche stammen vermutlich vom Sturz. Ob ein Fremdverschulden vorliegt, wird erst die Obduktion zeigen.«

»Ja, das ist logisch«, sagte Brandt leise, schaute starr geradeaus. Grübelnd zog er die Schachfigur aus der Innentasche seiner Jacke. Drehte den König zwischen den Fingern. Hatte Krämer etwa seine im Spiel? Weil er auf heißen Kohlen saß? Wegen der Trickserei mit Öko-Zertifikaten? Vielleicht waren ihm die Bedrohungen und Vorwürfe über den Kopf gewachsen? Vielleicht wollte er Zeichen setzen, Angst einflößen? Oder stand hinter den abstrusen Morden mehr als ein Schwindel mit erneuerbarer Energie? War Krämer fähig zu töten? Er musste ihn noch einmal auf links drehen.

Und er war überzeugt, dass er ihm damit eine ganz große Freude machte.

Brandt nahm sein Stofftaschentuch und hielt es sich vor Mund und Nase.

Unter Dampf

Z um Teufel mit euch allen«, fauchte Krämer und fuhr langsam mit dem Zeigefinger über die hochglänzende Monitorscheibe. Als wollte er jedes einzelne Wort redigieren. Hauptsache, die Kohle stimmt ... RÜW – ein Phönix aus der Asche?

»Genau!«, bestätigte er sich. Denn die Schreiberlinge hatten ihn offenbar dazu auserkoren, das Vehikel für ihre Nominierung zum Pulitzer-Preis zu sein. Bestimmt waren sie stolz wie Oskar auf ihren investigativen Journalismus.

Krämer warf die Computermaus mit einem Knall auf den Schreibtisch, stieß die Schublade mit Vorräten zu und stand auf. Sein Appetit auf die Presse und ihr gefundenes Fressen waren für heute mehr als gestillt. Sein ganzer Körper war in Schweiß gebadet.

»Lasst mich endlich in Ruhe, es ist genug!«, rief er dröhnend durch den Raum.

Und als ob seine Stimme sie gerufen hätte, geisterten aus heiterem Himmel vier Vermummte auf dem Vorplatz herum. Im Takt seines Herzschlags schlugen sie mit Eisenstangen gegen Fahnenmasten.

Bäbäng ... Bäbäng!

Dann hörte er sie rufen.

»Das Ende ist da!«

»Nein!« Er donnerte mit der Faust gegen die Wand und presste sie schnell auf den Mund. Das tat weh. »Ich gebe niemals auf«, sagte er mit heiserer Stimme. »Niemals!«

»Du Dagobert des Rheinlands – kriegst den Hals nicht voll! Bereicherst dich auf Kosten der zukünftigen Generationen.«

Besorgt fühlte Krämer seinen Puls und blickte hinunter.

»Hey!«, röhrte ein bulliger Mann plötzlich über den Platz. »Hey ihr, was macht ihr denn da?«

Angespannt verfolgte Krämer, wie sein Hausmeister auf die Vermummten zulief. Doch bevor der Mann noch etwas sagen konnte, rannten die Gestalten laut lachend weg. Für einen Moment durchströmte Krämer ein Gefühl der Erleichterung. Er hatte sich mit seinem Hausmeister noch nie wirklich unterhalten, aber sein mutiger Einsatz für ihn und die Firma tat gut. Es tat richtig gut, wieder mal Beistand zu bekommen.

»Danke!«, murmelte er.

»Bitte schön!«

Krämer zuckte zusammen und fuhr herum.

»Sie könnten sich wirklich mal einen besseren Zeitpunkt ausdenken, um mich zu überraschen.«

Irgendwie war es Valerie schon wieder gelungen, unbemerkt den Raum zu betreten. Entgeistert sah sie ihn an und stellte ihm einen Teller mit Keksen auf den Tisch.

»Wieso?«

»Ach, egal. Gibt's irgendetwas Neues?«

»Wie?«, fragte Valerie leicht verstimmt. »Sie meinen, ob die Medien sich beruhigt haben? Oder ob Fellinger zwischenzeitlich von den Toten auferstanden ist? Nein! Bisher ist kein Wunder geschehen«, erklärte sie. »Ebenso wenig, wie bei der Wahl Ihrer Anziehsachen«, hörte er Valerie vor sich hinsagen.

Unverschämt. Krämer ließ sich in seinen Bürostuhl plumpsen und versuchte gelangweilt dreinzuschauen. Mit ausgestreckten Armen drückte er sich von der Tischkante ab, kippte nach hinten und verharrte in bedrohlicher Schräglage. Die Lehne knarrte verdächtig laut und Valerie stand da wie vom Donner gerührt. Er wusste, dass sie ihn heimlich als Kugelblitz bezeichnete. Dabei war ihm sein dicker Bauch völlig egal. Er hatte schon als Kind diesen sichtbaren Makel besessen, war nie rank und schlank gewesen. Er aß nun mal von Natur aus gern und viel. Warum also schaute Valerie nicht einfach weg? Er meinte sogar, in ihren Augen ein amüsiertes Flackern zu sehen.

»Haben Sie eine neue Hose?«, fragte sie neugierig.

»Warum?«

»Die Karos«, sagte sie nur.

»Was ist mit den Karos?«, bohrte Krämer nach und starrte auf seinen Bauch.

»Die sind zu Rauten verzogen«, erklärte sie.

Krämer warf ihr kurz einen Blick zu, bevor er versuchte, doch den Bauch einzuziehen und die Karos wieder in Form zu bringen. Es misslang. Allerdings knarrte dafür die Lehne nicht mehr. Er hatte es geschafft, sich aufrecht hinzusetzen und sein Jackett zu schließen. Keine sonderlich bequeme, aber eine gute Position, um Valeries kritischen Blicken zu entkommen.

Eigentlich hatte er bei ihrer Einstellung gehofft, ihre Jugend könnte auf ihn abfärben und ihn dynamisch und lässig wirken lassen. Aber irgendwie war das völlig danebengegangen. Stattdessen verhielt sich Valerie in letzter Zeit ziemlich distanzlos. Das ging so nicht weiter. Er musste ihr eine Lektion erteilen, ohne sie gleich zu verprellen. Auch noch auf sie verzichten zu müssen, wollte er vermeiden. Der Ärger mit Hofer reichte ihm.

Krämer versuchte es mit einem bedrohlichen Räuspern.

Aber Valerie taxierte ihn weiter. Offenbar war sie noch nicht fertig mit ihm.

»Wer berät Sie eigentlich beim Shoppen und Stylen?«

Er überlegte kurz. »Passen Sie auf«, sagte Krämer leise, während er sich leicht vorbeugte. »Ich wette, darauf kommen Sie nicht: Als Kind hat mir meine Mutter die Klamotten fur morgens bereits abends über den Stuhl gelegt. Meine Gattin hat diesen Stuhl vererbt bekommen.« Zufrieden lehnte er sich wieder zurück und war gespannt, ob er sie damit zur Räson gebracht hatte.

Valerie schlenkerte mit ihrer Perlenkette.

»Na, dann sind Sie ja bestens versorgt. Aber vielleicht können Sie sich eine weitere Portion dieser Seelentröster trotzdem verkneifen«, antwortete sie beleidigt und zeigte auf den zwischenzeitlich geleerten Plätzchenteller. »Was ich Ihnen aber eigentlich sagen wollte: Zwei weitere Mitarbeiter haben gekündigt.«

»Schon wieder? Täglich kommen Kündigungen rein. Das darf nicht wahr sein.«

»Das war doch vorhersehbar. Aber *Sie* bekommen allen Anschein nach nichts mehr mit. Streit unter Kollegen, Gewusel in den Büros. Vor Ihrem Refugium tobt das pralle Leben und Sie schauen stoisch weg. Die Kollegen sind empört und behaupten, sie hätten teilweise Todesdrohungen erhalten.«

»Was?«, fragte Krämer alarmiert.

Valerie nickte. »Ja, erschreckend, wie die Lage eskaliert. Es wird nicht besser, es wird schlimmer. Sie bezeichnet man übrigens als Straftäter. In Leserbriefen wird Ihnen eine systematische Desinformation vorgeworfen. Der aggressive Ton ist besorgniserregend.«

Nachdenklich sah Krämer sie an. Valerie schien sehr aufgewühlt zu sein.

»Und mal ernsthaft, Chef – Sie wollen diese Entwicklung mit eisigem Schweigen in Schach halten? Nehmen Sie es mir bitte nicht krumm, aber so verhält man sich nur, wenn man sich überlegen fühlt. Wissen Sie, bisher taten Sie mir leid. Deshalb hab ich mit Engelszungen auf meine Kolleginnen und Kollegen eingeredet und versucht, die Gemüter zu besänftigen. Ich hab mich bei denen für Sie stark gemacht. Denen erklärt, dass der Eindruck trüge, dass Sie auf einem hohen Ross säßen. Aber mittlerweile zweifle ich selbst daran. Fehlt nur noch, dass Sie auch mir die Welt erklären wollen. Tut mir leid, Herr Krämer, aber egal, was Sie zur Zeit anfassen …« Valerie holte kurz Luft. »Ach, lassen Sie es gut sein«, sagte sie mit einem resignierten Schulterzucken, drehte sich um, zog ab und nuschelte: »Alter weißer Mann.«

Krämer war baff von ihrer Beherztheit. Jetzt wandte sich auch noch Valerie von ihm ab. Langsam wischte er sorgfältig die Krümel vom Tisch. Einen hatte er übersehen. Forsch zerdrückte er ihn mit dem Zeigefinger und erschrak, als neben ihm sein Smartphone vibrierte. Unentschlossen blickte er auf den eingeblendeten Anrufer. Sollte er Frings annehmen? »Na, Jean?«

»Mensch, Ferdinand, willst du mir meinen Rang bei den Medien ablaufen?«, plärrte Frings durch den Lautsprecher des Telefons. »Als ich die Schlagzeilen gelesen habe, dachte ich sofort: Oha!«

»Du scheinst dir mehr Gedanken über mein Leben zu machen als ich selbst, Jean.«

»Sag nicht, du bist nicht auf dem Laufenden«, antwortete Frings.

»Selbstverständlich bin ich das. Die Lokalpresse will mich vorführen«, erwiderte Krämer.

»Genau wie andere Medien, weil Nachrichten deren Aufgabe sind. Wenn du nicht so ein gestörtes Verhältnis zu den Medien hättest, würdest du das ganz sicher verstehen. Außerdem hattest du doch beim Radiosender bereits die Gelegenheit zu reagieren.«

Missbilligend trat Krämer gegen einen Zeitungsstapel.

»Toll! Lächerliche drei Minuten vor Sendeschluss.«

»Nimm doch ein paar Tage frei. Es ist bestimmt aktuell nicht leicht für dich, in der RÜW zu arbeiten.«

Krämer fuhr sich mit der Hand über die Stirn.

Frings räusperte sich. »Aktivisten vom Hambacher Forst wollen prüfen lassen, ob die Öffentlichkeit zu ihrem Nachteil massiv belogen wird – oder nicht. Was sagst du denn zu dieser Ankündigung?«

»Wenn die Medien auf die Nummer reinfallen und daraus ein populäres Gut-gegen-Böse stricken wollen, bitte schön«, antwortete Krämer wie aus der Pistole geschossen.

»Aber, Ferdinand, das ist der totale Wahnsinn, der da gerade bei euch abgeht. Das könnte dich deine Existenz kosten.«

»Alle größeren Firmen sind immer mal wieder Angriffen ausgesetzt.« Krämer verschränkte die Hände hinter den Nacken und deutete ein paar Dehnübungen an.

»Also ich bin fassungslos, dass du diesen Attacken so gleichgültig gegenüberstehst! Ich hab ja nur die Sorge, dass du die Chance verpasst, das Kundenvertrauen aufrecht zu halten – falls du es mit dem Thema Nachhaltigkeit wirklich ernst nimmst«, stellte Frings in den Raum.

Krämer ließ seine Blicke durch das Zimmer schweifen.

»Keine Sorge, Jean. Sollten schwerere Geschütze gegen mich aufgefahren werden, hab ich immer noch deine Consultingfirma als Fallschirm.«

»Ich glaube, dafür könnte es bereits zu spät sein. Dann kann ich auch nichts mehr für dich tun. Dir ist wirklich gar nicht bewusst, was da gerade passiert. Mann, kapierst du nicht, dass dir das Wasser bis zum Hals steht?«

Krämer schwieg. Er hatte Mühe, seine Überraschung zu verbergen. Hatte sein Freund ihm soeben Schluss mit Schulterschluss angedroht?

Frings schwieg ebenfalls.

»Ach, Jean.« Krämer fasste sich als Erster. »Mach nicht so viel *Drömeröm*! Bring es auf den Punkt, was dich tatsächlich interessiert. Du willst lediglich wissen, ob das mit dem Green Fake berechtigt ist? Stimmt's? Dann stell dich hinten an. Die Schlange reicht bis ins Kölner Rathaus.«

»Tu die Beschuldigungen nicht so lapidar ab, sonst kommst du nicht mehr zum Atmen«, zischte Frings. Mittlerweile schien er richtig sauer zu sein.

»Das ist alles dampfplauderiges, schwafelsaures Gelaber«, rief Krämer dazwischen und seine Stimme überschlug sich. Mit anderen Worten: Er war durchdrehreif. Aber noch glaubte er fest, dass sein Freund ihn verstehen würde. Abwehrend hob er beide Hände.

»Die da draußen reden von Dingen, von denen sie nichts verstehen. Was die behaupten, ist gleichzeitig irrelevant und falsch. Die glauben, sie seien moralisch dafür verantwortlich, sämtliche Zustände und Ereignisse in unserer Welt zu beurteilen und zu kommentieren. Selbst Zwischenergebnisse werden ausgiebig bewertet.«

»In diesem Fall ist das Zwischenergebnis dein toter Vertriebsleiter.«

»Ich weiß nicht, was du willst!« Krämer senkte den Blick und legte die Stirn in Falten.

»Überleg dir dein Vorgehen noch mal in Ruhe. Es ist immer besser, von sich aus mit der Wahrheit herauszurücken.«

Krämer hörte ein Klicken. Danach herrschte Funkstille.

Gezwitscher

D ie Welt tut gerade so weh«, wimmerte Caro Fellinger, verkniff ihre Lippen zu einem dünnen, blassen Strich und schaute auf. Ihre dunklen Augen lagen tief in den Höhlen. Auch wenn das morgendliche Sonnenlicht einen frischen rosa Hauch auf ihre Wangen warf – das Gesicht leuchtete nicht. Sie hatte sich bis über die Schultern in eine flauschige, olivgrüne Strickdecke gehüllt. Mit ihrer knochigen, bebenden Hand deutete sie auf zwei nebeneinanderstehende Armlehnstühle. Ihre nur mit Socken bekleideten Füße glitten schwerfällig über den Boden und auch ihre gekrümmte Haltung am Esstisch verriet, dass ihr elend zu Mute sein musste.

Johanna warf ihrer Freundin Agi einen kurzen Blick zu und nahm ihr den Parka ab. Nachdenklich legte sie ihn zusammen mit ihrer Wachsjacke zur Seite.

Das Wohnzimmer war lichtdurchflutet und ein gusseiserner Kaminofen neben der saharafarbenen, kissenbeladenen Sitzgruppe unterstrich ein unkompliziertes Design. Auf dem anscheinend durchgängig mit Terracottaplatten gefliesten Boden standen weiße Holzmöbel. Der gebeizte Esstisch mit der darüber hängenden kupferfarbenen Pendelleuchte, die überlangen Vorhänge aus Naturleinen und ein antikes Wandregal voller Bücher, Kerzenständer, alter Weinflaschen, farbiger Gläser und rustikalen Geschirrs beherrschten den Raum. Accessoires wie eine silberfarbene, französische Lilie, eine große Tonvase und ein Sträußchen getrockneter Lavendelzweige ließen ein Lebensgefühl wie im Süden aufkommen.

Auch Agi blickte sich verstohlen um. Fasziniert betrachtete sie die zahlreichen Coffee Table Books. Sie lagen überall – auf dem Sofa, auf dem Beistelltisch, auf dem Sideboard, auf dem Esstisch. Anscheinend sollten die hochpreisigen Bücher das Zuhause der Fellingers kulturell in Szene setzen. Aufwendig gestaltete Schmöker in XXL für die Couch, aber auch als hübsche Dekorationsobjekte. Meisterhafte Fotografien, ein anspruchsvolles Layout und eine tolle Haptik standen bei Coffee Table Books im Fokus. Schön, wenn diese Bildbände über Kunst, Architektur, Reisen und Mode berichteten und damit tolle Lifestyletipps zum Shoppen garantiert waren. Aber Werke über Stilikonen? Da musste sie passen. Das war nichts für sie. Agi wickelte ihren grauen Louis-Vuitton-Schal ab, schüttelte ihre schulterlange blonde Mähne und schob den verrutschten Haarreif wieder in Position. Das Wohnzimmer war mehr als gut temperiert. Es war heiß. Stickig heiß. Sie krempelte die Ärmel der weißen Hemdbluse hoch.

»Sollen wir etwas lüften?«, fragte sie laut und lief bereits zur Terrassentür.

»Bitte nicht, ich frier so«, flehte Caro Fellinger beinahe ängstlich.

Johanna trat zu ihr, streichelte ihr tröstend über den Kopf und setzte sich ihr gegenüber. Geduldig sah sie Caro Fellinger an. Die beiden winzigen Fältchenfächer an den äußeren Augenwinkeln spiegelten das Alter der vierundvierzigjährigen Frau wider.

»Sollen wir Ihnen einen Tee kochen?«

»Ich mag nichts trinken. Aber für Sie beide habe ich Kaffee gemacht. Die Kanne steht leider noch in der Küche.«

»Wo, bitte, geht es denn zur Küche?«, fragte Agi und lief in den Flur.

»Links neben dem Hauseingang«, rief ihr Caro Fellinger noch hinterher, aber Agi hatte sich bereits in der Tür vertan. Vögel zwitscherten, als sie das Gäste-WC betrat. Welch nette Idee.

Johanna rückte mit ihrem Stuhl näher an den Tisch. »Frau Fellinger, wenn ich Ihnen einen gut gemeinten Rat geben darf: Ihnen ist kalt, weil Sie noch Ihren Schlafanzug tragen. Wollen Sie nicht etwas anderes anziehen?«

»Ich weiß«, antwortete Caro Fellinger mit belegter Stimme. »Aber ich weiß nicht, was ich anziehen soll.«

Johanna gab sich Mühe, ihr Unverständnis zu verbergen. »Und warum nicht?«, fragte sie.

Caro Fellinger wiederholte die Frage fast tonlos. Johanna konnte es an ihren Lippen ablesen.

»Weil ich Schwarz tragen muss, aber kein Schwarz tragen will. Ich will nicht als trauernde Witwe herumlaufen müssen. Ich will nicht, dass mich die Leute mitleidig anschauen«, platzte es plötzlich aus ihr heraus.

»Kein Mensch will Ihnen was, Frau Fellinger.«

»Trotzdem«, schob Caro Fellinger jetzt wieder kaum hörbar hinterher, »wer in meinen Kleiderschrank schaut, findet sowieso nur knallige Farben.«

»Das kann ich mir nicht vorstellen. Ich hab Sie doch auf einer unserer Firmenfeiern im schwarzen Kleid gesehen.« Johanna suchte im Mienenspiel von Caro Fellinger eine Bestätigung.

Caro Fellinger schlug die Augen nieder. »Aber ich will, ich will, ich will das Haus nicht verlassen«, sträubte sie sich beharrlich, legte den Kopf in den Nacken und starrte an die Decke. »Ich kann das nicht. Ich kann das nicht. Ich kann das nicht. Im Supermarkt, in der Post, im Park – draußen nimmt das normale Leben seinen Lauf und keine Rücksicht auf mich. Es jagt durch Raum und Zeit, während ich meines festhalten will.«

»Leben bedeutet nicht, es zu konservieren«, erklärte Johanna in ruhigem Ton.

Caro Fellinger bekam feuchte Augen. »Sie wollen oder Sie können mich nicht verstehen. Dort, neben der Anrichte – schauen Sie! Noahs Aktentasche. Ich bin nicht in der Lage, sie zu leeren. Ebenso wenig, wie ich seine Kleidung entsorgen kann. Das würde bedeuten, ihn auszurangieren wie eine alte Klamotte. Und ihn vielleicht zu vergessen.«

Johanna räusperte sich, stand auf und ihr Blick fiel auf eine Stoffmaus, die im Papierkorb lag.

»Sie machen das, was Ihnen in Ihrer jetzigen Situation guttut. Einverstanden? Allein das zählt. Was halten Sie von folgendem Vorschlag: Wir drei zünden heute gemeinsam für Ihren Gatten eine Trauerkerze an. Online.«

Bevor Caro Fellinger antworten konnte, mischte Agi sich ungeduldig ein. Bestückt mit einem Tablett voller Becher, Teller, Gabeln, Löffel, Servietten und der Kaffeekanne stand sie strahlend im Raum. »Eine Gedenkkerze für Noah Fellinger brennt längst im Netz. Also lasst uns lieber gemütlich zusammensitzen. Wenn Frau Fellinger eine Kleinigkeit gegessen hat, wird es ihr gleich viel besser gehen.«

Johanna schaute Caro Fellinger forschend an. »Was haben Sie mit Ihrer linken Augenbraue gemacht?«

»Ach.« Caro Fellinger tastete über die Haut. »Das ist von vergangener Nacht. Mir ist schwindelig geworden, dabei bin ich im Bad gegen die Sprossenheizung gestoßen.«

»Bestimmt haben Sie noch nicht gefrühstückt. Sie müssen etwas essen«, mahnte Agi. »Johanna, wo ist der Kuchen?«

Caro Fellinger schüttelte den Kopf und drückte sich die Handballen auf die Ohren. »Ich hab keinen Hunger.«

Johanna tat so, als habe sie den Widerspruch nicht gehört, und holte kommentarlos einen frisch gebackenen Gugelhupf aus dem Korb.

Langsam senkte Caro Fellinger die Hände in den Schoß und atmete ruhiger. »Ohne Noah hätte ich niemals den Mut gefunden, mich auf der Schauspielschule anzumelden.«

»Sie sind Schauspielerin?«, fragte Agi erstaunt. »Jetzt verstehe ich das großartige Plakat der *Goldenen Palme* dort an der Wand.«

»Ich musste die Schauspielausbildung abbrechen, als mein Sohn Lucas auf die Welt kam. Aber es wäre mein Leben gewesen.« Plötzlich leuchteten Caro Fellingers Augen. Nur für einen Moment. Doch dieser Moment zauberte einen Anflug von Glanz auf ihr Gesicht. »Die Schauspielerei hat mich entdeckt. Zum ersten Mal fand ich mich schön und fühlte mich stark. Auf der Schauspielschule realisierte ich, dass ich eine Wirkung und eine Bestimmung habe. Ich galt als Ausnahmetalent und beherrschte innerhalb kürzester Zeit mein Lampenfieber. Noah war so stolz. Das hat mir viel bedeutet.«

»Kommt, sollen wir nicht lieber bei Kaffee und Kuchen klatschen ... ähm ... plaudern?«, fragte Agi und fing an, den Tisch zu decken.

»Sekunde.« Caro Fellinger war aufgestanden. »Ich räume die Bildbände über Hepburn, Lindbergh und Deauville zur Seite.«

»Verschieben reicht«, erwiderte Johanna, setzte sich an Agis Seite, goss ein und begann, auf die Handymeldungen zu antworten.

»Prost!«, rief Agi aufmunternd in die Runde, strahlte und hob ihren Kaffeebecher zum Toast. »Auf die Gesundheit.«

Johanna gab ihr einen heftigen Tritt gegen ihre Wade.

Erschrocken hielt sich Agi die Hand vor den Mund. »Ähm ... natürlich ... ähm ... ich wollte sagen, ... ähm ... ich liebe Bücher«, korrigierte sie sich, nippte hastig an ihrer Tasse und stellte sie laut auf den Tisch. »Wirklich. In Bücher kann ich abtauchen wie in eine warme Badewanne. Ob ihr das glaubt oder nicht.«

Caro Fellinger lehnte sich zurück und schloss die Augen. »Total. Bücher können den Staub von der Seele waschen.«

»Auch blaue Flecken von der Haut?«, fragte Johanna und legte ihr Handy zur Seite. Resolut stach sie mit der Gabel in ein Stück Marmorkuchen und wandte sich mit vollem Mund an Agi. »Durch meinen nächtlichen Absturz sehen meine Hüften und Knie echt geküsst aus.«

Agi nickte, nahm einen Lippenstift aus der Handtasche und malte sich routiniert den Mund rot. Dann zog sie den Gürtel ihrer Jeans enger, krempelte die Ärmel wieder herunter, warf einen prüfenden Blick auf ihre schwarzen Loafer, schlug die Beine übereinander, ließ die Fingergelenke knacken und stützte den Kopf auf eine Hand.

»Mit Hämatomen ist nicht zu spaßen«, sagte sie fachmännisch.

»Ha! Erzähl das meinem reizenden Gatten. Der ist der Ansicht, ich hätte ihm seinen schönen Abend versemmelt.« Johanna trommelte mit den Fingern auf dem Tisch herum. »Du kannst dir nicht vorstellen, wie er die Einsatzleitung des Entstördienstes zur Minna gemacht hat. Momentan kostet er mich eine Menge Zeit und Nerven. Ein echter Energievampir. Na ja, Unkraut vergeht nicht, und ich hab mich einsam und verlassen in den Schlaf geknatscht.«

Agi kicherte und stupste sie in die Seite. »Möchtest du vielleicht einen Stressmanager buchen?«

»Ich?«

»Ich meine ja nur. Ich hab letztens von so einem Typ einen Like erhalten.« Agi zwinkerte ihr verschwörerisch zu. »Er folgt mir jetzt auf Instagram.«

Johanna lächelte vor sich hin. »Warum passiert mir sowas nicht?«

»Was meinst du?«, fragte Agi. »Der Stress oder der Manager?«

»Natürlich der Stressmanager: gut aussehend, wohlklingende Stimme …«, sagte Johanna und grinste.

Agi lachte schallend. Als sie allerdings zu Caro Fellinger blickte, riss sie sich sofort wieder zusammen. »Alles gut, Frau Fellinger?«

Caro Fellinger hatte den linken Ellenbogen auf den Tisch gestützt. Mit der rechten Hand führte sie die fest umklammerte Gabel zum Mund und kaute geräuschvoll ein Stück Kuchen.

Johanna formte die Hände zur Merkel-Raute. Eigentlich hätte sie zufrieden sein müssen, dass Caro Fellinger nun doch etwas aß. Nur leider konnte Johanna Schmatzen auf den Tod nicht ausstehen. Ebenso wenig verstand sie, dass manche Menschen lange Nudeln wie Spaghetti unbedingt mithilfe eines Esslöffels zum Mund führen mussten. Während sie beim Anblick schlechter Tischmanieren immer den Kopf schüttelte, fragte sich ihr Gatte nie, warum. Es fiel ihm nicht auf, es störte ihn nicht.

»Kommen Sie denn finanziell zurecht?«, wandte sie sich an Caro Fellinger, um deren Geschmatze zu unterbrechen. Es funktionierte.

Caro Fellinger legte die Gabel beiseite.

»Wir haben ein bisschen Erspartes. Eine kleine Lebensversicherung, die schon lange existiert, wird mir zugeteilt werden. Und die Unfallversicherung greift nicht, weil es kein Unfall war.« Auf der Stelle schossen ihr Tränen in die Augen.

Das hatte Johanna nicht gewollt. Perplex hörte sie, wie Agi ihr auf ihre unnachahmliche Art zur Hilfe kam.

»Ich rätsle schon lange über den Hambacher Forst. Vielleicht gibt es dort Waldgeister, die ihren Schabernack treiben. Ich meine, so eine Art Trolle – wie auf der Insel Bornholm. Wesen mit Knollennase und buschigem Schwanz, die in unterirdischen Höhlen leben. Könnte doch sein, dass es dort spukt«, flüsterte sie zwinkernd.

»Ja!«, fluchte Johanna, erhob sich kurz und setzte sich sofort wieder. »Dort treiben die Gegner der RÜW ihr verdammtes Unwesen!«

»Hm.« Agi faltete die Hände. »Also *ich* unterstütze nachhaltiges Handeln. Deshalb lasse ich an meine Haut nur Wasser und Biocremes. Auch herkömmliche Bräunungsmilch ist für mich mittlerweile ein Tabu. Aber ich gehe sowieso nicht mehr in die Sonne. Seit Ewigkeiten nicht mehr. Ich will nicht aussehen wie eine alte Schildkröte.«

»Man kann es auch *üvverdrieve*«, murmelte Johanna pikiert und wischte die Kuchenreste vom Tisch.

»Warum übertreibe ich, wenn ich meinen Beitrag zur Umwelt leiste?«, gab Agi schnippisch zurück.

Johanna zuckte die Achseln. »Ich leiste ebenfalls Beiträge. Ich lass das Dach begrünen und besitze ein Insektenhotel.«

»Bäh!«, schrie Agi und schnitt eine Grimasse.

»So etwas ist wichtig!«, verteidigte sich Johanna. »Eine erhebliche Anzahl der in Deutschland vorkommenden Insekten gilt als gefährdet oder ist bereits ausgestorben. Magst du etwa keine Hummeln? Ich find die dicken Brummer so schön.«

Agi hob und senkte ihre Augenbrauen. Dabei zog sie die Stirn wie eine Ziehharmonika in Falten und glättete sie wieder. Es flackerte in ihren Augen. Es zuckte um ihre Mundwinkel. Es gluckste aus ihrer Kehle. Plötzlich schmetterte sie ihr ein lautes Lachen entgegen. »Du findest deinen Gatten so schön?«

Sogar Caro Fellinger lächelte.

Johanna verdrehte die Augen. »*Der* Brummer geht neuerdings ins Karatestudio und will plötzlich auch nur noch Bio essen. Weiß der Teufel, warum. Bin gespannt, ob das gleichermaßen für seine Schokolade und Lakritzschnecken gilt.«

»Nur noch Bio? Ausgerechnet dein Mann? Dann hat er was zu verbergen! Dein Gatte versucht, sein Image aufzupolieren«, belustigte sich Agi.

Johanna tippte sich bloß an die Stirn. »Er soll ja nicht meinen, dass ich ab jetzt vegetarisch koche.«

»Besser wäre es. Nachher isst dein Gatte deine Blumen«, alberte Agi weiter. Es trieb ihr die Lachtränen in die Augen, und sie hielt sich den Bauch. »Hach, ich hab mich schon lange nicht mehr so köstlich amüsiert. Komm, Liebes«, sagte sie und legte versöhnlich einen Arm um Johanna.

»Ja, ja – immer auf Kosten anderer. Ne, Agi?«

Johanna lehnte sich kurz zurück, beugte sich abrupt wieder vor. »Ach, da fällt mir ein, was ich Sie noch fragen wollte, Frau Fellinger!«

»Ja?«

»Wann ist eigentlich die Beerdigung?«

Caro Fellinger schwieg.

»Psst, Johanna! Doch – nicht – jetzt«, raunte Agi ihr zu.

»Wann sonst? Manches im Leben macht nun mal keinen Spaß und muss trotzdem getan werden. Ich dachte nur: Sollen wir Ihnen helfen, Frau Fellinger?«, fragte Johanna und rückte mit ihrem Stuhl näher an den Tisch heran. »Sie müssen wissen, dass man bei der Auswahl des Beerdigungsinstituts enorme Fehler machen kann. Da kann einiges schieflaufen. Man kann auch zweimal beigesetzt werden.«

»Zweimal?« Agi blieb der Mund offen stehen.

Johanna nickte. »Doppelt gemoppelt.«

»Nein, erzähl!«

»Also, das war so: Die Mutter einer Bekannten ist vor einem Jahr verstorben. Es war eine schöne Trauerfeier, und zunächst ging alles gut. Aber dann bemerkte meine Bekannte, dass etwas schieflief: Die Kiste wurde falsch herum ins Grab gelassen. Sie wies den Bestatter sofort darauf hin und forderte ihn auf, den Sarg zu drehen. Der Mann antwortete nur lapidar, dass Tote in Richtung Osten begraben werden, und setzte seine Arbeit ungerührt fort. Im Moment der Trauerzeremonie nahm die Ärmste es so hin. Doch direkt nach der Beisetzung dämmerte es ihr. Ihre Mutter lag jetzt mit den Füßen zum Grabstein und mit dem Kopf—« Johanna stockte.

»Menno, weiter! Mit dem *Kopf*?«

»Am Weg! Da, wo jetzt jeder drübertrampelte, weil die Rasengräber auf dem Friedhof nur zum Teil eingefasst waren. Schnell schrieb meine Bekannte an die Kirchengemeinde und den Bestatter. Es waren gepfefferte Briefe, die es in sich hatten. Ruckzuck wurde ihre Mutter ausgeschaufelt und nochmals eingebuddelt.«

»Puh, es ist gar nicht so einfach, jemanden unter die Erde zu bringen!«, sagte Agi nur und lächelte entschuldigend Caro Fellinger an.

Plötzlich sprang diese auf, presste ihre Decke gegen den Mund und verschwand im Flur.

Verdutzt schaute ihr Johanna hinterher und sagte lautlos: *Mist.*

Agi griff zur Kaffeekanne. »Auweia, Johanna, das war nicht schlau. Als Richterin würde ich sagen: Schuldig im Sinne der Anklage. Ich glaube, wir müssen uns etwas zurücknehmen. Auch noch einen Schluck?«, fragte sie, wartete die Antwort erst gar nicht ab und schenkte ein.

»Gerne«, antwortete Johanna trotzdem.

Agi sah neugierig zu einem Foto im Wandregal hinüber. »Tja, der plötzliche Verlust eines Menschen schmerzt so sehr. Traurig. Mit seinen kastanienbraunen Haaren fand ich ihn ganz süß – den Fellinger.«

»*Süß* ist ein Lob, welches ein Mann nicht hören will, Agi.«

»Trotzdem, Johanna. Er hatte etwas – er war niedlich.«

»Niedlich ist auch nicht erwünscht«, erklärte Johanna.

Agi setzte einen Daumen an der Nasenspitze an und spreizte den kleinen Finger ab. Aber trotz der langen Nase hielt sie sich weiter dran. »Schade, dass er für die schönere Hälfte der Menschheit verloren ist.« Sie spielte darauf an, dass Fellinger ihr auf irgendeinem Fest in der RÜW bei der Begrüßung einen Tick zu lang die Hand festgehalten hatte und seufzte. »Ach, einfach schrecklich.« Johanna nickte und kontrollierte ihr Handy. »Irgendwann geht jeder diesen Weg.«

»Okay, aber ich bevorzuge einen späteren Zeitpunkt«, erwiderte Agi. Dann schaute sie auf die Uhr. »Wann kommt Caro Fellinger eigentlich wieder?«

»Sie kommt wieder, wenn sie wiederkommt.«

Agi sah sie skeptisch an.

»Na schön.« Johanna reckte den Kopf, stand auf und tippelte auf Zehenspitzen in den Flur. Horchte. Wartete eine Sekunde und ging dann in kurzen, schnell aufeinanderfolgenden Schritten zurück an den Tisch und rutschte mit ihrem Stuhl an Agi heran.

»Möchtest du mir etwas sagen, Johanna?«

»Moment!«, flüsterte die, wies mit dem Daumen zum Flur und wandte sich ab. »Gut.« Sie drehte sich wieder um. »Also – stell dir vor, die Polizei hat Ferdinands Kurzwaffe einkassiert.«

»Ich dachte, er hätte nur Flinten«, tuschelte Agi verwundert zurück.

»Agi, für Fangschüsse braucht man Pistolen.«

»Steht Ferdinand etwa unter Verdacht? Warum?«

Johanna runzelte die Stirn. »Die Polizei meint, das sei reine Routine.«

»Aber was meint Ferdinand?«

Johanna stieß ein tiefes, raues Lachen hervor. »Nix. Wie immer.«

»Hatten Fellinger und er Zoff?«

Johanna hob die Hände. »Quatsch! Ferdinand hat sich schon mal über ihn geärgert, klar. Aber sonst ...« Sie knetete ihre Halsmuskulatur leicht mit den Fingern. Diese lästige Enge, die die Kehle zuschnürte. Diese Hitze, die den Kopf zum Glühen brachte.

Sie wischte mit einer Hand über die Stirn und rieb sich die Hände an den Hosenbeinen trocken. Dann schob sie den Stuhl näher, um besser in Agis Ohr zu flüstern. »Was ihn fuchste, waren die vielen Verzehrquittungen von Fellinger. Anfangs hatte Ferdinand diese anstandslos abgezeichnet. Aber in den letzten Monaten häuften die sich. Statt Kunden lud er irgendwelche Menschen ein. Wahllos. Auch aus irgendwelchen sozialen Einrichtungen. Mittags. Während der Arbeitszeit. Auf den üppigen Spesenabrechnungen standen Namen, die keiner kannte. Angeblich sollten das Akquisemaßnahmen sein. Für neue Geschäfte. Ferdinand hatte vor, ihn deshalb stärker zu kontrollieren. Ihm mal zu folgen.«

»Verstehe.« Agi schaute erneut auf ihre Uhr. »Die kommt nicht mehr. Vielleicht ist Caro Fellinger zusammengeklappt?«

Johanna nahm ihr Handy und wischte über das Display. »Und jetzt?«

»Jetzt, liebe Johanna, gehe ich nachschauen.«

Agi fand Caro Fellinger auf dem Gäste-WC. Wie ein nasser Waschlappen hing ihr Oberkörper über dem Becken. Langsam richtete sie sich auf, schwankte, strich sich die Haare aus dem begossenen Gesicht und blickte in den Spiegel. Dann roch sie an den Händen und scheuerte sie minutenlang unter Wasser. Zwischendurch schnüffelte sie immer wieder daran. Danach rieb sie mit einer Nagelbürste kräftig weiter. Prüfte erneut. Scheuerte weiter und sah anschließend genau nach, ob auch die letzten Magensaftspuren von ihren Fingern entfernt waren. Es roch nach Plage und Kummer.

»Mir ist kotzübel geworden. Ich musste mich übergeben«, erklärte sie, zuckte die Schultern und trocknete sich akribisch die Hände ab.

»Und jetzt? Alles wieder gut?«

»Ja … bis auf …«

Agi ahnte natürlich, was nicht gut war, und drückte sie kurz.

Caro Fellinger ging zurück ins Wohnzimmer. Agi folgte ihr und setzte sich wieder an den Esstisch.

»Johanna? Musst du die ganze Zeit whatsappen?« Agi streckte ihre Beine aus.

Johanna zog ihre an, gleichzeitig eine Augenbraue hoch und klappte die Lederhülle vom Smartphone zu.

»Frau Fellinger, wenn Sie weitere Hilfe benötigen … Die RÜW zahlt Ihnen eine Seelsorgerin – hat mein Mann gesagt. Sie kommt auch zu Ihnen nach Hause, wenn Sie mögen.«

»Das ist lieb«, antwortete Caro Fellinger.

Johanna stand auf und sammelte ihre Sachen zusammen. »So, die Damen. Seid mir nicht böse, leider muss ich mich jetzt verabschieden. Der nächste Termin drängt bereits. Frau Fellinger, lassen Sie uns doch irgendwann zusammen in den Kunstsalon gehen. Oder in den Tanzbrunnen. Oder was halten Sie vom legendären Alten Wartesaal? Da bin ich so lange nicht mehr gewesen. Mensch, was haben wir früher dort abgetanzt. Aber deren heutiges Theaterprogramm ist auch nicht schlecht. Sollen wir das machen? Ja, kommen Sie! Das machen wir. Und vorher gehen wir bummeln. In den Colonaden. Und genießen überdachtes Einkaufen und Schlemmen im Hauptbahnhof.« Johanna merkte selbst, dass die Planung eines Mädelabends im Augenblick eher unpassend daherkam. »Gut, gut, ich bin dann mal weg.«

Agi erhob sich und gab ihr ein Küsschen links, ein Küsschen rechts. »Du bist 'ne Marke. Hast eine Verabredung und hältst lange Reden. Mach, dass du durch die Tür kommst.«

Johanna reimte sich aus Tonfall und Umarmung zusammen, dass ihre Freundin nicht mitgehen wollte. Sie hatte keine Zweifel, dass Agi ihre unersättliche Neugierde stillen wollte. Beim Hinausgehen winkte sie ihr noch einmal zu. »Johanna, wir zwei Hübschen müssen mal wieder im Café Riese frühstücken gehen! Wird Zeit, außerdem haben die renoviert. Noch frischer, noch schicker. Und wusstest du, dass das Café Riese eine Bio-Backmischung für das Rezept der Kölner-Dom-Waffel verkauft?«

»Jetzt ja, Agi!«

Caro Fellinger hüstelte, räusperte sich, gähnte herzhaft.

Agi gönnte ihr gerne die Aufmerksamkeit, die sie anscheinend auf sich ziehen wollte.

»Ich muss Noahs Familie über den Tod informieren. Ich muss ihnen mitteilen, dass er ermordet worden ist.« Caro Fellinger warf einen Blick auf einen dicken Bildband. »*Deauville – nous nous reverrons bientôt*«, hauchte sie dem Buch zu und piddelte dabei an der Nagelhaut ihres Daumens.

Agi verstand nichts. Die ganze Welt sprach Englisch, warum also die Mühe, auch noch Französisch zu lernen?

»Sie mögen diese Stadt?

»Sehr! Noah und ich haben uns in der Normandie kennengelernt. In … in … Deau… ville«, schluchzte sie.

»Sie beide hatten garantiert eine harmonische Ehe.« Agi wollte es jetzt genau wissen und dachte an ihren Jean.

Caro Fellinger hatte sich wieder gefangen und schniefte.

»In jeder Beziehung wird es mal laut.«

»Oder kracht es«, ergänzte Agi.

»Das hängt von den Personen ab. Bei einer gereizten Stimmung stiegen wir schnell aus der Situation aus.«

»Sie verließen dann den Raum?« Agi wippte mit dem rechten Bein. Ob diese Frage zu sensationslüstern oder indiskret war? Aber nein! Sie war überhaupt nicht aufdringlich. Es war lediglich eine Unterhaltung von Frau zu Frau.

Caro Fellinger musste nicht antworten. Außerdem – holte sie sowieso gerade Luft.

»Wir haben versucht, das Problem als heimliche Beobachter zu betrachten. Probieren Sie's aus. Manchmal wird es ganz klein, wenn Sie einfach lächeln«, erklärte Caro Fellinger.

»Ach, das ist ja interessant!«, flötete Agi. »War Ihr Ehemann denn nie ungerecht zu Ihnen?«

»Noah war«, Caro Fellinger machte eine Pause, »Noah war nie gemein zu mir. Noah war – nie gehässig zu mir. Noah war – immer ganz lieb zu mir und zu meinem Sohn. Als Lucas noch klein war, hat Noah ihn immer seinen Sonnenschein genannt. Lucas war aber auch zum Knuddeln.«

Sie wurden durch das Geräusch der Zimmertür unterbrochen. Vorsichtig lugte der Kopf eines jungen Mannes um die Ecke. Caro Fellinger drehte sich um und strahlte, als hätte sie eine Erleuchtung.

»Komm rein, Lucas, magst du einen Kaffee?« Sie lächelte und wandte sich wieder Agi zu. »*Das* ist übrigens mein Sohn. Ach ja, und, Lucas? Das ist Frau Frings. Die Bekannte einer Bekannten. Frau Frings ist die Freundin von Frau Krämer.«

Lucas schien das nicht zu beeindrucken.

»Darf ich mir auch ein Stück Kuchen nehmen?«, fragte er und setzte sich neben seine Mutter.

Sie fuhr ihm durch die Haare. »So schön, dass es dich gibt.«

Lucas zog den Kopf weg. »Mama!«

»Nur, weil du jetzt achtzehn bist, darf ich dich nicht mehr herzen? Na gut. Und wie läuft's mit dem Lernen fürs Abi? Du siehst angeschlagen aus. Pass auf dich auf, nicht dass du dich überanstrengst. Du bekommst sowieso einen Superschnitt, du Einserschüler.« Sie kniff ihn in die Wange, und er verzog erneut das Gesicht.

»Zu viel Text auf einmal, Mama. Außerdem bin ich fit. Ich räume lediglich meine Träume auf.«

»Ach, deshalb wirkst du so geistesabwesend.«

»Hm? Wer?«, fragte Lucas und angelte sich ein weiteres Stück Kuchen.

Agi beäugte ihn. »Deine Mutter erzählte, dass du Kunstgeschichte studieren willst?«

»Ähm … tja, ich mach ja erst mal *Work and Travel*. Äh … nach Australien. Und für danach hab ich einen Studiengang gefunden, in Frankreich, der dauert ein bisschen länger. Aber er deckt mehr Bereiche ab. Wär doch okay, oder?« Er sah seine Mutter an.

»Okay?« Caro Fellinger schien überrascht.

»Papa und du, ihr habt immer gesagt, dass ich frei entscheiden soll, was ich mal tun werde.«

»Das ist auch richtig. Trotzdem, wäre ein Praktikum vor dem Studium nicht sinnvoller?«

Agi lehnte sich zurück, beobachtete die beiden und schmunzelte. »Ich vermute, deine Freundin hat dich mit diesen Zukunftsplänen berauscht?«, wollte sie dann von Lucas wissen.

»Ich hab keine Freundin«, erwiderte er kauend.

»Ist ja keine Pflicht. Ich dachte nur – du siehst gut aus, gute Figur, braun gelockte Haare, hellblaue Augen und läufst bei Komplimenten noch rot an. Putzig.«

Lucas verzog den Mund zu einer Seite. »Ich hätte gerne eine Freundin, aber ich will nicht, dass sie unser Haus sieht.«

»Das verstehe ich nicht. Was ist an einem Reihenhaus schlimm?«, fragte Agi.

»Irgendwie ist mir das richtig peinlich.«

Agi klemmte sich eine Strähne hinters Ohr. »Auweia, wenn du dich schon für euer Reihenhaus schämst, was sollen denn dann Mädels machen, die in einem mehrgeschossigen Wohnhaus zur Miete wohnen, wo es im Treppenhaus nach Kohl riecht?«

Lucas machte sich lang und griff zum dritten Stück.

»Wenn das Mädchen nur ein einziges Mal mitkriegt, dass ich in einem uniformen Reihenhaus lebe, dann macht sie direkt die Fliege. Ein großes Loft hingegen wäre großartig. Und am liebsten dazu ein sportlicher Youngtimer.«

Agi wischte sich über die Augen und überprüfte am Zeigefinger, ob ihr schwarzer Lidstrich abgefärbt hatte.

»Wenn es deiner Auserwählten wichtiger ist, wie du *wohnst*, als wer du *bist*, dann kannst du sie ganz getrost und ganz schnell wieder vergessen. Außerdem beobachte ich ein neues, um sich greifendes Phänomen. Großstädte wie Köln erleben gerade eine Renaissance. Dadurch erfährt auch das Reihenhaus, das seiner Natur nach sparsam mit dem teuren städtischen Boden umgeht, eine Wiedergeburt.« Agi fuhr mit beiden Händen über die Tischplatte, als wollte sie ihre These unterstreichen. »Früher waren Reihenhäuser spießig. Heute sind sie wieder lässig. Lucas, euer Townhouse lebt!«

»Bis vor Kurzem, ja«, sagte Caro Fellinger mit belegter Stimme.

Lucas legte eine Hand auf die Schulter seiner Mutter.

»Ein Handtuchgarten ist cool? Nein! Ein Leben in Reih und Glied ist ideenlos und ein missverstandener Hyggetraum. Mama, können wir das Modell Eisenbahnlandschaft nicht verlassen?«

»Irgendwann einmal. Vielleicht.«

»Wann ist schon irgendwann? Also gut.« Lucas erhob sich und stemmte die Hände in die Hüften. »Dann zieh ich bis dahin in unser Wohnmobil.«

»So wie Papa manchmal?«, fragte Caro Fellinger.

»Ja!«

»Jetzt lass uns eins nach dem anderen angehen. Ich weiß gerade nicht, wo mir der Kopf steht, Lucas. Verstanden?«

»Hm. Ich bin dann mal … ciao!«

»Stopp! Wo gehst du hin?«

»Weiß noch nicht. Abhängen am Fühlinger See. Freunde angeln und zelten. Ist es okay für dich, wenn ich dort übernachte?«

»Nein, Lucas.«

Lucas formte eine Kaugummiblase.

»Und nimm die tausend Kilo Zucker aus dem Mund. Der Geschmack ist sowieso nach dreißig Sekunden weg.«

»Die Zähne auch?«

»Lucas? Hör auf zu provozieren, mir geht's nicht gut.«

»Hab ich jetzt ein Problem?«, fragte Lucas mit verschmitztem Lächeln.

»Aber natürlich! Du bist in zwei Stunden wieder zu Hause. Und ich erwarte, dass du mich mit Pünktlichkeit beeindruckst.«

»Ja, du wirst bestimmt beeindruckt sein«, maulte Lucas und stampfte hinaus.

Caro Fellinger wandte sich an Agi. »Wenn Sie mögen, können wir uns noch ein wenig unterhalten«, meinte sie lächelnd. Versonnen. Müde.

Heiligenschein

W arum tust du mir das an?«, schluchzte sie laut. Ihr Weinen hallte über die Gräber und ging selbst Brandt durch Mark und Bein. Es gab gute Gründe dafür, Tote ruhen zu lassen. Doch Caro Fellinger stammelte und stotterte und betete auf ein sandfarbenes Etwas ein wie auf ein krankes Schaf. Mit den Fingerspitzen fuhr sie über die verzierte Urne. Über den eingravierten, filigranen schwarzen Lebensbaum. Über das Bändchen zum Herablassen ins dunkle Loch. Sie legte ein Vergissmeinnichtsträußchen zu zwei opulenten Kränzen, schloss kurz die Augen und warf dann einen Blick in Richtung der kleinen Trauergemeinde.

Brandt stand am Rande der murmelnden Menge und sah Krämer mit einer langsamen Kopfbewegung Caro Fellinger zunicken, als wäre er hartnäckig verspannt. Die Witwe schaute abrupt weg und setzte eine schwarze Sonnenbrille auf. Die großen Gläser verbargen ein Drittel ihres schmerzverzerrten Gesichts. Brandt fragte sich, ob Krämer diese schweigende Gesellschaft gefiel. Bestimmt. Krämer hatte Schweigen neuerdings anscheinend zu seiner Tugend erkoren. Insbesondere wenn die Alternative einen Konflikt mit einem Kriminalhauptkommissar bedeutete.

Die Kirchturmuhr schlug zehn Mal, als Brandt Lust auf Kaffee bekam. Vielleicht gab es heute wenigstens noch einen kleinen Leichenschmaus? Das Delikate an Beerdigungen war das Wiedersehen bekannter Gesichter und ein unbeobachtetes Ins-Auge-Fassen. Er versuchte also einen prüfenden Blick zu vermeiden und eine neutrale Miene zum Trauerspiel zu machen. Eine Beerdigung war sowieso ein schlechter Zeitpunkt, um Geheimnisse zu lüften. Aber er durfte einen entscheidenden Moment nicht verpassen. Sollte dieser gleich kommen?

Zunächst einmal trat die Krämer vor und machte sich in ihrem schwarzweißen Poncho und mit dem goldenen Ohrgehänge wie eine Elster am Kranz der RÜW zu schaffen. Die Trauerschleifen hatten sich verdreht. Jetzt war die Schrift wieder zu lesen: *In Erinnerung*. Geschickt richtete sie gleichzeitig den Frings'schen Kranz. Er war verrutscht und drohte ins Erdloch zu kippen.

Frings, wie aus dem Ei gepellt, friemelte an seiner schwarz gemusterten Angeberkrawatte. Die wie Streublümchen verteilten Hs für Hermès waren nicht zu übersehen, ebenso wenig wie sein mürrisch verzogener Mund. Verständlich. Er und seine Stadt erlebten gerade einen echten Krimi. Und seine Frau? Die nestelte neben ihrem Gatten mit spitzen Fingern an ihrem Seidentuch und zog es glatt.

Ein junger Mann mit Lockenpracht stand neben Caro Fellinger. Sehr nah, sehr eng. Schulter an Schulter wie die Unzertrennlichen. Dazu gesellte sich ein großer Schwarzhaariger mit kleinem Dutt am Oberkopf und goldenen Turnschuhen. Er kondolierte wortreich, aber undeutlich. Während er Caro Fellinger an sich drückte, weinte er heftig. Das schwarze Etuikleid mit weißem Bubikragen ließ sie noch zerbrechlicher wirken. Sie schüttelte den Kopf. Immer weiter. Immer wieder. Sie knickte ein, drohte zusammenzusacken. Doch der Gelockte und der Schwarzhaarige griffen ihr unter die Arme und stützten sie. Beruhigend redeten beide auf sie ein und legten ihr einen hellen Trench um die Schultern. Sie hatte sich wieder gefangen und lächelte leicht. Weiter kam sie nicht. Bevor sie ihr Lächeln hätte ausdehnen können, verwirbelte eine eisige Böe die Frisuren der Trauernden und bog die Äste in den Baumkronen.

Raunen. Gemunkel.

Ein grüner Fleck: Ein Schwarm Halsbandsittiche flatterte kreischend auf. Immer wieder überflogen sie schwatzend ihr Revier. Die Anwesenden hatten ihre feinen Mäntelchen gegen die lausigen Temperaturen umgehängt und schwiegen. Bis blitzartig ein Mann mittleren Alters in einem schrillen lilafarbenen Anzug angerannt kam und sich schwer japsend seinen Weg durch die Gruppe bahnte. Breit grinsend ging er auf Caro Fellinger zu, aber der Gelockte stieß ihn sofort weg.

Tuscheln. Geflüster. Aus zweiter Hand, aus dritter Hand.

»Nein!«, zischte der Gelockte jetzt mit kraftvoller Stimme und schubste ihn ein weiteres Mal. Der Mann mit dem unnatürlich gebräunten Gesicht taumelte wie ein Besoffener, vertrat sich, blieb an einer Wurzel hängen, stolperte, suchte nach Halt und griff ins Leere. Dann fing er sich doch noch und spuckte aus. Drohend spreizte er den Zeigefinger der Hand ab, in der er eine Bierdose hielt, und bleckte die Zähne. Dabei streckte er den Arm aus und beschrieb mit seiner überschwappenden Büchse einen Halbkreis vor dem Gelockten und Caro Fellinger. Es sah nicht nach einer Einladung zum Leichentrunk aus, und Caro Fellinger verharrte nach wie vor stumm, als der Gelockte überraschend die Bierdose wegschleuderte, so dass sie neben den Grabkränzen landete. Wie hypnotisiert betrachtete der ungebetene Gast den auslaufenden Schaum. Scheinbar fühlte er sich überrumpelt. Auf jeden Fall genügte der Wurf, damit er wie ein gestrauchelter Kater fauchend und fluchtartig davonrannte. Einige Male drehte er sich noch um, klatschte mit erhobenen Händen Beifall – und verschwand um die nächste Ecke.

Jedenfalls war das für den Auftakt einer Beerdigung ein wahrhaft anregendes Intermezzo gewesen, das vielleicht irgendwann einmal lehrreich sein konnte. Brandt strich sich die Haare aus der Stirn. Was war nur Schein, was war noch Sein? Ein Windstoß ließ die Bänder an den Kränzen hochwehen. Als wollten sie mitmischen. Schwören auf das, was sich die Trauernden zuraunten. Auf das, was sie munkelten. Schwören auf das, was sie tratschten. Bei allem, was ihnen heilig war.

Rhabarber. Rhabarber.

Plötzlich verstummte das unruhige Gemurmel, die Neugier gewann Oberhand. Keiner wollte die Ansprache des Pfarrers verpassen.

»Liebe Anwesende, viel zu früh und unendlich traurig müssen wir Abschied nehmen. Danke, dass Sie gekommen sind. *Es ist unfassbar* – mit diesen Worten haben die meisten von uns reagiert, als sie vom Tod Noah Fellingers erfahren haben. Wir weinen um ihn und müssen weiter unserer Wege gehen, ja, manchen Menschen möchte man dabei ausweichen oder entfliehen. Noah Fellinger begegnete man häufig zufällig. Er war auch zu Lebzeiten nicht fassbar. Aber wenn man genau hinschaute, dann schon. Und ich habe genau hingeschaut, als ich ihn einmal einsam und tief versunken betend in unserer Kirche antraf. Später kamen wir ins Gespräch und er erzählte mir von seiner Leidenschaft. Sein Reihenhaus lag ihm sehr am Herzen. Im Garten musste es blühen. Und wenn es schon nicht blühte oder alles vertrocknet war, sollte wenigstens das Gras ordentlich wachsen. Ich glaube, er konnte es sogar hören.«

Brandt lächelte.

Der Pfarrer räusperte sich. Andächtig und mit gedämpfter Stimme fuhr er fort. »Vielleicht sollten wir alle viel mehr hinhören und zuhören. So wie Noah Fellinger es getan hat, wenn er sozial Schwachen half. Er hat uns gezeigt, was Mensch sein bedeuten kann. Dem Verstorbenen eilte der Ruf voraus, ein gütiges Herz zu haben, und wir trauern zu Recht. Doch alles hat seine Stunde. Und jedes Vorhaben unter dem Himmel hat seine Zeit. Geboren werden und Sterben hat seine Zeit. Weinen und Lachen hat seine Zeit. Aber alles, was wir für Gott tun – ist ewig. Alles ist aus Staub geworden und alles kehrt auch wieder zu Staub zurück. Wer weiß, was nach uns sein wird? Lasst uns dem Allmächtigen vertrauen, der den Tod nicht will und das ewige Leben verspricht. Wir werden dich vermissen, Noah Fellinger! Der Friede sei mit euch.«

Niemand widersprach. Niemand blieb zurück. Alle blickten noch einmal zum Urnengrab hinüber, dann liefen sie auseinander und tauchten wieder in das unerbittliche Hochgeschwindigkeitstreiben hinter den Mauern der Ruhenden ein. Gott allein wusste, wer was wann noch zu ertragen hatte, bevor es aus und vorbei war.

In Moll

Am späten Nachmittag stoppte er seinen Kombi auf regennasser Straße vor Caro Fellingers Grundstück. Die sehr persönliche Trauerrede wirkte noch nach, als Brandt, mit den Händen in den Taschen, zur Haustür lief und sich entlang der Garagenwand schlängelte, vorbei an gestapeltem Brennholz. Auf der Eingangsmatte putze er sich die Schuhe ab und nahm, als er klingelte, schwaches Lampenlicht wahr, das durch milchiges Türglas schien.

Es dauerte nur wenige Sekunden und ein Lockenkopf öffnete.

»Hey!«

»Hey, mein Name ist Brandt, und Sie sind?«

»Lucas.«

»Lucas, dann sind Sie …«

»Ich bin der Sohn. Genau!«

»Aha! Ist Ihre Mutter zu sprechen?«

Bevor Lucas antworten konnte, stand Caro Fellinger bereits hinten ihrem Sohn.

»Hallo, Herr Brandt, kommen Sie doch bitte herein.«

Lucas wandte sich ab. Brandt folgte den beiden ins Wohnzimmer.

»Ich hatte leider noch keine Gelegenheit, mich nach der Beerdigung umzuziehen«, entschuldigte sie sich. »Aber den Ofen haben wir bereits angezündet.« Caro Fellinger folgte Brandts Blick und huschte zum Esstisch. »Oh, wir schauen uns alte Fotos an. Deshalb dieses Chaos.« Hektisch fächerte sie die Bilder ineinander und warf sie in einen Karton. »So, jetzt ist Platz. Mögen Sie etwas trinken? Kaffee?« Sie bot ihm mit einer lässigen Handbewegung an, sich zu setzen.

Brandt nickte. »Wasser reicht.«

»Wasser, ja?« Sie seufzte, holte ein hellgrün schimmerndes Glas aus dem antiken Wandregal und stellte es auf den Tisch neben eine halbvolle Flasche.

»Sie bedienen sich?«

»Mach ich«, sagte Brandt und betrachtete ein liegengebliebenes Foto auf dem Tisch, das sie offenbar übersehen hatte.

»Dürfte ich dieses Foto von Ihrem Mann ausleihen? Oder—« Brandt brach mitten im Satz ab.

»Schon gut. Nehmen Sie es ruhig mit«, winkte Caro Fellinger ab, lächelte verkrampft und setzte sich.

»Danke. Es tut mir leid, Sie in dieser schwierigen Situation nochmals kontaktieren zu müssen«, bekräftigte er.

»Passt schon, Herr Brandt.« Sie sah fragend zu Lucas hinüber, der am Türpfosten lehnte und auf seinem Handy spielte.

Lucas nickte bestätigend, ohne aufzuschauen.

Brandt schmunzelte. So funktionierte blindes Verstehen. Das funktionierte übrigens ebenso mit einem Kellner, der einem im Restaurant die kölschen Tapas brachte oder möglicherweise sogar ein letztes Kölsch für den Abend. Denn es gab verschiedene Arten von Seelenverwandten. Jeder hatte seine ganz eigene Aufgabe, die er im Leben eines anderen erfüllte. So hatte beispielsweise auch der Kellner eine besondere Mission. Ganz unerwartet und meistens sogar unbemerkt – aber niemals zufällig. Nur den höheren Sinn dieser Begegnungen sollte man nicht hinterfragen. Wichtig war allein, dass diese Seelenverwandten im richtigen Moment eine Leere füllten. Brandt bekam Hunger und verstand, dass Caro Fellinger und Lucas über eine starke Verbindung verfügten. Brandt bediente sich unaufgefordert an rosafarbenen, sorgsam geschichteten Macarons, die ihn aus einer geöffneten Box anlachten.

»Sagen Sie, Frau Fellinger – besaß Ihr Mann einen Computer?«, fragte er und knabberte genüsslich an einem Biskuit.

»Nein. Warum?«

»Schade.«

»Aber er hatte einen Laptop«, ergänzte sie zögernd. »Von der RÜW.«

»Hm.« Brandt nickte und goss sich Wasser ein. Für einen Augenblick herrschte betretendes Schweigen. Nur das Feuer knisterte. Er sah sie eindringlich an. Caro Fellinger wich seinem Blick aus. Okay, Fellinger hatte einen guten Job, ein Haus, einen Garten und Frau und Sohn, die ihn anscheinend immer noch liebten. Aber er hatte keinen privaten Rechner und keinen empathischen Chef und offenbar auch kein Talent gehabt, zu überleben. Leider waren bisher auch keine verwertbaren DNA-Spuren am Tatort gefunden worden. An keinem der Tatorte. Brandt trommelte mit beiden Zeigefingern auf den Tisch. Immer schneller, immer lauter. Seine Spannung stieg. Warum gab es zur Zeit so wenige Informationen? Verdrossen registrierte er, nicht von der Stelle zu kommen.

»Mögen Sie vielleicht einen Espresso?«, unterbrach Caro Fellinger das Konzert klopfender Finger und knackender Kaminhölzer.

»Stimmt, das hilft beim Denken!«, sagte er voller Vorfreude und nahm die Zuckerdose ins Visier.

Wenige Minuten später servierte sie zwei herrlich duftende Espressi. Schwarz wie der Teufel, heiß wie die Hölle. Brandt griff zum Zucker.

»Hätten Sie noch einen Löffel? Er kann nur süß werden, wenn ich ihn umrühre«, sagte er und lächelte.

Caro Fellinger zog eine Schublade unter der Tischplatte auf und reichte ihm einen zierlichen Silberlöffel.

»Donnerwetter, der ist aber hübsch«, staunte Brandt. »Silberlöffel sind mein Steckenpferd. Ist dieser ein Altertümchen?« Er betrachtete den filigranen Löffel von allen Seiten. »Tatsächlich – von Odiot Paris!«, stellte er begeistert fest.

»Ein Hochzeitsgeschenk der Schwiegereltern«, sagte sie bitter.

»Waren Ihre Schwiegereltern auch auf der Beerdigung?« Er wartete die Antwort nicht ab, da ihm eine andere Frage in den Kopf kam: »Kann es sein, dass Sie auf der Beerdigung von einem Mann attackiert wurden?«

Sie warf Brandt einen Blick zu. Es war nur ein kurzer Blick, aber er sah die Furcht darin. Ihre Angst und noch mehr. Etwas Bekümmertes. Etwas Banges. Dann stierte sie in die Luft, fing kläglich an zu weinen.

»Einmal im Leben hab ich nicht auf ihn geachtet. Nicht auf ihn aufgepasst. Seinen Tod verschlafen. Wissen Sie, manchmal greif ich rüber. Auf Noahs Seite. Und dann – ist da einfach nichts.« Caro Fellinger warf noch einen Blick auf Brandt und fing an zu schreien. Wie eine angefahrene Katze.

Lucas lief zu seiner Mutter, umarmte und beruhigte sie.

»Es ist alles richtig, was wir machen. Eines Tages werden wir alles verstehen«, sagte er sanft.

Warum holte sich Caro Fellinger keine psychologische Hilfe, um ihren Schmerz zu bewältigen? Dennoch bewunderte Brandt ihr Durchhaltevermögen. »Sie schaffen das – Frau Fellinger«, sagte er mit beschwörendem Ton und nippte mehrfach am Kaffee.

Aber Caro Fellinger kämpfte sich aus der Umklammerung. Ungestüm schubste sie Lucas' Arm von der Schulter, wischte sich über die Wangen, schniefte und lachte gekünstelt auf.

»Wunderbar! Sie haben Humor. Das sagt sich so leicht. Mein Mann ist gestorben. Durch die Hand eines Fremden. Ich befinde mich im Mollmodus. Die wolkenlose, heitere Sinfonie in C-Dur ist vorbei. Aber trotzdem erwarten die Menschen um mich herum allen Ernstes, dass ich zur Tagesordnung übergehe. Es gibt so viel zu organisieren. Die Versicherungen, das Ummelden des Wohnmobils … und jetzt will der Bestatter auch noch, dass ich den Grabstein aussuche. Schnellstmöglich! Als wenn es momentan nichts Wichtigeres gäbe, als sich um Betonklötze zu kümmern«, ereiferte sie sich mit einer ihm neuen Entschiedenheit und strich sich die Haare hinter die Ohren. Dann hustete sie trocken, holte tief Luft und sah verträumt in den Garten. »Na, mal schauen, vielleicht zimmern wir auch eine eigene Grabskulptur. Aus Treibholz vom Rhein. Mein Mann war gerne in den Auen und hat Angeschwemmtes gesammelt. Was sagst du, Lucas? Hättest du Lust?«

»Vielleicht«, antwortete Lucas knapp.

Brandt stützte die Ellenbogen auf der Tischplatte ab und faltete die Hände. Auf die beiden ausgestreckten Daumen legte er sein Kinn und berührte mit den Fingern seine Nasenspitze.

»Ich habe gehört, Ihr Mann hat sich privat sozial engagiert?«

»Sie wissen davon?«, fragte Caro Fellinger.

»Zuhören kann Täter finden«, scherzte er.

Caro Fellinger rieb sich die Oberarme.

»Mein Mann leistete ehrenamtlich einen großen gesellschaftlichen Beitrag. Er fühlte sich mitverantwortlich für ein buntes und demokratisches Köln und unterstützte kriminell gewordene Jugendliche, Migranten oder Straßenkinder bei der Wiedereingliederung ins normale Leben. Seine Hilfe orientierte sich häufig am Bedarf der einzelnen Person. Noah war davon überzeugt, dass jeder Mensch eine Stimme brauche. Jemanden, der dem Notleidenden Gehör schenkt und in allen Lebenssituationen für ihn da ist. Ihn berät. Auch präventiv. Wie zum Beispiel durch das Aufklären über die Gefahren von Drogenabhängigkeit. So gab es immer mal wieder jemanden, der ihm besonders ans Herz gewachsen war.«

Brandt beobachtete die Gesten, mit denen sie ihre Ausführungen wie eine Dirigentin betonte. Oder mit denen sie die Pausen ausfüllte, um die Lobeshymne auf ihren Mann zu ordnen und in höchsten Tönen fortzusetzen. Sie drehte den Ehering, hauchte ihn an, polierte ihn am Kleid.

»Gut, die Gestalten aus Brennpunkten sind nicht jedermanns Sache und ziemlich kaputt. Aber sie haben vor ein paar Jahren auch unser Haus gestrichen. Das hat super geklappt, und die waren echt nett.«

»Wo befindet sich diese soziale Einrichtung?«

»In Ehrenfeld.«

»Name, Adresse?«

»Oha, hm … Beides kann ich Ihnen aus dem Kopf nicht sagen. Dort, wo das Bürgeramt ist … an der Vogelsanger Straße. Die heißt … hm … wie heißt die denn noch gleich? Ach, am besten einfach mal googeln«, erklärte sie, als ein Anruf ihre Erläuterung unterbrach.

»Caro Fellinger. Lass mich in Ruhe, Flo! Du vermasselst immer alles!«, rief sie erbost.

Lucas schaute seine Mutter fragend an.

»War er das wieder?«

»Ja.«

Brandt stand auf und steckte das Foto von Fellinger in die Außentasche seiner Wolljacke.

»Probleme?«

»Nee, nee.«

»Bestimmt nicht?«

»Nee.«

Lucas war schon auf dem Weg in den Garten. Caro Fellinger machte sich ebenfalls auf den Weg dorthin. Man konnte Menschen nicht zu ihrem Glück zwingen.

Als sich die Tür hinter ihm schloss, blieb er vor dem Haus noch einmal stehen. Im Kampf gegen ein perspektivloses Leben hatte Fellinger vielen hilfreich zur Seite gestanden. Ausgerechnet sein eigenes war jetzt kassiert worden. Brandt packte die Wut über diese Ungerechtigkeit.

»Fellingers Mörder – hinter welcher Maske versteckte er sich?«, überlegte Brandt laut. »Wie und wo hat er sich getarnt?«

Versprochen

G eradeaus, vor Ihnen!«

Brandt folgte der scheppernden Stimme aus dem gläsernen Informationskasten, orientierte sich an den Wegweisern und stürmte die Treppen der Sozialeinrichtung in Ehrenfeld hoch. Nur kurz unterdrückte er den Drang zu rennen. Sein Termin war in einer Minute. Auf der letzten Etage angekommen, half er der Automatiktür etwas nach und preschte den Verwaltungsgang entlang. Lange entlang. Auf einem hellgrauen Linoleumboden. Vorbei an geschlossenen Türen, die zu Büros führten. Dabei stoppte er regelmäßig. Las jedes Namensschild. Stoppte, lief weiter – stoppte erneut, lief weiter. Alle Köpfe der Wartenden, die brav dasaßen, drehten sich nach ihm um. Irgendjemand räusperte sich. Wie auf Kommando folgte der Nächste. Der Übernächste. Der Überübernächste. Als säßen sie in einem Opernhaus, als wären sie die Huster zwischen den Sätzen von Sonaten.

»Ich drängle mich garantiert nicht vor«, beruhigte Brandt ein grimmiges Gesicht.

»Na hoffentlich«, flüsterte eine Frau neben dem Muffel.

Das vereinte Geschnäuze und Geröchel schwoll an, ehe er vor dem Büro des Sozialleiters stehen blieb und anklopfte. Es passierte nichts. Ob er seine leise Antwort nicht gehört hatte? Es war nie leicht, nach dem Anklopfen an eine Bürotür richtig zu reagieren. Vor allem dann, wenn keine eindeutige Aufforderung zum Eintreten hörbar wurde. Er versuchte es noch einmal. Poch, poch, poch. Wie ein Specht. Brandt lauschte. Verschlossene Bürotüren wiesen entweder auf Abwehr oder Verbergen hin. Natürlich konnte der Raum auch nur leer und verschlossen sein. Aber den vielen wartenden Menschen nach zu urteilen, war Letzteres nahezu auszuschließen. Lautlos drückte er die Klinke, öffnete die Tür und verschaffte sich einen Überblick.

»Hallo, guten Morgen! Herr Ulrich?«, fragte Brandt.

Ein untersetzter Mann in ausgeleiertem weißen T-Shirt, dunklem Jackett und roter, ausgebeulter Chino stand hinter einem mit Papieren und Zeitungen übervollen Schreibtisch und hielt sich mit angespanntem Gesicht den Telefonhörer ans Ohr. Eine hässliche, türkisfarbene Brille zierte sein ovales Gesicht. Während er sprach, entblößte er eine markante Lücke zwischen den oberen Schneidezähnen. Vielleicht war die Brille auch nicht hässlich, sondern ging mittlerweile als alternativ oder retro durch. Der Typ sah ein bisschen aus wie Elton John. Das war jedenfalls die erste Assoziation, die Brandt hatte, und er lächelte Ulrich an – er brauchte eine Auskunft.

»Wollen Sie mithelfen?«, fragte Ulrich.

»Nee, andersherum. *Sie* können mithelfen. Bei der Aufklärung des Mordes an Fellinger.« Brandt blieb im Türrahmen stehen, streckte den Arm ins Zimmer und zeigte seinen Dienstausweis. »Kripo Köln!«

»Herr Brandt, richtig! Sie hatten angerufen. Wenn Sie so lieb wären und mir fünf Minütchen gäben? Dann bin ich sicher für Sie da. Nehmen Sie doch so lange im Flur draußen Platz. Wir haben auch einen Kaffee… ähm … Tee… ähm … Kakao… ähm … ähm Hühnersuppenautomaten.«

»Diese Kombi kenn ich sehr gut«, antwortete Brandt lachend und schloss nur widerwillig die Tür. Er hasste es zu warten und tigerte den Gang auf und ab. Seine Gummisohlen quietschten auf dem glatten Boden. Es roch nach Desinfektionsmittel und Trostlosigkeit. Selbst ein gekipptes Fenster am Ende des Ganges konnte den Geruch nicht vertreiben. Die Wände waren in einem hässlichen Gelb gestrichen und typische Motivationsposter sollten sie anscheinend verzieren. Das war allerdings ziemlich danebengegangen. *Gib dein Bestes* oder *Jeder Fehler bedeutet Fortschritt* las er und verzog amüsiert das Gesicht. Gut, das hier war eine soziale Einrichtung, aber trotzdem hätte man an den Sprüchen noch etwas feilen können. Die Plakate sollten vermutlich zum Durchhalten ermuntern. Ihm hätten sie eher ein schlechtes Gewissen gemacht.

Er setzte sich auf einen letzten freien Stuhl und starrte genervt auf die Tür von Ulrich. Termine und Warten, das gehörte nun mal zusammen – auch wenn er nicht bereit war, sich damit zu arrangieren. Bis dahin bedeutete für ihn Warten leere Zeit.

Prompt fiel sein Blick auf die Leidensgenossen im Gang. Gesichter zu studieren, sei wie ein Schaufensterbummel, hatte er letztens seinen Studenten in einer Vorlesung über Physiognomik erklärt. Kleider und Mimik machten Leute. Steckten sie aber auch in Schubladen. Menschen mit großen Nasen etwa ständen gerne in der ersten Reihe. Dieses Bedürfnis trete aber in den Hintergrund, je kleiner die Ohren seien. Längliche Gesichter zeichneten eine ausdauernde Person aus. Leute mit ausgeprägtem Kinn suchten nach Beziehungen, die von kurzer Dauer seien.

Von den Menschen hier wirkte der Großteil erstaunlich normal. Allzu schnell hätte Brandt ihnen also kein Problem zugeschrieben. Es war nur eine Person anwesend, die wirklich heruntergekommen aussah. Und die saß natürlich neben ihm. Ein Mann in seinem Alter. Seine Haare waren fettig, er hatte einen merkwürdigen Hautausschlag. Brandt schaute auf seine Armbanduhr. Ulrich war bereits zehn Minuten zu spät. Pfeifend trommelte er mit den Fingern ein wenig auf der Stuhllehne herum.

Da sprach ihn sein Nebenmann an: »Auch viel zu früh hier?«

Brandt zog die Augenbrauen zusammen. »Hm.«

»Hab's fast verpennt«, hauchte der Mann ihm mit einem lauwarmen Atem ins Gesicht. Er roch nach frischen Zwiebeln, Knoblauch, angebranntem Hühnchen, Pommes kross und hochprozentigem Absacker. »Du auch?«, fragte er neugierig.

Brandt schüttelte kräftig den Kopf.

Der Mann stupste ihn an. »Bist hier in guten Händen, Kumpel. Das Warten lohnt sich. Erzähl doch von dir und warum du hier bist.«

Brandt schwieg.

»Du – wenn du dich noch nicht traust, ist das nicht schlimm. Dann halt nächstes Mal, wenn wir uns hier sehen. Hab keine Sorge, bleibt alles unter uns.«

»Hm«, wiederholte Brandt nur. Warum merkte der Mann nicht, dass er für eine derartige Konversation nicht in Stimmung war? Er lehnte den Kopf zurück gegen die Wand und stellte sich dösend.

»Langweilig?«

»Hm … Warten auf Godot«, nuschelte Brandt.

»Auch 'ne Piemontkirsche?«

»Was für 'ne Kirsche?«, erwiderte Brandt höflich, ohne zu ihm hinzusehen und hätte im gleichen Augenblick am liebsten die Frage zurückgenommen. Sie konnte für den Typ die perfekte Einladung für eine kleine, eklige Nettigkeit sein. Skeptisch beäugte Brandt den Mann von der Seite und juckte sich die Nase. Es war nichts frei, um schnell noch den Platz zu wechseln. Es war zu spät, um schnell noch die Flucht zu ergreifen. Es war vorbei. Nur für seinen neuen Freund längst noch nicht.

»Gebongt! Warte, du kriegst eine Kirsche«, antwortete der Mann, kramte ein zusammengewickeltes weißes Päckchen aus der Innentasche seiner Jacke und legte los. Sorgfältig entfaltete er das innenseitig braun verschmierte Einwickelpapier, roch an der Praline und reichte sie Brandt. »Hier, schenk ich dir! Mein letztes Mon Chéri. Sofortgenuss, weil unverpackt.«

»Was wird das?«, fragte Brandt verzweifelt.

»Soll dir das Warten versüßen.«

»Ach, nö – aber vielen Dank!«

»Du musst dich nicht für etwas bedanken, was du noch nicht angenommen hast«, erklärte der Mann, ergriff Brandts Hand und legte ihm das Konfekt auf die Handfläche. »Manchmal kommt man nicht zur rechten Zeit, aber heute ist dein Glückstag.«

»Welch Freude«, antwortete Brandt bloß.

»Sag ich ja … probier endlich! Wir sind hier alle eine große Familie und in der Familie sind wir alle füreinander da.«

Für Brandt jedoch wurde gerade das schlimmste Wohngemeinschaftsklischee wahr: Was meins ist, ist auch deins.

»Ist dir etwa nicht wohl, mein Freund?«, erkundigte sich der Mann.

Brandt schluckte krampfhaft, dabei drückte der oberste Knebel seines Dufflecoats auf den Adamsapfel. Zweimal setzte er zum Sprechen an, obwohl er auf die besorgte Frage nicht hätte antworten müssen. Doch vielleicht konnte ein Dialog den vermeintlichen Genuss hinauszuzögern. Brandts Blick wanderte über die fahlen Gesichter der anderen Wartenden. Sie zeigten ihm, dass es ihm eigentlich richtig gut ging. Ihm war lediglich ein ganz klein wenig schlecht, wenn er an die bevorstehende Zwangsverkostung dachte. Trotzdem machte er sich bereit und setzte sich aufrecht, während ihn der Typ, wie ein Schäferhund seine Schafe, mit gespitzten Ohren und einem Kontrollblick hütete. Na gut, ganz wie sein neuer Freund wollte.

Mit verkrampftem Lächeln schob Brandt sich die Kirschpraline in den Mund und biss auf den zarten halbbitteren Schmelz. Der Branntwein spritzte heraus, umspülte seinen Rachen, die Piemontkirsche flutschte in die Speiseröhre. Er hatte dieses Konfekt noch nie gemocht. Und *diese* Praline erst recht nicht.

»Danke für die Bescherung«, sagte er zähneknirschend und linste wiederholt auf seine Uhr. Kam dieser blöde Ulrich jetzt endlich mal aus seinem Büro? Insgesamt war er nun eine halbe Stunde überfällig und Brandt entfuhr ein erleichtertes Seufzen, als sich die Tür schließlich öffnete.

»Ach, du meine Güte. Ich hatte noch eine kurze Frühstückspause und hab Sie hier warten lassen«, lachte Ulrich.

»Warten ist nicht komisch«, platzte es aus Brandt heraus. Er konnte seinen nach wie vor anhaltenden Ekel vor der Kirschpraline nicht unterdrücken. Ganz offensichtlich waren seine Geschmacksnerven an ihre Grenzen gestoßen.

»Es lag mir wirklich fern, Sie zu ärgern«, besänftigte Ulrich ihn diplomatisch und legte ihm beim Betreten des Zimmers wohlwollend seine Hand auf den Rücken.

Brandt zog abwehrend die Schultern zurück. *Bitte nicht anfassen* und vor allem *Bitte nicht füttern* sollte er sich beim nächsten Besuch der Sozialeinrichtung als Schild umhängen.

»Okay«, begann Ulrich. »Machen Sie es sich bequem, ich muss dringend den Gang runter und meine Sitzung absagen. Ich bin in einer Sekunde zurück, ja?«

Nicht schon wieder, dachte Brandt und nickte resigniert als Ulrich das Büro verließ. Er massierte seine Schläfen. Ulrichs Zeitrechnung kannte er bereits. Das Fenster zur großen Einkaufsmeile hin stand offen, und er hörte das geschäftige Treiben auf der Venloer Straße. Autos hupten, eine Kirchenuhr schlug zur halben Stunde. Ehrenfeld war hip und alternativ. Das *Veedel* war angesagt. In dem Szeneviertel fühlten sich Nerds, Künstler und Familien mit Kindern gleichermaßen wohl. Vielleicht lag es daran, dass über diesem Kölner Stadtteil ein ganz besonderer Duft lag. Früher der Duft von Parfüms aus dem Hause 4711, das viele Jahre lang mitten im Viertel produzierte. Heute der Duft der großen weiten Welt, denn nicht umsonst wurde Ehrenfeld gerne als Multikulti-Viertel bezeichnet. Restaurants aus aller Herren Länder, die größte Moschee Deutschlands und eine ausgeprägte Clublandschaft lockten.

Brandt zählte die leeren Limonadenflaschen, die neben einem vollen Getränkekasten standen und sah sich erheitert um. Auch einige Kollegen von der Kripo hätten sich hier wahrscheinlich wie zu Hause gefühlt. Denn alles in Ulrichs Büro trug eine alternative Handschrift. Ein verstaubter Gummibaum. Ein kleiner marokkanischer Wandteppich. Ein rotierendes Mobile aus Sonne, Mond und Sternen. Eine Wand als Collage aus einzigartigen Kunstillustrationen. Und die obligatorischen Rattanstühle. Die durften nicht fehlen. Genauso wenig wie die verschiedenen Tageszeitungen, die sich auf dem Schreibtisch stapelten.

Brandt schnappte sich den Kölner Stadtanzeiger, dabei rutschte ein AMG-Schlüsseletui vom Tisch. Schleunigst hob er es auf und legte es auf Ulrichs Planer. Ein Sozialleiter mit solch einer potenten Kutsche? Woher hatte Ulrich das Geld für einen derart teuren Schlitten? Entweder steckte eine Erbschaft dahinter oder ein guter Deal. Dann war für Ulrich das heiße Pflaster gar nicht so heiß. Vielleicht mischte Ulrich in der Halbwelt mit? Vielleicht sollte der

AMG aber auch lediglich die Akzeptanz bei seiner *besonderen Klientel* erhöhen. Dann wäre Ulrich ein schlauer Regisseur. Regisseure überlegten sich das passende Ambiente zur Szenerie. Eine Inszenierung, die die Rolle stärkte und nicht schwächte. Unter Umständen steckte auch eine Mischung aus allem dahinter.

Brandt leckte am Zeigefinger und blätterte mit viel Wind in der Tageszeitung. Während er die Schlagzeilen überflog, kam Ulrich mit zwei Bechern zurück. Einen reichte er Brandt und setzte sich hinter seinen Schreibtisch. Brandt fixierte die farbenprächtige Brille. Würde Ulrich jeden Moment *Rocket Man* performen? Auf dem Becher stand *Abwarten und Tee trinken*. Und auf nichts davon hatte Brandt Lust.

Er stellte den vollen Becher auf den Tisch, was dazu führte, dass das Gesöff leicht überschwappte. Er hatte jetzt wirklich genug Zeit verloren und eröffnete das Gespräch. »Ich bin nicht zur Teatime hier, sondern wegen Fellinger. Das wissen Sie.«

»So ist es.« Umständlich steckte Ulrich seinen Fahrzeugschlüssel in die Hosentasche. »Wussten Sie eigentlich, dass der Mercedes Stern in Köln erfunden wurde? Gottlieb Daimler war damals technischer Direktor der Gasmotorenfabrik in Deutz.«

Verblüfft sah Brandt ihn an.

»Was, bitte, hat das mit Fellinger zu tun?«

»Nichts. Ich dachte nur, es interessiert Sie – so neugierig wie Sie Ihren Hals recken, um einen Blick auf meinen Schlüssel zu erhaschen.«

»Vor allem bin ich an Fellinger interessiert.«

»Hach ja … hm«, sagte Ulrich und sortierte ein paar Stifte. »Das Leben muss leider weitergehen.«

»Sie klingen ganz schön abgeklärt für einen, der gerade einen Ehrenamtler verloren hat.«

»So? Tu ich das? Dabei bin ich tief berührt. Denn wir sind gottfroh, ehrenamtliche Helfer zu haben. Sie schließen Lücken. Sind für die vielen Jugendlichen ohne Arbeit und Perspektive da, die sonst in einem Vakuum leben«, stellte Ulrich sofort klar.

Brandt musterte ihn.

»Irgendwo hab ich Sie schon einmal gesehen, Herr Ulrich. Wohnen Sie im Colonia-Hochhaus? Oder gehen Sie gerne wandern? Zum Beispiel im Hambacher Forst?«

»Sie meinen den Turm mit dem weithin leuchtenden AXA-Werbeschriftzug auf dem Dach?«

»Genau.«

»Nee, war immer mein Traum. Als ich noch in Bonn studierte. Leider bin ich in der Tarifgruppe später nie so hochgestiegen, um mir die schöne Aussicht leisten zu können. Allerdings hab ich mal in Riehl im Körner's und in der Flora im Dank Augusta gearbeitet. Sonntags. Nebenbei. Vielleicht sind wir uns da mal begegnet.«

»Und wandern?«

»Lieber nicht«, sagte Ulrich zu Brandts Überraschung und ihm fiel wieder ein, wo er den Türkisbebrillten gesehen hatte: Auf der Beerdigung von Fellinger.

»Seit wann machen Sie diesen Job hier?«, wollte Brandt wissen.

»Ich hab nach meinem Sabbatjahr den Dienst am Gymnasium als Oberstufenlehrer quittiert. Die desolate Bildungspolitik unserer damaligen Regierung hatte mich jeden Tag wütender gemacht. Immer mehr Egoisten. Immer mehr Gierhälse. Immer mehr Nichtskönner. Immer mehr Gestümper, wie überall. Ich wollte mich von meiner Nebentätigkeit als Streetworker energetisch nicht weiter ablenken lassen. Als ich den Tipp bekam, dass diese Einrichtung einen Leiter suchte, habe ich zugegriffen.«

Brandt betrachtete ein Aktionsplakat.

»Das ist unsere Müllsammelaktion. Wir haben so wunderbare Projekte. Fellinger hat diese gerne begleitet und Jugendliche motiviert, mit anzupacken. Auch beim Aufräumen im Wald, in Parks und am Rhein. Fellinger besaß das Talent zu begeistern, gemeinsam zu kämpfen. Sogar gegen die Müllflut. Die jungen Menschen haben dank ihm ein tolles Bewusstsein für unsere Umwelt entwickelt. Ich war erstaunt, welchen Zuspruch wir bekommen haben. Unter unseren Mädels und Jungs gibt es mittlerweile wahre

Talente, die immer neue Ideen für eine saubere Stadt vorstellen und umsetzen möchten. Hauptsache weg von der Straße – das ist unsere Mission. Das ist unser Versprechen.«

»Das klingt nicht schlecht«, bestätigte Brandt.

»Wissen Sie, diese Menschen wollen ein neues Leben beginnen, der Gewalt entkommen. Dazu müssen sie erst einmal lernen, ihre Zukunft selbst in die Hand zu nehmen. Eine Chance wahrzunehmen und zu sehen, da ist etwas, das interessiert mich jetzt. Und dann couragiert sein. Fellinger schaffte es immer wieder, Menschen zu ermutigen und ihnen einen Ausweg zu zeigen. Vor allem zu zeigen, dass es ihn gibt.«

Brandt schmunzelte.

»Und ich dachte immer, die Spielekonsole sei die erfolgreichste Einrichtung für Jugendliche.«

Ulrich schmunzelte zurück.

»Sie sind nicht mit einem Jugendzentrum aufgewachsen, richtig?«

»Ähm …« Brandt stockte kurz. »Das stimmt, ich ging in den Kindergarten und war später nur Messdiener. Damals war Freizeitgestaltung weder von Smartphones noch von Netflix-Serien oder so etwas geprägt. Damals kam um achtzehn Uhr die *Bezaubernde Jeannie* und das war's. Ansonsten haben wir uns viel im Gemeindezentrum getroffen. Dort bekam ich auch meinen ersten Kuss – beim Flaschendrehen. Umringt von lauter rauchenden Mädchen. Das hatte etwas Analoges. Whatsappen in Gruppen hätte ich mir damals nur unter Orwell'schen Bedingungen vorstellen können. In dieser Hinsicht hatte ich es ein bisschen romantischer.«

»Besuchen Sie Kölner Brennpunkte. Dort erleben Sie Wildromantik.«

»Wildromantik. Da denke ich eher an Kanada. Oder wollen Sie mir einen Bären aufbinden?«

»Sie haben mich durchschaut. Dort tanzt nicht der Bär, sondern der Derwisch.«

»Und da traute sich Fellinger hin?«

»Ja, man muss den Schulterschluss suchen. Sich untermischen, einmischen, mitmischen. Nah dran sein, nicht nur dabei. Und immer am Puls der Zeit.«

»Hm. Hört sich geheimnisvoll an.«

»Wir sind keine Maulwürfe, Herr Brandt. Das wäre kontraproduktiv. Warum sollten wir uns tarnen? Hier geht es um Offenheit, sonst ist keinem geholfen.«

»Wie gut kannten Sie Fellinger? Was wissen Sie über ihn?«

»Sind diese Fragen ernst gemeint?«

»Ausnahmsweise.«

Ulrich räusperte sich. »Ich rede nicht über die Privatsphäre anderer Menschen.«

»Dieser Mensch wurde ermordet. Also bitte. Darf ich einfach erfahren, ob es in letzter Zeit irgendwelche Auffälligkeiten bei Fellinger gab? Oder Streitereien in den Gruppen, die er betreut hat? Eventuell Beschwerden?«, fragte Brandt leicht gereizt.

Ulrich schaute ihn mit weit aufgerissenen Augen an. »So gut kannte ich ihn wirklich nicht.«

»Aha.«

»Er lebte mit seiner Frau und seinem Sohn sehr zurückgezogen. Und wenn er hier aufschlug, dann nur für neue Projekte, für Telefonate mit möglichen Arbeitgebern, oder um neue Hilfsbedürftige zu kontaktieren. Ansonsten war er immer vor Ort.«

»Wo vor Ort?«

»Manchmal am … Hauptbahnhof, aber … hauptsächlich in Chorweiler. Sagt Ihnen Chorweiler was?«

»Natürlich!«

»Früher war der Stadtteil verheißungsvoll. Ein gelobtes Land – dort wollte man hinziehen. Es gibt ein paar Ärzte, ein großes Shoppingcenter, Kioske und einen Imbiss. Einige tausend Menschen leben dort. Manche Hochhäuser sind in Schuss, doch die meisten Wohnungen sind verfallen. Ohne Strom, mit kaputten Fußböden, aber blühendem Schimmel. Repariert wird erst, wenn's auseinanderfällt.«

»Gibt es keine Investoren, die sich für das Areal interessieren?«, wollte Brandt wissen.

»Ha!«, lachte Ulrich höhnisch auf, warf seinen Kopf in den Nacken, lehnte sich zurück und schaute an die Decke. »Von der versumpften Vorstadt zum gefragten Viertel? Wie in Kalk? In der Tat gibt es Architektenpläne, die lesen sich ganz toll. Sie möchten die obersten Stockwerke entfernen und stattdessen Penthäuser draufsetzen. Dort, mit Blick auf den Dom, könnten dann die Reichen ihren Champagner trinken.« Ulrich nahm kurz Schwung und beugte sich wieder vor. »Wenn Sie mir noch sagen, wo das Geld für diese Flausen herkommen soll? Solche Leute verändern nichts, weil sie in einem Wolkenkuckucksheim schweben.«

Brandt runzelte die Stirn und fuhr sich mit der Hand durch die Haare. »Die Selbstmordrate soll dort sehr hoch sein.«

»Bei den Architekten?«, grinste Ulrich.

Brandt verdrehte die Augen und zuckte die Schultern.

»Ernsthaft. Stimmt das?«

Ulrich senkte den Kopf und kritzelte mit einem Buntstift rote Zickzacklinien auf ein leeres Blatt. »Es ist ein ständiges Auf und Ab. Aber wenn man im zwanzigsten Stock wohnt, ist der Aufprall manchmal das erlösende Ende. Nach Arbeitslosigkeit, Schulden und Drogen. Fellinger half bei der Suche nach Ausbildungsplätzen. Vor allem glaubte er an Rettung und fühlte sich persönlich dafür verantwortlich. Nur so kann man den Job machen. Fellinger wollte niemanden im Stich lassen.«

»Fast jede Stadt hat ihre brisanten Ecken, Herr Ulrich.«

Ulrich verschränkte die Arme und kratzte sich mit dem Buntstift am Hinterkopf.

»Ich erzähle Ihnen noch eine Posse, die ich vor einiger Zeit im Kölner Stadtanzeiger gelesen habe, und dann muss ich zum nächsten Termin. Aber ich finde, diese Geschichte charakterisiert die Situation ganz gut. Manchmal hält die Straßenbahn nämlich nicht in Chorweiler. Stattdessen ertönt vorher in Longerich eine Durchsage: Fahrgäste nach Chorweiler bitte aussteigen – nächster

Halt: Dormagen! Die Bahn fährt dann einfach einen Bogen. Wer will auch schon freiwillig in einen Bezirk unter der Kölner Gürtellinie?«

»Hm, vielleicht war das ein Versehen«, sagte Brandt.

Ulrich sprang auf und verabschiedete ihn mit einem feuchten Händedruck. »Fahren Sie am besten mal dahin. Man hat immer ein bisschen Angst, aber auch dort wird gewohnt.«

Sonnenseiten?

U lrich hatte nicht zu viel versprochen.
»Gehen Sie bloß nicht dahin! Sie kommen nicht mehr lebend raus.«

»Ich weiß«, sagte er und deutete vielsagend auf seine Polizeiplakette neben dem Nummernschild.

Ein kleiner, buckliger Mann mit weißem Bart und schwarzem Hut mit breiter Krempe sah ihn aus stechenden Augen an. Zitternd hielt er sich an seinem Rollator fest.

»Sie sehen nicht aus wie Derrick«, erklärte der Alte argwöhnisch.

»Das hoffe ich doch«, erwiderte Brandt lächelnd, klopfte auf beide Außentaschen der Jacke, suchte die Innentaschen ab und stutzte. Ob der Mann es ihm ansehen konnte? Dass er wieder einmal sein Portemonnaie zu Hause vergessen hatte? Auf jeden Fall zählte er eins und eins zusammen.

»Haben Sie trotzdem vielleicht fünfzig Cent?«, fragte er mit enttäuschtem Blick. Er wirkte traurig und verloren.

Brandt verrenkte sich, um seine letzten Münzen aus der Hosentasche zu ziehen.

»Das ist aber lieb von Ihnen. Das ist viel mehr, als ich gehofft habe. Ich wünsche Ihnen noch einen schönen Tag!«, sagte er und verbeugte sich schwankend.

»Machen Sie was draus!« Brandt zwinkerte dem Mann zu, der erstaunlich schnell wieder die Straßenseite wechselte. Er hatte *natürlich* noch keine Ahnung, ob er tatsächlich diesen knallharten Kölner Kiez ohne Blessuren wieder verlassen würde. Aber damit musste man rechnen, wenn man schlafende Kampfhunde beobachten wollte – und sie gegebenenfalls allein dadurch weckte. Zumindest laut Google. Suchte man nämlich nach neuralgischen Bereichen in Köln, bot die Suchmaschine schon mal folgende Ergänzungen an: prekär und heikel. Doch Brandt wollte keine

Klischees bedienen. Er wollte lieber Fakten sammeln und Respekt zeigen.

Auch wenn sich genau in diesem Moment die Wohntürme vor ihm aufbauten: Grauer Waschbeton, abgeblätterte Farbe. Eine Armada an Riesen eingepfercht auf knapp einem Quadratkilometer.

Zügig ging Brandt auf das Gebiet zu. Mitten in den Hochhausschluchten blieb er stehen. Ein paar Kinder spielten Hüpfekästchen. Niemand schien in Eile zu sein. Niemand schien Termine zu haben. Er fand die Atmosphäre und die Stimmung an diesem Nachmittag sogar beinahe schön und friedlich. Wenn da nicht die Zahlen, die Fakten und die Erzählungen über den Ortsteil gewesen wären: Um die zwanzig Prozent der hier lebenden Jugendlichen galten als frühe Schulabgänger, manche waren sogar ohne jeden Abschluss.

Mit Fellingers Foto in der Hand rotierte Brandt einmal um die eigene Achse. Ihm war klar gewesen, dass er nicht auf ein Paradies aus Blumen schauen würde. Er hatte gehofft, dass er etwas beobachten konnte, was ihn in seinen Ermittlungen weiterbrachte. Jetzt bekam er zumindest schon mal einen ersten Eindruck, und das Bild, das sich ihm bot, war äußerst unschön.

Eine Satellitenstadt mit Satellitenschüsseln flehte um HILFE, wie als schrilles Graffito auf einer der tristen Wände zu lesen war! Auf einem Balkon hatte jemand Hanteln und Gewichte gestapelt, auf einem anderen krächzten Kanarienvögel. Er tippte auf mindestens zwanzig Tiere. In mehreren Fenstern waren Teppiche, Decken, Plumeaus zum Lüften ausgelegt – da bekam der Begriff Bettenhaus eine völlig neue Bedeutung. Vor den schmutzigen Wohntürmen säumte Unrat die Bürgersteige. Eine Ansammlung aus kaputten Elektrogeräten und Sperrmüll verteilte sich über den Gehsteig.

»Hau ab, das ist mein Platz!«

Brandt drehte sich um. Eine große, massige Gestalt in silberfarbenem Blouson stampfte geradewegs auf ihn zu. Ab und an blieb sie stehen, sah sich um, zappelte mit ihren verwaschenen, bunt tätowierten Flossen wie ein Fisch im Netz und ging weiter. Brandt stellte sich dem Typ in den Weg.

»Wie geht's?«

»Alles fresh«, antwortete sein Gegenüber trocken, fast automatisch, und starrte ihn an. Die Frage schien ihn ziemlich überrascht zu haben.

Brandt überging seinen skeptischen Blick und das nervöse Schulterzucken. »Warum *fresh*? Frisch gebadet?«

»Seit drei Tagen bin ich in Freiheit«, erklärte der Mann und kratzte sich am Stiernacken.

»Oh, gratuliere!«

»Danke. Fünfeinhalb Jahre Knast reichen. Eigentlich hätten es vierzehn Jahre sein sollen. Aber warum fragen Sie? Sind Sie Journalist? Hören Sie, wenn Sie von der Presse sind, möchte ich gar nicht mit Ihnen sprechen. Die schreiben sowieso schon so viel Unfug über uns.«

»Was genau haben Sie denn verbrochen? Was war das für ein Unfug?«, hakte Brandt nach.

»Hey Alter, ich will nicht darüber reden, verstanden!«

»Wollen Sie denn vielleicht über *ihn* reden?« Brandt zeigte ihm Fellingers Foto.

»Wer soll das sein?«

»Ein Streetworker, der hier unterwegs war.«

Der Mann rümpfte die Nase.

»Noch nie hier gesehen?«, fragte Brandt.

»Nein.«

»Es ist wichtig.«

»Anderes ist wichtiger. Verschwinden Sie!«

»Er heißt Fellinger.«

»Wie nett«, blubberte der Typ. Er musterte Brandt von oben bis unten. »Sie stinken. Sind Sie 'n Bulle?«

»Kripo. Aber ich gehöre zu den Guten«, versuchte Brandt ihn zu beruhigen.

»Pah, das sagen sie alle! Trotzdem müssen wir immer wieder wegen unserer Herkunft über neue Hürden springen. Dabei hab ich Deutsch gelernt und gehe ab nächster Woche arbeiten«, schimpfte er, und seine Augen sprühten Funken. »Ich hab keine Zeit zu verschenken. Erst recht nicht für Sie«, fügte er abfällig hinzu, streckte einen Arm aus, schlug die Handkante des anderen Arms in die Beuge und schnellte seinen Unterarm wie einen Hebel hoch. »Vaffanculo!«

»Moment, Moment – alles gut. Seien Sie vernünftig. Bleiben Sie. Ich will Ihnen nichts«, sagte Brandt geduldig.

»Sehr witzig, das zeigt sich gerade. Und eigentlich sollten Sie gemerkt haben, dass ich nicht ganz so blöd bin, wie Sie glauben.« Unruhig pendelte sein Oberkörper in wellenartigen Bewegungen. Dazu zappelte er diesmal mit einem Bein, gluckste und schniefte.

Brandt stellte fasziniert fest, dass die erste Person, die er einfach so angesprochen hatte, gleich dem vermeintlich gängigen Klischee eines Straftäters entsprach. Trotzdem vermittelte der Mann den Eindruck, dass er irgendwie doch noch etwas aus seinem Leben machen wollte. Vielleicht konnte er ihn in ein Gespräch verwickeln. »*Wollten* Sie Gangster werden?« Mal sehen, ob er darauf reagierte.

»Was heißt wollten? Meinen Sie etwa als Traumjob?« Schweißperlen schillerten wie Schuppen auf seiner Stirn. »Klar hab ich mich früher auch mal geprügelt. Bin ja kein Weichei. Aber dass ich in den Bau musste, war Zufall. Ich schwöre, das passiert mir nie mehr!« Der Typ blickte ihn an, wischte sich mit der Hand über die Nase, schniefte noch einmal, dann sprudelte es weiter aus ihm heraus.

»Mein Bruder war da ganz anders. Früher war er eine tickende Bombe. Halbwelt und so. Da hab ich gesehen, wo das hinführt. Knast rein, Knast raus, Knast rein – das wollte ich nicht für mich. Und dann ist es doch passiert. In den Zellengängen war die Angst körperlich zu spüren. Das hat mich am meisten mitgenommen. Ich bekam Panikattacken. Deshalb fing ich auch an zu rauchen. Dreißig bis fünfzig Dinger am Tag. Nervennahrung. Nun sind es zwanzig. Aber immerhin – auch mein Bruder hat irgendwann die Kurve gekriegt. Heute ist er Inhaber einer Pizzeria.«

Brandt wedelte mit dem Foto. »Und *den* kennen Sie nach wie vor nicht?«

»Nein.«

»Sicher?«

»Hier laufen immer irgendwelche Typen rum. Resozialisierung nennen die das. Aber hilft es was? Das sind doch nur Übergangsmanager. Denn die meisten von uns landen eh nach drei Jahren wieder im Bau.«

»Wer könnte ihn denn kennen?«

Zwei Jungen liefen vorbei. Beide trugen Jogginghosen, Bomberjacken, hatten einen Undercut, waren, grob geschätzt, fünfzehn Jahre alt.

»Vielleicht einer von denen«, meinte der Mann zu Brandt.

Der Kleinere von den Jungen stellte sich zu ihnen und hielt ihnen Sonnenbrillen entgegen. »Brauchste eine?«, fragte er Brandt.

»Ich brauche deine Hilfe. Kennst du den Mann auf diesem Foto?«

»Vielleicht.«

»Ja oder ja?«

»Vielleicht –, wenn du 'ne Brille kaufst.« Kleine Preisschilder von irgendeinem Laden baumelten an den Gestellen. »Zehn Euro. Okay?« sagte er und grinste von einem Ohr zum anderen.

Dem Ex-Häftling ging der Auftritt des Kleinen offenbar zu weit. »Maul halten! Mach, dass du Land gewinnst!«, rief er und an Brandt gerichtet erklärte er: »Als er zwei war, kamen seine Eltern mit ihm aus Mazedonien nach Deutschland. Seitdem wohnt er in diesem Viertel.«

»Und keine Besserung in Sicht«, bemerkte Brandt. Er war hin- und hergerissen zwischen dem Wissen um die desolaten Zustände und dem Bewusstsein, dass hier ebenso völlig unbescholtene Bürger wohnten. Welcher Sog war stärker? Für ein vollständiges Bild über Fellingers sozialen Einsatz musste er—

Der Mann kam ihm zuvor.

»Mein achtzigjähriger Ziehvater lebt seit rund zwanzig Jahren in einem der achtbareren Häuser in Chorweiler und hatte noch nie Probleme. Auch wenn er letztens einen Selbstmord beobachtet hat. Ausgerechnet als der Wochenmarkt abgebaut wurde. Da sprang plötzlich ein nackter Mann aus einem Fenster. Neunter Stock. Vermutlich wollte er zeigen, dass es ihn auch noch gab. Keiner kannte den Toten. Ein Außenseiter. Viele Einzelgänger leben bei uns. Vergessene.« Der Typ wandte sich um zum Abtauchen. »Ich muss los. Zum Fühlinger See. Angeln. Aber fragen Sie doch mal die dahinten. Heißer Tipp. Nur von mir haben Sie den nicht!«

Okay, dann würde er sich die mal ansehen. Brandt lockerte seinen hellblauen Schal. Dieses triste Betonlabyrinth engte ihn ein. Als würde er ständig vor eine Wand laufen; in diesem Teil der Großstadt mit dutzendfach gestapelten Miseren. Es war bestimmt hart, sich hier durchzuboxen, man wuchs anders auf. Auch mit alternativen Methoden der Geldbeschaffung. Dabei verdiente ein junger Mensch, der nach wie vor so zuversichtlich unterwegs war, weiß Gott, seinen Platz an der Sonne. Irgendwo. Brandt sah ihm lange hinterher.

»Du bist so ein Arschloch! Jetzt halt mal die Fresse, echt jetzt.«

Drei junge Männer mit Flaschen in den Händen passierten Brandt. Ein Blonder, ein Langhaariger und ein Dunkelhaariger.

»Bist du bescheuert? Du musst keine Angst haben. Vor niemandem. Checkst du das nicht? *Die* waren lost«, sagte der Dunkelhaarige.

»Was soll ich denn jetzt machen?«

»Mach dein Ding!«

»Genau!«, mischte Brandt sich ein.

Die Jugendlichen guckten ihn konsterniert an.

»Wer bist du denn?«, fragte der Blonde.

»Ich bin Brandt.«

Der Dunkelhaarige verzog den Mund. »Ah, 'n Psychoonkel.«

»Falsch!« Resolut trat Brandt drei Schritte vor und stellte sich in die Mitte der Gruppe. »Aber, wenn wir schon mal heiteres Rätselraten spielen: Kennt ihr den?« Brandt wandte sich an den Ersten. An den Zweiten. An den Dritten.

»Kennst du ihn? ... Oder du? ... Du auch nicht?«

Die drei starrten emotionslos auf das Bild von Fellinger.

»Noch nie mit ihm gequatscht?«, fragte Brandt.

Der Blonde schraubte seine Plastikflasche ganz langsam auf. Trank seelenruhig. Schüttete den Rest auf den Boden aus. Rülpste. Schraubte die Flasche wieder zu. Rülpste noch einmal. Ausgiebig. Als wollte er einen Zwischenspeicher leeren. »Was willst du von uns?« Seine Augen zitterten.

Brandt sah ihn prüfend an. War der auf Droge? »Ich dachte, ihr seid hier die Bosse.«

»Nicht nur *das*!«

»Was denn noch?«

Der Langhaarige stellte sich nah an Brandt heran, schaute an ihm vorbei und flüsterte ihm ins Ohr: »Wir sind auch Schnüffler.«

»Ach, das ist ja praktisch!«, sagte Brandt lächelnd.

»Du kannst uns mal!«, zischte der Langhaarige, riss ruckartig den Kopf herum und schrie: »Das is'n Cop, ihr Lappen! Haut ab!«

Gleis B

E s könnte besser laufen«, schimpfte Brandt missmutig vor
sich hin. Er war unzufrieden. Von wegen: Schauen Sie sich
in Chorweiler um, vielleicht werden Sie fündig ... Zum einen
hatte ihm der Sozialleiter einen kalten Tipp gegeben. Zum anderen hatten alle nur Bahnhof verstanden. Oder taten so, als ob.
Zuerst war es ganz gut gelaufen, denn für ein paar Stündchen
hatten die großen und kleinen Gangster ihn mehr oder minder
als ihresgleichen betrachtet. Sogar ein bisschen Augenhöhe war
möglich gewesen.

Eigentlich müsste seine Laune schon allein deshalb sensationell
sein, weil er das ganze Wochenende vor sich hatte. Er fantasierte
von entspannten Lesestunden und war dafür auf dem Weg zu der
Buchhandlung Ludwig im Kölner Hauptbahnhof. In der dortigen
Abteilung für nationale und internationale Presse wollte er sich seit
Längerem wieder mal die Nordwest Zeitung mit den Oldenburger
Regionalnachrichten besorgen. Der Begriff *Digital Detox* hatte für
ihn heute einen besonders magischen Klang, und dessen Umsetzung war sein Wunsch für Samstag und Sonntag.

Doch richtige Vorfreude wollte sich nicht einstellen. Der Frust
ließ ihn nicht los. Das Echo blieb, machte ihm seinen Kopfschmerz
bewusst und offenbar wollte es ihn auf zukünftige Ereignisse vor-
bereiten.

Brandt fröstelte. Wie spät war es? Bald wurde es dämmrig. Bisher war der Freitag ein typischer Kölner Schmuddeltag gewesen.
Ein eisiger Märzwind pfiff über die Domplatte. Wetterschock.
Temperatursturz. Drohte nochmals ein Wintereinbruch? Die großen, roten Initialen der Deutschen Bahn auf dem Dach des Hauptbahnhofs wurden vom dicken Nebel fast verschluckt. Ein Schwarm
Tauben flog tief zwischen Dom und Römischem Nordtor über das
Gewühl der Menschen hinweg, hinunter zur Trankgasse, vorbei
am Hotel Excelsior und mit Karacho in die Tunnelröhren.

Unterkühlt, mit schlechter Haltung, aber festem Schritt, lief er zielsicher im Slalom zwischen den vorübereilenden Leute zur Treppe. An einer Laterne hatten vier Obdachlose ihr Lager großräumig ausgebreitet. Alle schliefen. Vorsichtig lief Brandt drumherum und warf leise ein paar Euros in einen leeren Pappbecher. Keiner wachte auf. Nur ihr Hund blinzelte ihn an und Brandt beeilte sich, von dem Plateau nach unten auf die Straße zu kommen.

Die Fußgängerampel wechselte von Rot auf Grün. Eine pulsierende Unruhe ließ den Vorplatz des Hauptbahnhofs vibrieren. Leute auf dem Weg nach Hause. Menschen mit Einkaufstüten. Hunde, die ihr Herrchen hinter sich herzogen. Herrchen, die ihren Hund hinter sich herzogen. Paare, die eng umschlungen liefen, aber weit weg schienen. Taxis, Pendler und Radfahrer verstopften die Zufahrten und minütlich strömten Menschentrauben aus den Ausgängen. Ein ewiger Kreislauf. Hin, zurück. Zurück, hin. Pausenlos. Die monströse Bahnhofsuhr über dem Eingang zeigte kurz vor fünf. Der Vorplatz war der hektische Verkehrsknoten schlechthin – für viele Ort zum Aufbruch in die weite Welt und für manche auch Endstation: Der Hauptbahnhof am Dom. Ein weltweit einmaliges Ensemble. Wo sonst hielt der Zug schon direkt vor den Pforten einer gigantischen gotischen Kathedrale mit majestätisch aufragenden Spitzen? Himmel und Hölle kamen sich in Köln selten so nah wie hier. Wo Elend ins Auge stach. Wo täglich hunderte Züge ein- und ausfuhren. Wo manches sich erst auf den zweiten Blick offenbarte. Wie letztes Jahr. Als Brandt eine exklusive Stadtführung mitgemacht hatte und einen Blick hinter die Kulissen dieses geschichtsträchtigen Bahnhofs werfen durfte – ja, ihm eines seiner letzten Geheimnisse entlocken konnte. Denn was kaum ein Reisender ahnte: Unter der Gleisebene dieses von oben wie ein lauerndes, riesiges Reptil wirkenden Bauwerks gab es ein eigenes, der Öffentlichkeit verborgenes Reich. Kilometerlange Gänge. Ein verschlungenes Netz von Versorgungswegen für die Läden und Restaurants im Bahnhof. Eine unterirdische Welt für die überirdischen Konsumtempel. Das war ein beeindruckendes

Erlebnis gewesen. Beeindruckend war auch die außergewöhnliche Auswahl an Zeitungen und Zeitschriften, vor der er jetzt stand. Mit einem ansehnlichen Stapel unter dem Arm hielt er nach einer freien Kasse Ausschau. Die erste war besetzt, aber die zweite war frei.

»Gibt es vielleicht in der Nähe einen Laden, wo ich vegetarische kölsche Tapas bekomme?«, fragte er die sympathische Buchhändlerin, während sie mit dem Rückgeld klimperte.

Sie schaute ihn durch ihre goldgeränderte Brille an und zog eine Schnute. Erst nach links, dann nach rechts. Ihre dunkelblauen Augen in dem von vielen kleinen Lachfältchen durchzogenen Gesicht sahen aus wie tiefe Bergseen und sie wiegte ihren Kopf bedächtig hin und her. Schließlich schüttelte sie ihn energisch. Wortlos. Aber das Nachwippen der tausend und abertausend braunen Löckchen sprach Bände.

»Schade.«

»Tut mir leid«, antwortete sie zerknirscht.

Brandt nickte und sie schob ihm die Euros über den Tresen. Die Münzen waren noch warm von der langen Umklammerung ihrer Hand.

»Hoffentlich müssen wir am Wochenende keinen Schnee schaufeln. Auf jeden Fall wünsche ich Ihnen ein schönes«, meinte sie und verabschiedete ihn mit einem ansteckenden Lächeln.

Brandt lachte auf. »Das wünsch ich Ihnen auch.« Aber seine wahre Meinung behielt er für sich. Denn die Wetterprognose spielte ihm für eine gemütliche Lesezeit hundertprozentig in die Karten.

In diesem lyrischen Augenblick klingelte sein Handy. Er eilte nach draußen und war mächtig gespannt. Warum hatte das eigentlich so ewig gedauert? Brandt erwartete die ganze Partitur an Ausreden, die ihm seine Kollegen jeden Moment ins Ohr spielen würden. Und doch hoffte er, dass er endlich etwas an die Hand bekam, um wem auch immer auf die Nerven zu gehen. Und wenn es Krämer war.

»Ich wundere mich, dass ihr mich nicht schon längst angerufen habt. Braucht ihr erst eine schriftliche Einladung? ... Also bitte – mit Verlaub, das ist große Kacke!«, polterte Brandt.

Ein Vorbeigehender warf ihm einen kurzen Blick zu. Nicht nachsichtig. Nicht freundlich.

Brandt schaute weg und lehnte sich abwartend gegen das Schaufenster der Buchhandlung. Die Presse saß ihm sowieso schon im Nacken und beinahe jeden Tag musste er dem Referatsleiter erklären, warum er nicht vorankam. Wenn die Untersuchungen noch langsamer gingen, bewegten sie sich bald rückwärts.

»Was ist denn jetzt? ... Auch nicht hinten? ... Ja, du Schlaumeier, ich weiß! Wenn der Code unter dem Laptop geklebt hätte, hättet ihr ihn gefunden.«

Während sein Kollege die Methoden der KTU für das Knacken von Rechnern referierte, betrachtete Brandt ein halbes Dutzend Menschen, die schräg gegenüber vor einem Geldautomaten standen.

»Mama, ich will ein Trampolin«, quengelte ein kleines Mädchen an der Hand einer jungen Frau.

»Im Sommer – und schau mal, wir sind ja schon dran«, beruhigte die Mutter sie und tippte hastig auf den Zahlenblock.

Unverwandt fragte Brandt sich, wo Leute ihre PINs aufbewahrten. Ganz sicher nicht in Brieftaschen. Zumindest Fellinger nicht. Aber welche geschickten Möglichkeiten gab es?

»Ja, ja!« hallte es plötzlich unfassbar laut, und Brandt erschrak.

»Sich über mangelnde Ergebnisse beschweren, dafür dann aber nicht zuhören«, meckerte sein Kollege lachend aus dem Telefon.

Mit seiner Zeitungsbeute in dem linken Arm und dem Handy in der rechten Hand, fingerte Brandt hektisch mit einem Daumen auf dem Display herum. Ganz kurz war er versehentlich an den Lautsprecher gekommen. »So – jetzt noch einmal! Die KTU hat es echt geschafft ... ihr habt etwas gefunden? Dann erzähl mir, was. Aha ... oh.«

Ein paar Sekunden lang kämpfte sein Kollege darum, ihm jegliche Inhalte von Fellingers Laptop aufzulisten. Im Stakkato ratterte er die üblichen Geschäftsprozesse eines Vertriebsleiters herunter: Angebote, Nachfragen, Abschlüsse. Verflixt!

»Das … ist nicht dein Ernst! Schönes Wochenende? … Nee, warte! «, befahl Brandt. »Hat sich die Uniklinik gemeldet? Mensch Leute, der Typ ist noch jung, Ende dreißig. Den dürfen die Ärzte nicht aufs Abstellgleis stellen.«

Himmelherrgott. Kasperski lag also nach wie vor im künstlichen Koma. Sein Zustand war zwar stabil, doch immer noch kritisch. Dabei musste er ihn dringendst zu seinem Sturz im Hambacher Forst befragen. Er brauchte Indizien, um endlich zum Zug zu kommen. Aber seine Kollegen nutzten ihre Kompetenzen, um pünktlich den Feierabend einzuläuten. Dabei war es höchste Eisenbahn, damit der oder die Täter nicht über sich hinauswuchsen. Brandt dachte bereits darüber nach, morgen selbst ins Krankenhaus zu fahren, um sich ein Bild zu machen. Der Tod kannte keinen Plan B.

»Wie lange noch? Über welchen Zeitraum sprechen wir? Tage? Wochen? … Puh … aber der Polizeischutz ist vor Ort, oder? Nicht, dass er ins Leben zurückgeholt wird, und das wäre dennoch umsonst … Da ist er gut aufgehoben? Euch ist klar, was es bedeutet, wenn er es nicht schafft und demnächst die Radieschen von unten betrachtet. Überlegt selbst!«, raunte Brandt. Dann zischte er: »Wir haben zu seinem Fall noch keinen einzigen Zeugen, nur aufgebrachte Umweltschützer. Sein wichtigster Zeuge ist er selbst.«

Brandt legte auf, dabei klatschen die Zeitungen auf den Boden.

»Du Dussel! Kannst du nicht aufpassen? Mich einfach anzurempeln.« Verdammt, war der besoffen!

Faites vos jeux!

Mit beiden Händen in den Hosentaschen schlenderte Lucas auf die Theke zu. Es blinkte und bimmelte. Typen starrten auf Automaten. Sie tippten auf Tasten, während Asse und Könige vorbeirauschten. An einer Wechselmaschine prasselten Münzen in einen Plastikbecher.

»Mann, du siehst vielleicht beschissen aus, wie du hier abhängst«, sagte Lucas.

Ein schlanker, drahtiger Typ setzte sich kerzengerade auf und fuhr herum. »Freut mich auch dich zu sehen, danke«, konterte er.

»Seit wann bist du in diesem Spielpalast? Lass mich raten – seit Wochen? Ist der Hohenzollernring dein neues Monte-Carlo? Oder sind die über zweihundert Spielhallen im Kölner Stadtgebiet dein zweites Wohnzimmer?«

»Angebot schafft Nachfrage.«

»Hm – oder den nächsten Kick.«

»Soll heißen?«

»Soll heißen, die einarmigen Banditen scheinen dich ganz schön auf Trab zu halten, sonst hättest du natürliche Frische im Gesicht und nicht diese Flecken vom Selbstbräuner.«

»Wo liegt dein Problem?«, erwiderte der Mann, der die Fünfzig gerade überschritten hatte. Er zupfte an seinem Schal in Camouflagemuster und wischte mit der Hand über den Tresen. Ein Spot an der Decke beschien seine karottenfarbige Stirn. Auf dem dunkelblonden, zurückgekämmten Haar klemmte eine Sonnenbrille. Sein linkes Bein wippte, während er breitgrinsend Kaugummi kaute.

Der Barkeeper brachte ein paar Erdnüsse. Lucas bediente sich.

»Ich hab kein Problem. Du hast eins! Womit fütterst du denn diese Automaten hier? Mit geklautem Geld?«, wollte er wissen.

»Hey, kaum achtzehn und erwachsen, kommst du zu spät und wirst frech. Was willst du trinken?«

»Danke, ich bin nicht durstig.«

»Keinen Durst haben nur Waschlappen.«

»Mein Bedarf ist bei deinem Anblick gestillt«, erklärte Lucas kühl.

Florian starrte ihn an. Seine stumpfe Nase saß wie hingehauen zwischen den weit auseinanderstehenden hellblauen Säuferaugen. Der Mund verriet Entschlossenheit, und der glänzende, enganliegende Anzug verlieh ihm den Anschein eines Windhundes. Von dem Zwirn schien er gleich mehrere zum Wechseln zu besitzen – oder warum wieder diese exzentrische lila Staffage?

»Wie konnte ich euch nur verlassen?«, säuselte er.

Lucas strich sich eine Locke aus dem Gesicht und zog die buschigen dunklen Augenbrauen zusammen. »Du kannst es ja herausfinden, indem du dich endlich einmal von uns fernhältst, Florian.«

Florian lachte. »Hach, ich liebe deinen Humor. Er ist meinem so ähnlich. Ist das der Grund, warum du mich treffen wolltest?«

»Umgekehrt. Es war *dein* Wunsch. Vermutlich hast du wieder keine Freundin.«

»Sagen wir mal so – die letzte ist schon etwas länger weg und die neue ist gar nicht erst gekommen.«

Lucas verdrehte die Augen, schaute ihn prüfend an und rieb sich mit der Hand über das Kinn. Heute hatte er sich nicht rasieren müssen, seine junge Haut war noch glatt von der gestrigen Rasur.

Florian räusperte sich. »Versteh doch, ich sehne mich nach Ruhe und Geborgenheit. Und natürlich auch nach einem Sohn. Außerdem seid ihr doch auch irgendwie mein Zuhause, meine Vergangenheit. Also was ist? Es wäre gar nicht so schlecht, wenn ich ab jetzt bei euch wohnen würde. Dann käme deine Mutter auch mal wieder unter Leute. Ich kann mir nicht vorstellen, dass sie gute Freundinnen besitzt. So scheu wie sie immer war. Na egal, wenn ich bei euch einziehe, haben wenigstens die Nachbarn etwas zu reden. So kommt man ins Gespräch. So knüpft man Kontakte.« Er rubbelte sich die Nase.

»Du kapierst nach wie vor nichts. Du Einzeller mit deinen sinnlosen Kommentaren und dem Verstand einer Amöbe. Du bist bei Mama und mir komplett durch. Und das nicht erst seit deinem phänomenalen Auftritt auf der Beerdigung. Du bist sowas von peinlich! Soll Mama dich wieder durchfüttern, oder wie hast du dir das gedacht?«

»Ja, danke! Das wäre toll!«

Wütend griff Lucas in die Jackentasche und warf ihm ein paar Ansichtskarten entgegen. Sie schwebten zu Boden und rutschten unter den Barhocker.

»Die braucht Mama nicht mehr.«

Aufgebracht spuckte Florian den Kaugummi aus. »Wenn du nicht gleich deinen Arsch in Bewegung setzt und meine Liebesbriefe aufhebst, werde ich andere Seiten aufziehen, sobald ich mit deiner Mutter wieder zusammen bin. Verlass dich drauf, Freundchen.« Mahnend schnipste er mit den Fingern.

Lucas stockte der Atem. Er biss sich auf die Unterlippe. Sollte er seine Zunge hüten? Sich zügeln? Besser war es. Denn wusste er wirklich, wozu Florian fähig sein konnte? Widerwillig bückte er sich und sammelte die alten Postkarten aus vergangenen Zeiten wieder auf. Die Rückseiten waren vergilbt, die Zeilen verwischt. Ihr Inhalt war von Tränen gezeichnet. Und als wollte es ihn ermutigen, fing Lucas' Herz unvermittelt an zu pochen. Ein Hämmern. Ein Schlagen. Sein ganzer Körper fieberte. Trotz Florians Drohgebärde konnte er sein Herz nicht einfach ausblenden. Er musste darauf hören. Er wollte es ausschütten. Bevor es doch noch in die Hose rutschte, gab er ihm rasch einen Stoß.

»Du schaffst es einfach nicht, dein Leben in den Griff zu kriegen«, sagte er mit fester Stimme und ohne eine Miene zu verziehen. »Ich war noch nicht mal geboren, als du peu à peu das ganze Geld von Mama verspielt hast. Damals hat sie alle Hoffnung in dich gesetzt. Alles in dich reingebuttert. Aber du hast nur gedaddelt – alles verpulvert und gekokst.«

»Ha, während ich Geld für uns verdienen wollte, hat sie mich versetzt und am Strand von Deauville dieses Techtelmechtel angefangen. Abends war sie fort. Abgehauen. Abgereist.«

»Du meinst – frei!«

»Deine Mutter war mit dir schwanger, als ihr verstorbener Biedermann mir die Hörner aufgesetzt und sie mir weggenommen hat. Während unseres Urlaubs in der Normandie.«

»Ja und? Du wolltest sie nie heiraten. Niemals. Lass uns endlich in Ruhe! Mama will nichts mehr von dir wissen.«

»Aber ich bin dein Vater!«

»*Du*? Nein, Noah war mein *echter* Vater und der weltbeste Vater! *Du* bist nur mein Erzeuger und ein Loser und ein Spieler – du widerst mich an!«

»Wie redest du mit mir?«

»Endlich kann ich dir genau *das* sagen, was ich denke. Und zwar ohne Angst zu haben, deine Gefühle zu verletzten. Denn du hast keine! Du hast Mamas gesamte Aussteuer in Deauville verzockt. Im Casino. Casinos sind dein Zuhause. Black Jack dein Freund. Russisches Roulette dein Tod. Gib dir endlich die Kugel. Oder hast du sie schon an Noah verschossen? Merkst du nicht, wie erbärmlich du dich benimmst? Vorbestraft, weil du in Baden-Baden den Croupier als Arschloch beschimpft und den Rotwein über den Roulettetisch geschüttet hast. Wir wissen auch, dass du es warst, der Noahs Tauben vom Dach geholt hat. Mit dem Luftgewehr. Wolltest du uns damit einschüchtern? Um Geld zu erpressen? Sei froh, dass Noah damals so freundlich war und großzügig von einer Anzeige abgesehen hat.«

»Das ist Jahrzehnte her.«

»Aber du kannst schießen, das wissen wir!«

Florian stierte ihn an und rang mit den Händen.

Lucas stierte zurück. Auf Florians Fingernägel. So kurz konnte man diese nicht schneiden. Bis ins Fleisch waren sie abgekaut.

»Seit Jahren verfolgst du uns. Pumpst Mama an. Beobachtest uns, stellst uns nach. Ich wusste schon immer, dass du uns nicht guttun würdest, Papa«, stieß er verächtlich aus.

Ohne einen Blick von Lucas zu nehmen, klickerte Florian mit einem goldenen Siegelring gegen sein Wodkaglas.

Lucas hörte nur dieses unheilvolle Klingkling. Klingklingkling. Klingkling.

»Du hast sogar noch Spaß dabei, oder?«, warf er Florian vor. »Du machst dir die Welt so, wie sie dir gefällt. Du bist so krank! Und wenn sie sich nicht nach dir richtet, umso schlimmer für sie. Und wehe, du fragst uns noch einmal, wie es uns jetzt geht. Stattdessen frage ich dich: Wie geht es denn dir? Als Mörder.«

Florians Wangen blähten sich auf und Lucas erinnerte sich daran, wie er als Kind nie genug Puste gehabt hatte, um einen Luftballon aufzublasen. Heute ging sie ihm bestimmt nicht mehr aus.

»Schau genau hin!« Florian tippte auf die Postkarten. »*Wir* – sind eine Familie. Denk immer daran!«

»Nein. Du hast verspielt. Du hast keine Familie! Nie eine gehabt.«

»Aber der Weg ist endlich wieder frei für uns. Jetzt, wo Noah tot ist ... komm her ...« Florian streckte seinen Arm aus und fiel beinahe vom Hocker, als es laut klirrte.

»Autsch! Verflucht!« Der gesamte Tresen war übersät mit Glassplittern. Wodka-Red-Bull tropfte auf sein Hosenbein. Seine Ärmel trieften. Nur in letzter Sekunde hatte er sich mit einer Hand in den Scherben abstützen können.

»Du hast Blut an deinen Händen«, meinte Lucas eiskalt.

Florian prustete. »Du kommst jetzt her! Lucas! Sofort! Bleib stehen, sonst ...!«

»Sonst?«

»Sonst, sonst ... ach, nichts. Aber wo willst du denn hin?«

Lucas nahm sich Zeit zu antworten. Sein Mund fühlte sich trocken an. »Faites vos jeux! Aber ohne mich.«

»Fahr zur—«

Langer Arm

Hölle! Diese Frau geht gerade durch die Hölle. Der Besuch war verdammt anstrengend und echt depri ... tja, traurig, traurig! ... Wie die Fellingers eingerichtet sind? Nicht schlecht. Erstaunlich geschmackvoll und irgendwie lässig. Eine Mischung aus Ikea und antikem Zeugs. Caro Fellinger scheint dafür ein Händchen zu haben. Gut, so cool und reduziert wie bei uns ist es dort natürlich nicht. Vor allem auch nicht so groß. Aber für drei ... ähm ... zwei Personen genau richtig. ... Was mein Sport macht? Ach, mein Personaltrainer ist krank. Seitdem gehe ich nicht mehr so oft ins Fitnessstudio. ... Nee, ich weiß nicht mehr, wo ich das Teil gekauft habe. ... Hat mir eine Freundin empfohlen, als sie schlank wie eine Tanne werden wollte. Und als ich zwei Kilos zu viel drauf hatte, musste ich es sofort bestellen. Seitdem nutze ich das Gerät. Du brauchst nur eine freie Fläche, sonst nichts. ... Bei dir ist alles zugestellt? Steht der Weihnachtsbaum etwa noch? ... Fünfzehn Minuten täglich und du fühlst dich wie neu geboren. ... Wann? Morgens natürlich. Vor dem Frühstück. Aufstehen und Twisten. So ein Schaukelbrett wirkt Wunder!«

Agi lief hin und her. Ging zum Kleiderschrank, griff zur hellblauen Hemdbluse, hielt sich einen Rock hin und schüttelte den Kopf. Er war zu kurz. Dann griff sie zur einer bequemen schwarzen Stoffhose. An so einem entspannten Spätnachmittag auf keinen Fall die figurbetonte Jeans. Klamotten waren für sie die Haut der Seele. Deshalb zog sie sich zusätzlich eine graue, zu große Strickjacke über. Etwas zum Reinkuscheln. Sie band die Haare zu einem lockeren Zopf, hielt prüfend einen roten Lippenstift an den Mund, legte ihn wieder weg und nahm doch den farblosen Labello. Sie drehte sich und wendete sich. Sollte sie den oberen Knopf der Bluse zumachen oder offen lassen? Sie ließ ihn offen. Fertig. »Also wenn ich mich selbstkritisch im Spiegel betrachte, muss ich sagen: besser, viel besser! Die Figur ... Doch natürlich hab ich dir zugehört! … Ja, ciao, meine Liebe, ich muss jetzt auflegen.« So ein kleiner Plausch mit einer KöKö-Freundin war immer wieder nett.

Agi nahm die Bluetooth-Kopfhörer aus den Ohren, beugte sich über die Brüstung der Galerie und rannte die Treppe hinunter.

»Hey!«

»Hallo«, stöhnte Frings.

»Da bist du ja!«, rief sie und strahlte. »Hab dich gar nicht kommen hören, Jean.«

»Dabei bin ich schon seit einer halben Stunde da.« Lächelnd reichte Frings ihr ein langstieliges Glas. »Weinchen? War ein anstrengender Tag. Viel Ärger.«

»Schöne Idee! Ich hatte auch keinen launigen Tag. Vielleicht sollten wir zwei für heute Abend eine Selbsthilfegruppe gründen und Erlebtes austauschen.«

»Leider hab ich gleich noch ein Zoom-Meeting mit dem Tennisvorstand.«

»Stimmt, das hab ich völlig verdrängt. Trotzdem. Ein Stündchen hätten wir.« Agi klopfte bittend auf die Polster. »Komm doch auch.«

Es fiel ihm leicht, ihre Einladung anzunehmen, und er setzte sich zu ihr. Seine Gedanken wirbelten zwischen Auftraggebern, Mandanten, Terminen, Pressemeldungen über Krämer und seine RÜW und den Sportfreunden hin und her.

»Na, Sportsfreund?«, nahm sie telepathisch die Verbindung zu ihm auf. »Ist jetzt eigentlich die Mannschaftsführerin der Damen 40 mit dem Tennistrainer zusammen?«

»Du bist ganz schön neugierig.«

»Klar, clubinterne Affären interessieren dich nicht«, neckte sie. »Du willst ja nur nicht drüber reden. Habt ihr denn endlich die neue Heizung im Clubhaus einbauen lassen?«

»Ja, und jetzt beginnen wir nebenan das Häuschen zu sanieren.«

»Stimmt, das ist jetzt auch schon wieder zwei Monate her, seit euer Hausmeister verstorben ist. Gut, dass du nach ihm geschaut hast. Vor allem, dass es für dich kein Thema war, dann doch dem

Gestank nachzugehen. Von wegen Kanalprobleme. Der arme Mann. Keine Angehörigen, keine Kinder. Also ich an deiner Stelle bekäme die Bilder nicht mehr aus dem Kopf. Wurde er eigentlich verbrannt?«

»Keine Ahnung. Wahrscheinlich.«

»Möchtest du geräucherte Salamibrezeln zum Wein?«

»Ach nee, lass mal. Sonst hab ich später keinen Appetit mehr«, meinte er, klopfte sich auf seinen flachen Bauch und legte die Füße hoch. »Und? Wie war's bei Caro Fellinger?«

»Hu, es war trüb.«

»Hm.«

»Was hältst du eigentlich von einer Zwitscherbox?«

»Was ist das?«

»Ein Vogelhäuschen als Bewegungsmelder.«

»Wofür?«

»Na – für Einbrecher.«

Frings schwieg.

»Was sagst du?«

»Nix.«

»Warum?«

»Was willst du von mir hören?« Frings nahm einen kräftigen Schluck, und der Wein ließ die Augenlider bereits jetzt schwer werden.

»Aber Jean, das Naturgezwitscher schafft eine wohltuende Klangkulisse. Man fühlt sich frischer, froher und freundlicher – heißt es. Es soll auch beruhigen.«

»Den Einbrecher oder dich?« »

Agi zuckte resigniert mit der Schulter. »Also, mir gefällt's. Ein bisschen Kitsch kann doch nicht schaden, oder? In dem Gäste-WC von Caro Fellinger hatte ich das Gefühl, ich stünde im Wald.«

»Fehlt nur noch, dass du mit mir in Tannhäuser willst.«

»Au ja.«

»Nee, Agi!«, protestierte er und zeigte ihr einen Vogel. Dabei lächelten sie sich liebevoll an.

Agi zog die Augenbrauen hoch. »Johanna hat erzählt, sie würden ihr Dach begrünen.«

»Sag mal, Schatzi, hab ich dich in letzter Zeit vernachlässigt? Oder warum kommst du mir mit solch sonderbaren Ideen anderer Leute? Das Leben ist sowieso schon oft Horror genug. Demnächst willst du dann goldene Wasserhähne oder einen Aufzug ins Haus bauen lassen.«

»Krämers denken insgeheim darüber nach«, behauptete Agi keck.

Frings stutzte, legte einen Arm auf ein Rückenpolster und stützte den Kopf auf. »Du spinnst wirklich«, sagte er und schwenkte sein Glas. »Das glaubst du doch wohl selbst nicht. Dieses aufgeblasene, neureiche Getue von Johanna. Sie hat sich verändert.«

»Kann ja nicht jeder so viel Glück haben wie du.«

»Ja, Agi«, schmunzelte Frings und blinzelte ihr versöhnlich zu. »Du hast mir noch nie die Wahrheit erspart.«

Agi lachte, rollte schelmisch ihre Augen und formte mit Zeigefingern und Daumen ein Herz. »Ich hoffe, wir fahren im Sommer wieder an die Côte d'Azur? Krämers lassen ihr Boot in die Marina von Port Grimaud bringen. Wir könnten sie dort besuchen.«

»Klasse, *das* ist endlich mal ein handfester Vorschlag! Siehste, geht doch. Das machen wir.« Frings gähnte.

»Bevor du einschläfst – weißt du, was der Hammer ist?«

»Ein Stück Metall mit einem Holzstab dran«, flachste Frings.

»Echt jetzt, Jean.«

»Du willst nur schon wieder lästern, Agi.«

»Das sagt der Richtige! Auch du, mein lieber Mann, verbringst bei Kabinettssitzungen mit deinen KöKös mehr als ein Drittel der Zeit mit Getratsche.«

Frings sah sie fragend an. Ob sie hinter seinem Rücken über einen geheimen Spitzel verfügte? Er beschloss, die Stichelei zu ignorieren. Er wusste ohnehin nichts darauf zu erwidern.

»Also ich glaube, ihr lästert, um so Feindseligkeiten und Rivalitäten auszutragen. So machst du dir die soziale Kontrolle deiner Gruppe zunutze, ne?«

Er ignorierte auch das.

»Gib es zu, ihr seid verkappte Waschweiber.« Agi lachte ihn mit ihren Augen aus.

»Waschweiber sind auch nur Männer. Aber …«

»Aber?«, äffte ihn Agi nach.

»Aber wir lästern nicht, Agi. Wir unterhalten uns!«

»Aber Lästern erfüllt die Funktion eines sozialen Warnsystems. Lästern hilft zu lernen, wen man besser meidet und wem man vermutlich trauen kann. Lästern ist lebensnotwendig!«

»Im Gegensatz zu deiner Sensationslust.«

»Meine Sensationslust wird gleich auch deinen Mund offen stehen lassen.«

»Dann lass mich halt staunen!« Er musste zugeben, er war wieder wach. Neugierig beäugte er sie über den hauchdünnen Glasrand hinweg, nahm einen Schluck und presste die Lippen zusammen. Welche Überraschung sie wohl für ihn in petto hatte?

»Also.«

Agi machte es besonders spannend.

»Jetzt sag schon!«

»Na gut. Die Fellingers sind jedes Jahr auf die Halbinsel Cotentin gefahren. Nach Barfleur und Saint-Vaast.«

»Schön, schön.«

»Die Austern müssen dort übrigens hervorragend sein.«

»Okay und weiter?«

»Diese wundervolle normannische Halbinsel mit den sturmumtosten Kaps soll ein mildes Klima haben. Und besonders im Norden gleiche die Natur mit den sattgrünen Weiden und Hecken auf verblüffende Weise den Landschaften im südwestlichen England und in Irland. Die Franzosen nennen diese Region Petite Irlande.«

»Ist *das* deine Sensation? Hast du uns eine Tour dorthin gebucht? Oder arbeitest du neuerdings im Reisebüro?«

»Hör ich da schlechte Laune?«, spottete Agi.

»Überhaupt nicht!«

»Dann hör auf herumzumäkeln. Pass lieber auf, der Klopper kommt nämlich noch. Also, wo sind waren stehengeblieben?«

»Beim Reisebüro.«

»Richtig. Die Gegend soll so bezaubernd sein. Allerdings gibt es in La Hague auch eine Wiederaufarbeitungsanlage.«

»Also fahren wir nicht?«

»Es geht nicht um uns!«

»Um wen geht es denn sonst?«

»Caro Fellinger und ihr Mann haben sich in Deauville kennengelernt.«

»Soll vorkommen.«

»Ja. Ich meine … nein!« Agi griff zu Crackern.

»Wann folgt der Witz in Tüten, Agi?«

»Sofort! Fellinger … ist … Franzose! War Franzose.«

»Wie?« Frings horchte auf und beugte sich vor.

»Wenn ich es dir doch sage. Ganz, ganz bestimmt. Seine Familie stammt aus La Hague und lebt jetzt in Barfleur. In Deauville besitzen sie ein Sommerapartment.«

»Fellinger … Fellinsché… klingt nicht gerade französisch.«

Agi mümmelte einen Cracker nach dem anderen. »Wie auch? Fellinger hat nämlich den Namen seiner Frau angenommen. Eigentlich hieß er Du … Du … hach … Dubois! So, jetzt hab ich es.«

Frings ließ sich nach hinten fallen und starrte an die Decke. »Fellinger ein Dubois! Dubois! Weißt du, wer die Dubois' sind?«

Agi schüttelte wild den Kopf.

Er beugte sich wieder vor.

»Die sind in Köln eine richtige Nummer gewesen. Die Familien Krämer und Dubois waren zu Beginn des letzten Jahrhunderts konkurrierende Turbinenbauer im Rheinland – Krämer der größere, Dubois der innovativere. Krämers Urgroßvater hat irgendwann einmal das Dubois'sche Werk gekauft. Das war mir bereits bekannt. Aber das mit Fellinger ist ein dickes Ding. Dann ist er vielleicht ein Ur-Enkel des alten Dubois.«

»Ob dein Freund Krämer das weiß? Quatsch, das hätte er dir erzählt, so dick wie ihr miteinander seid.« Agi zwinkerte ihn frech an.

»Hm … unglaublich … ein Dubois in der RÜW … mysteriös«, meinte Frings.

»Was wirst du unternehmen?«

»Ich erweise mir einen Freundschaftsdienst. Ich hab einen langen Arm, der reicht bis ins Kölner Stadtarchiv. Dort werde ich mich umsehen und ein bisschen stöbern.«

»Geht das?«

»Wenn ich das will. Ein alter Studienkollege wird mir Tür und Tor öffnen.«

Agi klopfte mit dem Zeigefinger an die Seite ihrer Nase. »Irgendetwas stimmt da nicht.«

Frings nickte. »Und das werde ich herausbekommen. Mich interessiert das brennend.«

»Nicht, dass du Krämer verärgerst«, flüsterte Agi.

»Unsinn. Warum sollte ich das tun? Er wird mir dankbar dafür sein. Erstens, weil Wissen Macht ist. Und zweitens, weil das oft bare Münze wert ist.«

»Schließt du nicht gerade von dir auf ihn?«

»Und wenn schon. Das ist mir egal. Ich muss graben. Ich bin neugierig. Berufskrankheit.«

»MBKF.«

»Hä, was heißt das?«

»Mach bitte keinen Fehler.«

Frings stand auf.

»Du gehst? Ich hatte gehofft, du bleibst.«

»Das Netz ruft. Ich muss an den Rechner.«

Agi nickte mehrfach. »Bis gleich.«

»Danke für das schöne Stündchen.«

»Beeil dich!«

Kaltes Wasser

Sie musste sich beeilen. Noch ein knappes Stündchen, dann würden die Geschäfte schließen. Obendrein goss es in Strömen.

»Huh, ist das usselig«, raunte Johanna und schüttelte sich wie ein nasser Pudel. Was war sie auch für eine Närrin, bei Wind und Wetter vor die Tür zu gehen. Aber *er* war so ein Dummkopf, sich diesen weiträumigen Laden mit Stoffen, Lampen, Regalen, Schränken – ach, egal was – entgehen zu lassen. Insgeheim war sie allerdings auch froh darüber, allein unterwegs zu sein. Ohne Gemaule ihres Gatten.

Interessiert betrachtete sie die neuesten Möbelstücke. Kreuzte Gänge und vier, fünf Besucher. Wie gut, dass es nach ihrem Dickschädel ging. Wie eine Bärin hatte sie um einen neuen Couchtisch gekämpft und sich natürlich durchgesetzt. Ein leichtes Spiel. Diesmal. Denn Gott sei Dank war ihr Ferdinand zunehmend bequemer und träger geworden. »Aua!« Mist – umgeknickt. Sie rieb sich den Knöchel, humpelte weiter und spähte zum Ausgang. Beobachtete dieser Wachhund sie etwa? Frechheit! Als ob sie danach aussah, einen Tisch stehlen zu wollen. Seufzend verlagerte sie ihr Gewicht auf das linke Bein, kreiste vorsichtig mit dem rechten Fuß, ging ein paar Schritte vor, humpelte auf eine Schrankwand zu und versteckte sich hinter einer geöffneten Tür. Gespannt linste sie durch den dünnen Spalt. Der Typ schlich ihr nach.

»Liebe Besucher, wir möchten Sie darauf hinweisen, dass unser Geschäft in ein paar Minuten schließt. Bitte begeben Sie sich zum Ausgang. Vielen Dank für Ihren Besuch.«

Johanna winkte ihrer Freundin zum Fenster hinauf. Was hatte sie die letzten zwei Stunden für einen schönen Abend gehabt! Auch den Knöchel hatte sie kühlen können, er schmerzte nicht mehr. Es hatte sich gelohnt, wo sie schon einmal allein in der Stadt war,

Marleen anzurufen und zu fragen, ob sie Zeit für ein spontanes Treffen hatte. Sie hatten sich ewig nicht gesehen. Mit etwas mehr Hüftgold trat sie von einem Fuß auf den anderen. Unwillkürlich packte sie jetzt jedoch ein Schaudern. Die dunklen Straßen von Köln machten sie immer nervös.

Nicht weit von ihr quietschten Reifen. Sie hörte das Geräusch von zerbrochenem Glas, Türen wurden zugeschmettert. Geräusche einer Großstadt. Spät am Abend. Fast mitten in der Nacht. Plötzlich summte ihr Telefon. Sie klemmte sich den Knauf des Regenschirms zwischen Schulter und Kinn und durchwühlte ihre Tasche. Hoffte, dass der Anrufer nicht auflegen würde. Erwartete, dass es ihr Mann war, der sich erkundigte, wo sie denn bleibe.

Johanna blinzelte und wischte mit dem Ärmel das Display trocken. Agi hatte versucht, sie anzurufen. Laut der WhatsApp, die Agi ihr direkt hinterhergeschickt hatte, wollte sie angeblich nur ein bisschen plaudern. In Wirklichkeit aber, wie so oft in den letzten Tagen, würde sie garantiert rasch auf das eigentliche Thema zu sprechen kommen, das sie interessierte, nämlich wie Ferdinand mit den Problemen der RÜW fertig wurde. Oder ob er mittlerweile die Umweltschützer beruhigen konnte. Als ob das ein Zuckerschlecken war. Sie tippte auf den grünen Punkt mit dem Hörer.

»Ferdinand … ich …«

»Wo bleibst du denn?«, fragte Krämer. Er konnte sich nicht mehr daran erinnern, was sie ihm gesagt hatte. Was hatte sie vorgehabt? Irgendwann beim Fernsehen hatte er festgestellt, dass sie sich nicht beschwerte über das, was im Kühlschrank fehlte. Nur, weil er entsetzlichen Appetit gehabt hatte. Seine Aufmerksamkeit wanderte zurück zum Bildschirm und er versuchte der *Bourne Identität* weiter zu folgen.

»Sag, wo bist du?«

Johanna lief unter dem fahlen Lichtschein einer Straßenlaterne her und schaute durch eine Hauseinfahrt in einen dunklen Hinterhof. In einem Fenster flackerte ein grelles, weißes Licht. Es ließ die Dunkelheit drumherum noch finsterer erscheinen. Schnell ging sie weiter, hielt sich mit zwei Fingern die Nase zu und unterdrückte ein lautes Niesen. »Entschuldige, Ferdinand. Hoffentlich hole ich mir keinen Pips. Es plästert ohne Ende«, sagte sie, stolperte über eine Bordsteinkante und platsche mit einem Fuß in eine Pfütze. »Ich war bei Pesch wegen des neuen Tischs.«

»Du riskierst wegen eines Tischs einen Schnupfen?« fragte Krämer fassungslos. »Hast du außerdem mal auf die Uhr geschaut? Die Geschäfte haben längst geschlossen.«

»Danach war ich bei einer Freundin, die gleich nebenan auf dem Ring wohnt. Wir haben uns so lange nicht mehr gesehen. Sie hatte lecker gekocht und schon haben wir uns verquatscht. Nur—« Sie zögerte.

Krämer lachte und sagte süffisant: »Nur – du findest nicht mehr nach Hause, richtig? Gib Gas! Ich geh noch nicht schlafen. Ich warte auf dich.« Er stellte den Fernseher etwas lauter.

»Warte«, sagte sie.

»Ich warte ja.«

Bevor sie noch etwas sagen konnte, hatte er einfach aufgelegt. Sorgenvoll blickte sie in alle Richtungen. Statt des Quietschens und Klirrens von eben hörte sie jetzt rhythmische Schritte. Hastig rief sie ihn erneut an.

»Hast du was vergessen?«

»Ja, ich kann ihn nicht finden.«

Krämer lachte auf. »Den Weg ins traute Heim?«

»Nein, meinen Wagen.«

»Das verstehe ich nicht. Du hast vergessen, auf welcher Ebene du geparkt hast?«

Johanna sah sich kurz um. »Ich bin nicht im Parkhaus. Ich hab es vorgezogen in einer Seitenstraße vom Kaiser-Wilhelm-Ring zu parken. Irgendwo in der Nähe vom Gerling-Quartier.«

»Hm … Und jetzt fehlt dir die Orientierung? Wieso?«

»Wieso?«

»Schau doch einfach mal genau hin!«

»Was meinst du, wie gut ich im Dunkeln schauen kann.«

»Wenn du ganz genau hinsiehst, dann …« Mist, jetzt hatte er das Ende des Thrillers verpasst.

»Verdammt, ich *hab* genau hingesehen!«, unterbrach sie ihn scharf.

»Nein, hast du nicht!«

»Doch Ferdinand! Aber es … ist … Nahaacht! Und die Seitenstraßen sind nur dürftig beleuchtet!«

»Wenn du deine Brille dabei hättest, aber du bist ja zu eitel. Deshalb ist es auch kein Wunder, dass du dein Auto nicht findest.«

»Du mit deiner *Seiverschnüss*, du Schwätzer. Du fändest das hier auch nicht witzig.«

»Erstens komme ich nicht in deine Situation, weil ich gut sehen kann, und lustig finde ich das ganz und gar nicht.«

»Ich hab ein mulmiges Gefühl.«

»Das kann ich verstehen. Eine bescheuerte Situation, in die du dich gebracht hast.«

»Was mach ich denn jetzt?«

»Geh zurück auf den Ring, setz dich in ein Café, ich hol dich dort ab.«

»Mitten in der Woche und um die Uhrzeit ist selbst in Köln alles dicht.« Johanna schaute durch ihren transparenten Plastikschirm. Ihre Schuhe und der Saum der Hose waren bereits klitschnass.

»Mensch, Ferdinand, wo ist bloß mein Wagen? Nicht, dass er abgeschleppt wurde«, flüsterte sie.

»Warum sollte der abgeschleppt worden sein?«

»Ich weiß nicht, ob es eine Feuerwehrzufahrt war.«

»Du hast einen Rettungsweg blockiert? Das ist ein Unding!«

»Ich weiß, aber … wo ist bloß mein Countryman? Alles ist so schlecht beleuchtet. Und wenn überhaupt, dann nur mit schummrigem orangefarbenen Licht.« Johanna kämpfte mit den Tränen, außerdem musste sie dringendst zur Toilette. Aber das war im Augenblick ziemlich nebensächlich.

»Ich hab so einen Bammel. Bereits bei Pesch hatte ich das Gefühl, überwacht zu werden. Vielleicht ist mir irgendjemand gefolgt? Vielleicht hat derjenige mich sogar schon in der Wohnung meiner Freundin beobachtet? Von der Straße aus. Und hat dort auf mich gewartet? Ich traue mich kaum, mit dir zu telefonieren«, wisperte sie. »Je lauter ich spreche, desto eher kann er mich entdecken.«

»Wer soll diese Person überhaupt sein, die dich bedroht? Meinst du nicht, dass du dich in was hineinsteigerst?«

»Sie folgt mir. Himmel! Ferdinand!!!«

Triefend und in dünnen Strähnen hingen ihr die nassen Haare ins Gesicht. Der leichte Kaschmirschal hatte sich vollgesogen und lastete wie ein aufgequollener Schwamm schwer auf ihren Schultern. Sie hatte ihren Schirm geschlossen, um nicht weiter gegen den Wind zu kämpfen.

»Ist sonst noch irgendwer auf der Straße? Siehst du jemanden?« Johanna schniefte.

»Nein, keiner hier – außer …«

»Hast du was getrunken?«, fragte Krämer.

»Nur Wasser. Ferdinand, bitte! Komm doch, bitte – schnell!« Sie entdeckte eine mannshohe Mauer. Rannte zu ihr hin. Stellte sich mit dem Rücken zur Wand. Beugte sich zur Seite und spähte um die Ecke. Eine Gestalt stand abseits und betrachtete ein kleines, dunkles Schaufenster, das mit einem Metallgitter von außen geschützt war. Völlig unvermittelt drehte sie sich um und glotzte zur Mauer herüber, an der Johanna Schutz gesucht hatte. Erschrocken zuckte sie zurück und hielt sich die Hand vor den Mund. Schlotterte. Wasser rann ihr den Nacken hinunter. Sie lauschte. Kein Stapfen. Kein Schlurfen.

»Soll ich an einer Haustür klingeln? Die Polizei rufen?«, flüsterte sie.

»Vielleicht bildest du dir das alles nur ein?«

»Ich bin nicht hys… te… risch!« Sie hatte sich noch nie so erlebt. Vor allem wollte sie dieses Image des übernervösen Frauchens nicht bedienen und legte auf. Hörte das Summen. Ferdinand rief zurück, aber sie ging nicht ans Handy.

Mutig wagte sie sich aus der Deckung hervor. Schaute nach links und rechts. Ihre Augen starr auf den Bürgersteig geheftet. Sie marschierte eilig weiter. Vor sich sah sie einen dunklen Countryman. Sie streckte den Arm aus. Drückte die Knöpfe. Betätigte den Schlüssel, aber der Wagen reagierte nicht. Wieder betätigte sie den Schlüssel. Wieder nichts. Sie drückte noch einmal. Noch einmal. Geh auf, verdammt!

Der Wagen blieb verschlossen. Verriegelt. Zu. Sie blickte über die Schulter. Einfach so. Einfach so wurde auch die Gestalt langsamer. Johanna eilte weiter. Erreichte den schwarzen Countryman. Drückte erneut die Fernbedienung, linste in den Wagen. Lief um ihn herum. Keine Wasserflasche, keine Handcreme in der Mittelkonsole und ein fremdes Nummernschild. Wo zum Teufel hatte sie bloß geparkt?

Sie lief weiter. Nicht so schnell sie konnte, aber sie lief. Von einer blinkenden Fassadenbeleuchtung fiel neonrotes Licht auf sie. Sie hetzte. Hastete um die nächste Ecke. Duckte sich. Versteckte sich hinter einem grauen Müllcontainer. Ihre Lider zuckten. Mit zittriger Hand wählte sie. Ihr stockte das Herz.

»Hallo? Johanna?« Krämer war sofort dran.

»Ich werde *wirklich* verfolgt. Von einem Mann«, hauchte sie und fing an zu hecheln. »Er will mir etwas antun«, schluchzte sie, am Boden kauernd.

»Niemand wird dir etwas antun«, versuchte Krämer sie zu beruhigen.

»Von wegen«, unterbrach sie ihn und tastete mit den Fingern nach ihrer Kehle.

Krämer schwieg und schob die Schokoladenstücke in der angebrochenen Tafel hin und her. Mit einer Hand versuchte er sie in das zerrissene Alupapier einzupacken und ermahnte sich, ruhig zu bleiben. Das Wichtigste war, Johanna nicht mit der eigenen Nervosität anzustecken. Er zwang sich ganz normal zu sprechen – achtsam, langsam. Er sah ihren bangen Blick vor sich, spürte ihre Angst.

»Lauf zurück zum Ring. Vielleicht findest du ein Taxi. Wir treffen uns dort.«

»Ich soll zum Ring zurücklaufen?«

»Unbedingt. Jetzt.«

»Sofort?«

»Ja!«

Sie rannte auf die Fahrbahn. Schaute nicht zurück. Wurde immer schneller und schneller. Steuerte wie von Sinnen auf ein parkendes Fahrzeug zu. *Das* musste er sein. *Hier* war sie richtig. Sie stellte sich an die Fahrertür. Fingerte an dem Öffner. Die Straßen waren vom Regen überschwemmt. Aus einem Gully blubberte schmutziges Wasser. Blasen schwammen wie Quallen den Rinnstein hinunter. Warum bekam sie diese dämliche Tür nicht auf? Sie rüttelte am Griff. Zog. Rüttelte erneut. Trommelte mit der Faust auf die Scheibe. Ein Fahrzeug rollte ihr langsam entgegen. Sie hämmerte auf das Wagendach. Betätigte nochmals den Schalter. Scheinwerfer blendeten sie. Sollte sie dem Fahrer winken? Ihn stoppen? Zu spät. Das Fahrzeug gab Gas. Beschleunigte. Voller Panik presste sie ihren Oberkörper gegen die Fahrertür. Der Wagen raste auf sie zu.

»Bitte!«, wimmerte sie.

Raste an ihr vorbei. Wasser spritzte hoch. Eine kalte Fontäne klatschte ihr gegen den Kopf. Sie schluckte. Hielt den Türgriff umklammert.

Klack.

Jäh zog sie die Tür auf, stürzte hinein, verrammelte alles und rutsche tief in den Sitz. Sie horchte und hoffte, dass die Innenraumbeleuchtung endlich ausging. Endlich. Die Scheiben beschlugen von dem nassen Mantel, dem nassen Regenschirm, den nassen Haaren. Sie war nass, bis auf die Haut und fuhr sich mit dem Handrücken über die Augen. Sie brannten von der verwischten Schminke. Vorsichtig reckte sie den Hals. Höher. Immer höher. Ihr Herz pochte. Schaute er hinein? In den Wagen? Hatte er sie gefunden? Sie konnte nichts erkennen und blinzelte. Dann wischte sie über die Scheibe und suchte krampfhaft zwischen unzähligen Tropfen nach der Gestalt. Wo war sie nur abgeblieben?

»Johanna?« Sie zuckte zusammen und schrie auf.

»Ich bin's.«

Die Stimme kam vom Beifahrersitz. Dorthin hatte sie ihr Handy geschmissen.

»Ja?«

»Ist er noch da?«, fragte Krämer.

Sie schüttelte den Kopf und beobachtete, wie ein Mann in einen Hauseingang schlenderte und verschwand. Das Licht ging an. Drinnen.

Trauerspiel

E r war gespannt, was ihn drinnen erwartete. Wenn alles gut ging, würde Frings bald vor dem Gewünschten sitzen.

Der stellvertretende Archivleiter winkte ihm zu. Er war schlank und sehnig, hatte einen graumelierten, gepflegten Bart und strahlte unmissverständlich aus, wer hier den Takt vorgab.

»Also eins kann ich dir schon mal sagen«, begrüßte er Frings mit verbindlichem, kräftigem Handschlag. »Das war nicht einfach, in so kurzer Zeit alles zusammenzutragen.«

»Ja, wie gesagt, es ist leider wichtig.«

»Schon gut – man kennt sich, also hilft man sich.«

»Perfekt, ich freu mich!«, meinte Frings. Er wusste genau, welch Ehre ihm zuteilwurde.

Sein Bekannter nickte. »Man kommt als Normalsterblicher längst nicht an alles ran. Aber ich hab für dich aus den Tiefen des Magazins zig Materialmappen und Begleitpublikationen gezaubert und dir alles vorbereitet: Kopien von alten Schriften, Fotos, Zeitungsartikel, selbst Originale von Urkunden. Auf geht's – hier entlang!«

Leise pfeifend folgte er dem Mann durch das kunstvoll beleuchtete Kölner Stadtarchiv. Sofort zog er sich den missbilligenden Blick einer Bibliothekarin zu, und stellte das Pfeifen schuldbewusst ein. Frings konnte sich gut vorstellen, welch immense Summe und Kraft der Wiederaufbau gekostet haben musste. Er hatte den verheerenden Einsturz des alten Stadtarchivs an der Severinstraße hautnah verfolgt und die Rettung der Bestände, soweit es in seiner Macht stand, unterstützt, Hilfskräfte organisiert, Fachpersonal rekrutiert. Tag und Nacht. Jede helfende Hand war willkommen gewesen. Tausende Kölner befanden sich damals in den Trümmern im Einsatz. Wochenlang hing ein Schleier aus Dunst, Staub und Trauer über der Südstadt. Zwei Anwohner kamen bei dem Unglück ums Leben. Millionen historischer Schriftdokumente und Bilder wurden verschüttet und viele für immer zerstört. Es war eine Katastrophe gewesen.

Heute allerdings verfügte Köln über einen Archivkomplex, der einer der modernsten in Europa war. Mit dem Neubau des Historischen Archivs am Eifelwall war der Stadt planerisch wie baulich etwas Großartiges gelungen. Ein Gebäude, das die hohen Anforderungen an die Klimastabilität erfüllte, die die empfindlichen Archivalien benötigten.

»Seit wann steckst du eigentlich deine Finger in fremde Angelegenheiten?«, wollte der Archivar wissen, während sie an unendlich vielen Regalen und Planschränken vorbeihuschten.

»Ich will mehr über die Dubois' und Krämers herausfinden.«

»Ah, Recherche.«

»Ja.«

»Hat das wirklich was mit deiner Consultingfirma zu tun?«

Frings wusste nicht, wie er es erklären sollte, ohne aufgeregt zu klingen, also schummelte er. »Ich muss doch über die Vergangenheit von Klienten Bescheid wissen.«

»Na, du wirst schon wissen, was du machst«, meinte der Mann, ging betont unauffällig auf eine Tür zu und schloss sie auf. »In diesem Raum hast du Ruhe und bist ungestört. Der Lesesaal muss ja diesmal nicht sein.«

Frings und er tauschten einen Blick. Dort hatte Frings vor nicht allzu langer Zeit, bereits für seine eigene Familienchronik recherchiert.

»Die musst du tragen, weil du auch Originale durchsiehst.« Mit ernster Miene legte sein Bekannter weiße Handschuhe vor ihn auf den Tisch. »Bitte sei ganz sorgfältig und vorsichtig, damit wirklich nichts beschädigt wird. Ich vertrau dir, Jean. Es sind alte, hochsensible Dokumente.«

Frings nickte.

»Für die Kopien gilt das selbstverständlich nicht. Die darfst du auch später mitnehmen.«

»Jedes Detail ist wichtig.«

»Und du musst deine Sonderbehandlung ja nicht an die große Glocke hängen«, erklärte sein Vertrauter mit gesenkter Stimme.

»Gott bewahre. Wo denkst du hin!«, flüsterte Frings.

»Das ist eine Sache zwischen uns beiden.«

»Das heißt, du wirst mir dabei nicht über die Schulter gucken?« Frings war erleichtert. Der Typ hatte Nerven, das musste er schon sagen.

Der Mann lächelte beim Hinausgehen. »Bis später! Klingel kurz durch, wenn du fertig bist«, sagte er, wies auf sein Handy, ging und kam wieder zurück. »Ach so«, rief er grinsend. »Bitte schön!«

Frings schaute verschreckt. »O klar, danke! Hatte ich das etwa vergessen?«, fragte er verlegen und zwinkerte. »Vielen, vielen Dank!«

Er machte einen langen Hals. Da saß er nun. Vor ihm lag, fein säuberlich angeordnet, der Schlüssel in die Vergangenheit. Das Archivgut war die Quelle für seine Nachforschungen. Auf der Suche nach Vergessenem. Nach Verdrängtem. Natürlich hätte er sich auch online bedienen können. Aber er hatte das Bedürfnis, Papier anzufassen, den Geruch der Originaldokumente einzuatmen, um zu begreifen. So viel Zeit musste sein.

Frings zog die Handschuhe glatt, stützte die Hände auf den Tisch und schaute auf die vielen Unterlagen. Fast ehrfürchtig, aber unbeirrt nahm er ein Dokument in die Hand, blätterte, studierte den Text. Nahm ein weiteres und ein weiteres. Hoffte, dass er fündig wurde in den Archivalien, die ihm herausgesucht worden waren, und legte den Kopf schräg. »Na bitte!«

Mit einer Brille bewaffnet, drang er immer tiefer in den Nachlass vor. Tatsächlich. Frings räusperte sich. Eigentlich hätte sein Herz hüpfen müssen – vor lauter Freude über den schnellen Fund. Stattdessen verspürte er übles Bauchgrimmen. Er stand auf, lief zum Fenster, kehrte zum Tisch zurück.

Behutsam breitete er die Beute aus und setzte sich wieder. Bedächtig glitten seine Finger über die alten Fotos. Zaghaft hielt er Gründungsurkunden an die Nase. Schnupperte an den kirschroten, glasharten Siegeln. Ihr Krakelee verbarg das tief gepresste Kölner Stadtwappen wie ein okkultes Netz. Er wusste, dass es eine Jubiläumsausstellung in Zusammenarbeit mit dem Kölner Stadtmuseum über Kölner Industriefamilien gegeben hatte. Vielleicht existierte dort noch eine passende Audioinstallation, die auch die Dubois' und Krämers porträtierte? Vielleicht, vielleicht.

Er zuckte die Achseln und legte ein Foto neben das nächste, einen Presseartikel neben den nächsten, sortiert nach Datum und Uhrzeit.

»Prächtig, prächtig«, raunte er und bewunderte die beiden Turbinenwerke. Schaute auf die Krämers und Dubois' von damals und vertiefte sich in ihre Firmengeschichte. Vor seinem inneren Auge wurden die beiden Orte lebendig. Produktionshallen standen neben soliden Backsteingebäuden aus der Gründerzeit. Sie zeigten die prunkvolle Inszenierung des industriellen, repräsentierenden Bürgertums. Über welch eigenen Charme jene Zeit doch verfügte – den von Glanz und Gloria. Auch, wenn diese Epoche sich den Vorwurf der Protzigkeit gefallen lassen musste. Doch gerade dieser Makel war auch ihre Stärke gewesen.

Frings machte drei tiefe Atemzüge, nahm das nächste Foto und hielt es noch etwas höher. Er konnte Generatoren und Schienenfahrzeuge auf dem Fabrikgelände erkennen. Menschen in den Manufakturen zwischen rätselhaften Eisengebilden. Bei den Krämers und Dubois' musste viel geschaffen und geschafft worden sein. Er schob andere Bilder zur Seite. Legte eine große Aufnahme der Krämer'schen Werkshalle zwischen die Außenaufnahmen beider Turbinenwerke und studierte die Details. Ausführlich. Haarklein.

»Krämer, Krämer, was hältst du vor mir geheim?«, murmelte er. »Ich werde dich befragen. Und ich werde mich nicht abwimmeln lassen. Verlass dich drauf.«

Frings blätterte weiter. Dann schaute er auf sein iPad. Während des Stöberns verglich er die Archivalien immer wieder mit den neuen Pressemeldungen über Krämer und die RÜW. Sein ungutes Gefühl wurde nicht besser. Oh, là, là.

Wie von fremder Hand geleitet, zog er aus einem anderen Stapel einen weiteren Zeitungsartikel und runzelte die Stirn, als er las: *Dubois kurz vorm Durchbruch.*

Hastig legte er die Originale übereinander, schob sie vorsichtig weit von sich und verteilte die verschiedenen Kopien etlicher Amtsschreiben. Hatte er nicht eben etwas von einer Anmeldung gelesen? Zum Patent? Sein Blut geriet in Wallung. Hitze stieg in ihm hoch. Bis in die Fingerspitzen. Die Augen brannten. Und hier – auch das war interessant: *Dubois vor der Pleite?* Und ebenso: *Rettende Teilhaberschaft. Krämer beteiligt sich an den Dubois'schen Werken.* Oder das: *Die Krämers entwickeln eine … Testphase läuft …* Und noch eine fette Meldung: … Frings kniff die Augen zusammen. Mon Dieu. Rieb sich am Ohrläppchen. Nahm seine Lesebrille ab. Pustete einen Fussel vom Glas. Knabberte an einem der Hornbügel. Die Markteinführung hatte auch schon festgestanden. Nochmals blickte er auf die Fotos. Fotos von Familientreffen, Familienfeiern, Familienglück. Fotos von Tabletts mit Häppchen. Fotos von Gruppen mit gesenkten Köpfen. Fotos von drapierten Blumensträußen, davor große weiße Kerzen. Reflexartig drehte er eines davon um. Die verschnörkelte Handschrift war kaum zu entziffern. Er rätselte. *Lieber Herr Dubois, wir werden …*

Geschockt starrte er auf die Unterlagen. Es waren schwarze Fotos – und damit meinte er nicht die Farbe. Wütend fegte er den Haufen Kopien vom Tisch und schlug mit der Faust auf die Platte. Raufte sich die Haare, rutschte vom Stuhl. Es war an der Zeit zu sprechen. Aber nicht heute. Kniend sammelte er die Duplikate wieder ein. Die Sache stank zum Himmel. Es war ein Trauerspiel, dass er so wenig über diese Geschichte wusste.

Jetzt erst spürte er, wie es ihn umhaute. Was er entdeckt hatte, war mit stiller Gewalt dahergekommen.

Allen Ernstes: Damit hatte er nicht gerechnet.

Opferlämmer

Es dämmerte bereits, als er peinlich genau die letzten Beraterverträge prüfte und freudig unterzeichnete. Die Vorfreude auf sein Treffen mit Krämer hielt sich hingegen in Grenzen. Auch, wenn er, ganz nüchtern betrachtet, noch guter Dinge sein konnte. Also bemühte er sich, seiner Stimmung den gewohnten Elan zu verleihen, und holte aus der Büroküche eine eisgekühlte Flasche und zwei blitzsaubere elliptische Kelche. Dass es Leute gab, die den guten Schaumweingenuss mit Trinkschalen verplemperten? Da machten sich Produzenten die Mühe, durch jahrelanges Reifenlassen eine möglichst fein eingebundene Kohlensäure in den Wein einzuspeisen, und dann wurde diese durch die breite Oberfläche der Schalen wieder vernichtet. Auch die meisten Flötenformen entpuppten sich aus seiner Sicht als Genießer eher als Pfeifen und absolute Spaßbremsen. Aber letztere hätten vielleicht besser zu dem bevorstehenden Gespräch gepasst. Frings versuchte entspannt zu bleiben. Der Blick aus dem Kranhaus auf einen blutroten Abendhimmel ließ ihn tatsächlich für einen Moment seine schmerzlichen Bilder im Kopf vergessen. Doch das bedrückende Gefühl war schnell zurück, zudem hatten sich eine verstopfte Nase und eine belegte Stimme als Folgen seines Besuchs im klimatisierten Stadtarchiv eingestellt.

»Du bist mir hoffentlich nicht böse, dass ich mich ein paar Minuten verspätet habe.« Mit leerem Gesicht und ohne Hut und Mantel betrat Krämer den Raum und zuckte sogleich zusammen.

»Seit wann erschrickst du, wenn Korken knallen?« Frings hielt zwei Gläser in den Händen, reichte Krämer eines und blieb mit etwas Abstand zu ihm stehen. »Champagner? Ich hab schlechte Laune.«

Krämer wich ein paar Schritte zurück.

Frings schwieg. Die Heizung bollerte und schickte zusätzliche Hitze in eine geladene Stimmung. Wie sollte er anfangen?

In einem Zug hatte Krämer sein Glas geleert. »Von dem Prickelwasser könntest du mir einige Kisten besorgen«, rief er begeistert und lobte den Champagner in den höchsten Tönen.

Frings hatte das ungute Gefühl, dass mehr dahinter steckte als pure Begeisterung für das edle Getränk. Wollte Krämer sich lieb Kind machen? Hatte sein Freund etwa Wind von dem Archivbesuch bekommen? Oder war es wieder nur das untrügliche Bauchgefühl gewesen, das Krämer in ein Ablenkungsmanöver drängte?

Wie sollte er denn am besten vorgehen? Sollte er Krämer sofort die entscheidenden Fragen stellen? Dann würden sie beide womöglich gleich zu Anfang platzen. Er vor Wut und Krämer vermutlich durch eine spontane Pralinenattacke. Die Schachteln lagen bereit.

Um mit seiner heimlichen Recherche wenigstens nicht direkt aufzufallen, wollte er etwas um den heißen Brei herumreden.

»Bist du mit dem Auto hier?«

»Warum?«

»Wegen der Polizeikontrollen. Diese Woche sind die Kontrolleure verstärkt unterwegs.«

»Mir noch nicht aufgefallen«, erwiderte Krämer.

»Na ja, wird schon gutgehen.«

»Warum auch nicht?«

»Na, wegen des Champagners. Du kannst den Wagen auch stehen lassen und ein Taxi nehmen.«

Krämer machte eine Pause. »Ach nö«, meinte er schließlich.

Frings nickte und wechselte das Thema. »Und was macht die Kunst?«

»Welche meinst du?«

»Du kannst Fragen stellen. Ich meine deine Sammlung.«

»Die wächst und gedeiht.«

»Und wie stehen deine Aktien?«

Krämer legte den Kopf schräg. »Sonst noch was?«

»Du bist so einsilbig, Ferdinand.«

»Hm.«

»Sag mal, wundert es dich eigentlich nicht, dass ich dich abends in meine Firma bitte? Vor allem so kurzfristig«, fragte Frings unterkühlt.

»Mich wundert zur Zeit überhaupt nichts mehr«, gab Krämer grimmig zurück.

»Was ist eigentlich los mit dir, Ferdinand?« Frings nahm einen kräftigen Schluck und musterte ihn.

»Was los ist?«, fragte Krämer. »Sag du es mir!«

»Nun ja – vielleicht kann ich dir bei irgendetwas helfen?«

»Hast du einen Strick hier?«

»Nee …«, grinste Frings.

»Weißt du, ich finde das gar nicht witzig. Ich habe nämlich gerade—«

»Ach, Ferdinand, hör auf zu jammern. Was hast du gerade, he?«

»Ach nix! Zur Zeit ist alles ein echtes Trauerspiel«, antwortete Krämer. Seine Stimme klang bitter.

»Weißt du, was das Schöne an Trauerspielen ist?«

Krämer zuckte die Schultern und tigerte mit großen Schritten an der bodentiefen Fensterfront entlang. Wollte er die Rheinkilometer messen?

»Sag du es mir, Jean.«

Frings blinzelte ihn herausfordernd an. »An Trauerspielen erkennt man die wahren Freunde.«

»Übertreibst du nicht?«, fragte Krämer und lief weiter unruhig auf und ab.

»Ganz im Gegenteil, ich *untertreibe*«, erwiderte Frings. »Denn ich finde, du bist in letzter Zeit einfach seltsam.«

»Nee, das ist andersherum«, beschwerte sich Krämer. »*Du* bist derjenige, der seltsam ist. Und zwar – seitdem ich hier bin.«

»Wenn das so ist, können wir auch direkt Tacheles reden.« Frings zog sein Jackett aus und warf es mit Schwung auf den Schreibtisch. »Bist du froh, dass Fellinger tot ist?«

Krämer blieb wie angewurzelt stehen. »Bist du bekloppt?«, rief er.

Zu seiner Überraschung musste Frings mit einem Kloß im Hals fertig werden. Krämer war sein längster und bester Freund – gewesen. Was passierte hier gerade mit ihnen?

»Wusstest du, dass Fellinger Franzose war?«

Mit unverändertem Gesichtsausdruck steuerte Krämer auf eine Sitzgruppe zu und ließ sich in einen Clubsessel fallen.

»Ach? Deshalb hat er die KöKös mit ihrem Savoir-vivre unterstützt. Anscheinend mochte er die frankophile Ausrichtung unseres Vereins.«

Frings holte Luft. »Fellinger war ein Dubois!«

»Wie bitte?« Krämer kratzte sich an der Schläfe.

»Du hast mich richtig verstanden. Fellinger war französischer Abstammung und ein Dubois. Das hättest du mir ruhig erzählen können.«

»Wieso?«

»Weil den Dubois' früher ein Turbinenwerk gehörte.«

»Du wusstest doch, dass wir die Dubois-Turbinenwerke vor Urzeiten übernommen hatten.«

»Aber ich wusste nicht, dass Fellinger ein Dubois war!«

Krämer schaute auf seine Schnürsenkel. Der Doppelknoten hielt wie eine Eins. »Ich bin selbst von den Socken«, sagte er sehr leise.

»Ich war im Stadtarchiv. Unser Netzwerk bietet Möglichkeiten und schnelle Ergebnisse.«

»Du warst im Archiv?« Krämer schien verblüfft.

Frings lächelte abschätzig. »Es ist Zeit, die Vergangenheitsschublade zu öffnen und dein Geheimnis zu lüften.«

»Warum recherchierst du hinter meinem Rücken in meiner Vergangenheit?«

»Aus Gründen des Fair Plays.«

»Wer gegenüber wem?«

»Genau das ist meine Frage: Wer spielt hier gegenüber wem falsch?«, gab Frings zurück. »Um ein Unternehmen in die Zukunft zu führen, braucht man jede Menge Ideen. Diese zu haben und

Innovationen zu entwickeln, ist bestimmt schwieriger, als einfach eine Erfindung zu kaufen.«

Krämer schluckte. »Mein Urgroßvater musste ihnen damals helfen. Du hast doch gelesen, wie dreckig es ihnen ging. Das Dubois'sche Turbinenwerk stand kurz vor der Pleite. Fellingers Urgroßvater hatte sein gesamtes Geld in eine wegweisende Erfindung gesteckt, die noch längst nicht markttauglich war. Mein Urgroßvater rettete Dubois durch seine Beteiligung am Unternehmen. Punkt. Und weißt du? Ich bin echt froh, dass du diese Bilder gefunden hast. »Du bist mein Freund. Das weißt du.«

Frings sah ihn an. Warum konnte er in Krämers Augen keine Unaufrichtigkeit entdecken? Stirnrunzelnd setzte er sich ihm gegenüber. Er wusste nicht recht wieso, aber er traute ihm nicht. Dennoch nickte er. »Und diese Detonation?«

Krämer beugte sich vor, griff zu und gönnte sich die erste Praline. »Keine Ahnung. Das Thema wurde in unserer Familie nie breitgetreten. Man hat nie darüber geredet. Früher wurde immer nur von der *Sache* gesprochen.«

»Von einer Sache?«

»Ja, das ... äh ... also ... was soll ich sagen? Es hatte meine Familie völlig überrascht, dass ... äh ... Fellingers Urgroßvater ganz plötzlich ... von dieser Welt gegangen ist.«

»Ja, das glaube ich. Das hat bestimmt niemand verstanden«, provozierte Frings.

»Richtig. Und ich am allerwenigsten«, sagte Krämer und langte erneut nach einer Kugel. »Das muss ein ganz großer Verlust gewesen sein.«

»Komm, Ferdinand, es reicht, ja? Was soll das ganze Herumgedrucke?« Frings beobachtete, wie Krämer die nächste Schachtel aufriss. Anscheinend sollten ihm Nougat, Ganache und Marzipan die Situation erleichtern.

»Also ich kann nur sagen, dass das Hinscheiden von dem Dubois ... äh ... der Tod von Fellinger ... für meine Familie und mich und ... meine RÜW ... insgesamt eine riesige Tragödie ist.«

»Und das ist alles? Mehr hast du nicht zu sagen?«

»Manchmal fehlen einem halt die Worte.«

Frings riss die Augen auf und schäumte über vor Wut.

»Als Fellingers Urgroßvater durch eine Explosion ums Leben kam, hat dein Urgroßvater großzügig der trauernden Familie Dubois geholfen. Er bediente einfach alle Verbindlichkeiten, kaufte zu einem symbolischen Preis das Werk, führte die Erfindung in Ruhe fort und machte mit ihr später ein Millionengeschäft.«

»Was ist daran illegal? Die Dubois' waren dankbar. Die Angelegenheit lief völlig rechtskonform ab. Auch wenn ich verstehen kann, dass die ganze Sache in der Öffentlichkeit ziemlich seltsam wirkte. Wie inszeniert.«

Frings massierte mit Daumen und Zeigefinger seine Nasenwurzel. »Aber das Geld, das ihr damit verdient habt – das war echt, nicht wahr? Der plötzliche Tod von Fellingers Urgroßvater und der Mord an Fellinger sind auch echt.«

»Mein Urgroßvater hat den Dubois' Geld angeboten und sie haben es nicht ausgeschlagen – ja und?«

Frings beugte sich vor. »Warum ist der Urgroßvater von Fellinger tatsächlich verunglückt?« Er hatte betont ruhig gesprochen. Denn er wollte vermeiden, dass die ohnehin schon hitzige Lage weiter eskalierte.

Trotzdem war Krämer sichtlich aufgebracht. »Tatsächlich? Was soll das heißen? Ich glaube es ist nicht angebracht, mich zu dieser ganzen Chose weiter zu äußern. Ich weiß, wie schwer es für dich sein muss, das zu verstehen, aber es ist nicht *meine* Geschichte.«

Frings ließ nicht locker. »Wusstest du von dem Druck, den dein Urgroßvater auf Fellingers Urgroßvater ausgeübt hat?«

»Wie kommst du darauf?«

»Nun, *dein* Urgroßvater war für die Testung zuständig«, erwiderte Frings und versuchte ein joviales Lächeln, was mächtig schiefging. »Das ist doch richtig, oder?«

»Was weiß ich? Es tut mir leid, aber da bin ich überfragt. Aber ich frage *dich*, welches Gerücht du in die Welt setzen willst?«, entgegnete Krämer und seine Augen klimperten, als könnte er kein Wässerchen trüben.

»Von wegen Gerücht – ich helf dir gern auf die Sprünge!« Frings hob drohend den Zeigefinger. »Dein Urgroßvater hatte an seine rettende Teilhaberschaft die Bedingung geknüpft, dass Dubois die Erfindung schnellstmöglich auf den Markt zu bringen habe. Nur wegen dieses halsbrecherischen Tempos während des Testverfahrens ist der Prototyp detoniert.«

Krämer war mittlerweile kalkweiß im Gesicht.

»Du bist sprachlos? Das glaube ich! Deine Familie hat ausschließlich im Interesse ihres eigenen Erfolgs gehandelt. Deinem Urgroßvater war es piepegal, ob für Fellingers Urgroßvater Gefahr bestand oder nicht. Ist Kaltschnäuzigkeit vererbbar?«, höhnte Frings. »Ich denke, du hast das sehr wohl als Versäumnis erkannt, aber wolltest es durch Totschweigen überspielen. So, als hätte es diesen Tiefpunkt in deiner Familiengeschichte nie gegeben. Das Gegenteil aber ist der Fall: Deine Karriere und dein Erfolg wurden von der Erfindung eines tödlich verunglückten Menschen getragen. Warum willst du die Schuld deines Vorfahren verschleiern? Warum tust du das?«

Krämer starrte auf den Boden. »Das ist so eine verstaubte Nummer. Was weißt du schon?«

»Ich weiß vor allem, dass deine unglaubliche Geheimniskrämerei eine elende Zumutung für mich ist. Ich bin momentan nur noch wütend und werde immer zynischer – was ich nie sein wollte! Aber ich finde es unerträglich, zuzusehen, wie du dich selbst und unsere Freundschaft zerstörst. Widerlich!«, sagte Frings. »Geh raus in den Wald, kühl dein Mütchen und denk über den ganzen Mist nach! Dann fällt dir vielleicht auch eine Lösung für deinen Umweltschlamassel ein.«

Krämer schlug die Beine übereinander und verschränkte die Arme. »Du bist immer so herrisch, das kannste *avläje*.«

»Ablegen, dass ich nicht lache! Du toller Ableger der Krämer-Dynastie.«

»Mensch, Jean, wir waren uns doch immer so nah.«

»Eben, Ferdinand. Doch es gehört zur sozialen Hygiene, dass man miteinander spricht. Freundschaft, mein Lieber, ist wie eine Partnerschaft. In Partnerschaft steckt das Wort partizipieren. Teilen.«

»Alle wollen mir was – du eingeschlossen. Dabei bin *ich* das Opfer.« Krämer senkte den Blick.

»Du bist ein Opferlamm?«

»Bitte, Jean – wir kennen uns, wir helfen uns.«

»Ich kenn dich grad lieber nicht. Und will dir auch nicht helfen.« Krämer schüttelte den Kopf. Immer wieder. »Du hegst Vorurteile gegen mich? Kanalisierst sie in eine Richtung, die für dich bequem ist? Das ist schäbig!«

»Wenn einer ohne Verstand immer nur Gas gibt, ist die Kurve nicht mehr zu kriegen.«

»Was willst du denn? Ich werde schon von Umweltschützern und Medien traktiert.«

»Wie du gesät hast, wirst du ernten.«

»*Ääzezäller*!«, murmelte Krämer.

»Ich bin kein Erbsenzähler und auch überhaupt nicht pedantisch. Aber wer das Opferlamm spielt, ist vom Täter nicht weit entfernt. Mir ist klar, dass deine Vergangenheit schwierig ist und man hinterher immer klüger ist. Aber kannst du nachvollziehen, dass dein Stillschweigen Vertrauen zerstört? Du hast dich bis jetzt weder beim Vorwurf des Green Fakes noch bezüglich der Vergangenheit deiner Familie ernsthaft bemüht, deine Kommunikationsfehler zuzugeben – geschweige denn, daraus zu lernen. Ich habe den Eindruck, du handelst völlig kopflos. Du tauchst ab, verstummst und weist jede Mitverantwortung von dir. Stattdessen siehst du dich als Opfer einer Verschwörung.«

»Ich habe die Vergangenheit nicht erfunden. Die wurde von Personen gestaltet, die damals gelebt haben.«

»Eben. Und seit die nicht mehr leben, schlägt dein Unternehmen daraus Kapital. Sonst stündest du vielleicht nicht so da.«

»Wo stehe ich denn?«

»Hier und jetzt, vor allem in der Scheiße.« Frings war nicht zu bremsen. »Du schweigst, damit dein bisheriges Leben wieder stattfinden kann. Du argumentierst, dass Presse, die Aktivisten und die ganze Welt dein schönes Leben behindern wollen. Diese Behauptung empfinde ich als unterirdisch. Wer hat denn durch Dubois' Tod die letzten Jahre die fette Sahne abgeschöpft?«

»Das hat doch damit nichts zu tun!«

»Doch!«

»Nein, nein, nein!«, rief Krämer wild dazwischen.

»Nicht?« Ist der kindisch, dachte Frings.

»Es hat damit auch zu tun, aber—«

»Bingo, Eigentor!« Frings wartete einen Moment, bis Krämer seinen Hustenanfall beendet hatte.

»Die schwierigste Disziplin im Leben ist das Springen über den eigenen Schatten.«

Krämer räusperte sich. »Hast du das denn jemals geschafft, Jean?«

»Du sabotierst dich jedenfalls gerade selbst, Ferdinand.«

»Du hast ja einen neben dir gehen. Dann mach doch mit *dem* auf dick Freund. Aber egal.«

Frings lächelte. »Kein Mensch ist egal.«

Jähzornig sprang Krämer auf und wischte mit einer Bewegung gleich alles vom Tisch. Die Pralinen trafen die Fensterfront. Eine offene Wasserflasche entleerte sich auf dem hochflorigen Teppich. Der leere Champagnerkelch flog im hohen Bogen gegen Frings' Aktenkoffer. »Weißt du … weißt du … weißt du, was du bist? Du bist nicht nur prominent, du bist auch primitiv! Du Pharisäer! Du pochst immer nur auf deinen Boss-Status und versuchst deinen Minderwertigkeitskomplex dadurch auszugleichen, dass du andere kleinhältst und dich über sie stellst.« Krämer schimpfte wie ein Rohrspatz. »Warum kehrst du nicht auch einmal vor deiner eigenen Tür? Und markierst nicht als Alphatier das Arschloch?«

»Bravo!«, sagte Frings und klatschte sehr, sehr langsam.

»Elender Besserwisser!«, höhnte Krämer.

»Pass mal auf, Ferdinand«, fauchte Frings. »Diese Stadt ... das ist *meine* Stadt ... und ich mach dich platt, wenn du nicht einsichtig bist!«

»Du Herr des Kölniversums!« Krämer verzog das Gesicht. »Die Zeiten für selbstverliebte Menschen sind vorbei. Arroganz ist eine der ekelhaftesten Eigenschaften. Arroganz ist wie das Blut für einen Jagdhund, der verbissen eine Spur aufnimmt. Der vergisst alles andere abseits der Fährte. Wie du. Du bist so sehr mit meiner Geschichte beschäftigt, dass du gar nicht merkst, wie sich deine Ausdrucksweise verändert.«

»Genau«, sagte Frings, »dabei bevorzuge ich lediglich einen offenen und ehrlichen Umgang mit dir. Oder anders gesagt, ich pflege eine Vertrauenskultur unter Freunden. Deshalb führe ich dieses Vieraugengespräch. Dafür solltest du dankbar sein. Weißt du, Ferdinand, dein Selbstmitleid ist unerträglich. Nicht ich, nicht die anderen, sondern du allein hast entschieden, dich ins Abseits zu begeben.«

Frings stand auf und zog sein Jackett an. »Aber ich gehöre nicht zu denen, die deine schmutzige Wäsche mitwaschen müssen oder wollen. Du hast fatale Fehler gemacht. Glaub nicht mal eine Sekunde daran, dass sich das so einfach wieder richten lässt.«

Krämer presste die Lippen zusammen. Mittlerweile hatte er einen knallroten Kopf bekommen.

Frings' Telefon klingelte.

»Sie sind zu früh! Wie? Ja.«

Dann wandte er sich wieder an Krämer. »Und Unangenehmes in einen Tresor sperren. Dicht machen. Ist schön einfach, oder? Ein Tresor ist wunderbar zweckmäßig. Er erspart einem viele schlaflose Nächte. Aber was ist, wenn da nichts mehr hineinpasst? Wenn er bereits überfüllt ist? Und die Tür sich nicht mehr schließen lässt? Sich der Mist, der sich über Jahre angesammelt hat, nicht mehr unter Verschluss halten lässt? Meine Güte, wie du mich enttäuschst. Mir fehlt die Demut bei deiner Geschichte. Ich kann mir deinen schwarzen Fleck aus der Vergangenheit nicht leisten. Denk mal an mein Image, Ferdinand. Ich muss an dieser Stelle einen Schlusspunkt setzen.«

»Du benutzt mich, um für deine Öffentlichkeitsarbeit ein Exempel zu statuieren? Dabei kannst du keine Interpunktion.«

»Genau, Ferdinand, aber ich weiß, wann die Zeit gekommen ist, mich zurückzuziehen.«

Krämer stand auf und zählte mit Daumen, Zeigefinger und Mittelfinger. »Dann hab ich drei Worte für dich: Halt … die … Klappe!«

Frings blieb die Spucke weg. Er kapierte es nicht. Immer noch nicht. Krämer hatte Dreck am Stecken.

»Wenn ich den Eindruck hätte, dass in dem, was du jetzt sagst, auch nur ein Körnchen Wahrheit stecken könnte, würde ich mir vielleicht die Mühe machen, mich auf deine Opferrolle einzulassen. Aber so, wie du dich gerade verhältst, werde ich einfach versuchen, den Schmutz, den du aufwirbelst, von meiner sauberen Welt fernzuhalten. Während du weiter deine Leichen im Keller versteckst.«

»Dann lass mich doch in Ruh, dann zieh doch den Stecker! So, wie alle anderen«, schnauzte Krämer.

»Was machst du, wenn ich das Brandt erzähle?«, zischte Frings und bat Krämer unmissverständlich nach draußen.

»Mach, was du willst – tust du ja sowieso, tust du immer.«

Schlachtbank

H ah! Herrlich!« Brandt ließ das heiße Wasser über seine kurzen hellbraunen Haare laufen, als das Handy klingelte. Er sah zum Hocker vor der Kabine und zu seiner Jeans. Das Telefon lugte aus der Hosentasche. Mit einem Seufzer trat er halb aus der Dusche und reckte den Hals, um einen Blick auf das Display zu erhaschen. Schnell griff er zum Handtuch und nahm den Anruf entgegen. »Hallo, Herr Frings!«

»Würden Sie mir einen Gefallen tun?«

»Welchen?«

»Kommen Sie heute Abend nach Rodenkirchen?«

»Wohin?«

»Na, in die Quetsch!« Frings schien zu warten.

Langsam trocknete Brandt sich mit einem Handtuchzipfel das Gesicht.

»Was gibt es denn so Wichtiges?« Prüfend schaute er in den Spiegel. Eine saubere Trennung zwischen Privat und Beruf war einfach nicht möglich.

»Sag ich Ihnen dann, kommen Sie wenigstens auf ein Mantelbier«, lockte Frings.

»Hm – auf ein schnelles Kölsch im Stehen? Eigentlich wollte ich—«

»Natürlich wartet auch Delikates auf Sie.«

»Ach so!« Brandt horchte auf. »Eventuell sogar kölsche Tapas?«

»Von mir aus auch Königsforstschnitzel, Flammkuchen, Ofenkartoffel … nur Milchreis, vermute ich, wird schwierig. Obwohl – vielleicht auf speziellen Wunsch doch.«

»Nee, lassen Sie mal. Milchreis ist zwar nett – meine Kindertage bestanden aus Zimt und Zucker –, aber ich muss dazu eine frische Meeresbrise schnuppern dürfen.«

»Tja, diesen Köder kann ich leider nicht auslegen, auch wenn wir direkt am Rhein sitzen und eine göttliche Aussicht genießen werden. Nur bei dem, was ich gestern erfahren habe und *ich* Ihnen gleich servieren will – ist eher dicke Luft zu erwarten.«

»So, so.«

»Ja, Herr Brandt, ich weiß nämlich was.«

»Ach, Herr Lehrer, Herr Lehrer«, amüsierte sich Brandt. »Wer stellt Ihnen denn jetzt wieder nach?«

»Momentan niemand, aber das könnte sich ratzfatz ändern.«

»Und wegen dieser fixen Idee müssen wir uns um jeden Preis sehen?«

»Es ist mir ernst.«

»Ist es das nicht immer?«

»Schon!«, flüsterte Frings aufgeregt. »Aber dieses Mal betrifft es Krämer.«

»Muss das wirklich auf der Stelle sein, dass wir uns sehen?« Brandt hatte keine Lust, seine Wohnung heute noch zu verlassen. Er hatte sich darauf gefreut, in Ruhe Musik zu hören. »Es wird sich bestimmt eine andere Gelegenheit bieten.«

»Heute ist die Gelegenheit!«

»Darf ich fragen, warum Sie daraus ein derartiges Geheimnis machen? Und bitte sprechen Sie etwas lauter. Warum erzählen Sie mir Ihr Anliegen nicht gleich jetzt? Dann hätten wir es vom Tisch.«

»Sollte irgendjemand mein Telefon abhören«, hauchte Frings. »Deshalb!«

Brandt versuchte, das Wasser im Ohr loszuwerden. »Ach, stimmt, ich vergaß, Sie sind wichtig«, sagte er und grinste. Dann streckte er seinem Spiegelbild die Zunge heraus, verdrehte die Augen und schüttelte resigniert den Kopf.

»Also, meinetwegen. In einem Stündchen, für ein Stündchen.«

Eine Fremde mit gewinnendem Lächeln trat an ihren Tisch.

»Entschuldigen Sie, Herr Frings. Aber ich muss sagen, Ihr Interview letztens im WDR war großartig! Und wie reizend von Ihnen, dass Sie Ihre Frau gegrüßt haben. Mir ist ja fast das Herz geschmolzen.«

Brandt hickste und versuchte, den Schluckauf zu unterdrücken. Von allen Kölnern, die er bisher kannte, posierte Frings ganz besonders gern als Selbstdarsteller, Kneipenkönig, Zampano. Er scherzte mit jedem Kellner, den Geschäftsführern, flirtete mit jeder Frau, ohne Rücksicht aufs Alter, allerdings nicht auf Rang und Herkunft. Erstaunlicherweise schien Agi das zu dulden. Doch sie wusste genau, was sie tat und wie lang die Leine maximal sein durfte. So weit kannte er sie bereits.

Frings strich sich die Haare aus der Stirn, als die Fremde sich an seine Seite stellte, etwas in die Knie ging und ihren Arm ausstreckte. »Oh, bitte ... ein Selfie noch, ja? Oh, ist das schön! Danke. Sie sind ein wahrer Frauenversteher. Ich ...«

Der aufflammende Redeschwall der Fremden wurde von Frings übergangen. Er zwinkerte ihr gönnerhaft zu, blickte auf die Tageskarte und sah Brandt aufgeweckt an.

»Wunderbar hier, finden Sie nicht? Und wie schön, dass wir beide einmal Zeit finden, gemeinsam essen zu gehen. Auf Augenhöhe.«

»Wieso auf Augenhöhe? Nur, weil Sie wieder auf eigene Faust ermitteln? Also, was kann ich für Sie tun?«

»Mögen Sie einen Aperitif?«

»Gibt's auch einen alkoholfreien?«

»Bestimmt«, behauptete Frings und arbeitete sich durch die Speisekarte. Häppchenweise beackerte er Seite um Seite und fuhr mit dem Zeigefinger alle Gerichte ab.

Brandt wippte mit dem Fuß. Eine Stunde hatte er ihm eingeräumt. Durch Frings enervierende Sucherei konnten daraus locker zwei werden. Aber was das Stehlen fremder Zeit anging, war er sowieso einiges gewohnt.

Ob es die Kassiererin im Supermarkt war, der Büdchenmann, der Postbote, der Paketzusteller oder neuerdings sogar 24/7 während seines Pförtnerdiensts – sie alle erzählten ihm alles. Nur mal eben so. Kurz angemerkt, kurz notiert, dafür lang blockiert. Es war wie verhext. Irgendwie brachte er es fertig, ohne es darauf anzulegen, dass völlig Fremde ihm ihre peinlichsten und intimsten Geheimnisse anvertrauten. Unverblümt taten sie alles dafür, mit ihren fiesesten Angewohnheiten oder gruseligsten Anekdoten über Nachbarn, Freunde und Bekannte ihm die Zeit zu rauben.

Zum Glück tippte Frings endlich auf eine Stelle. »Gut, dass ich so schnell fündig wurde«, freute er sich.

»Hier, wie wäre es mit einem Kir de Pêche? Köstlich und anregend. Lässt sich auch mit Mineralwasser auffüllen«, schlug er vor.

Brandt klopfte bestätigend auf den Tisch. »Warum nicht? Pfirsich mag ich, und *Plüschprumm* ist mein kölsches Lieblingswort.«

»Ich kenne keinen, der keins hat«, sagte Frings lächelnd. »Und was essen wir?«

Brandt äugte zum Nebentisch. Alles auf den Tellern war vor allem Essen zum Essen. Trotz genialer Präsentation. Unverkrampfte, moderne Küche und dazu die ungebremste Herzhaftigkeit eines Lieblingsgerichts von Oma. In diesem Restaurant hatte man das Gefühl, die Ellbogen auf den Tisch stützen zu können, um mit Genuss zu schmecken, zu riechen und zu kauen.

»Ich nehme einen Flammkuchen mit *Flöns*.«

Frings nickte zufrieden und winkte dem Service.

»Wir hätten gerne zwei Flammkuchen mit Blutwurst, danach zwei Crêpes Suzette, vorweg zwei Kir, zum Hauptgang einen schönen Rosé nach Ihrer Empfehlung und stilles Wasser – vorerst. Lassen Sie sich Zeit, wir haben es nicht eilig.«

»Wie immer eine gute Wahl«, erwiderte der Kellner und schmunzelte.

Vermutlich kannte er Frings' Nachtschwärmereien. Brandt legte seine Serviette auf den Schoß. Wahrscheinlich hatte ihn der Herrgott zu dem permanenten Warten verdammt. Warum bloß hatte er sich von Frings breitschlagen lassen, ihn noch heute zu treffen? Einen Arm auf dem Tisch und das Kinn in der Handfläche, sah er ihn interessiert an. »Na, dann mal los! Erzählen Sie mir mal genauer, was Sie umtreibt«, forderte er Frings auf.

Frings nahm Haltung an. »Folgendes …«

»Unmöglich. Das muss ein Irrtum sein«, sagte Brandt, nachdem er über eine Stunde aufmerksam zugehört hatte.

»Ich irre mich nicht, Herr Brandt. Sie müssen der Sache nachgehen«, beharrte Frings. »Glauben Sie immer noch, dass diese Detonation und der Mord an Fellinger im Hambacher Forst nichts miteinander zu tun haben? Dass das reiner Zufall ist?«

Brandt rieb sich das Kinn. Zusätzlich hatte er noch eine verkohlte Leiche und den im Koma liegenden Kasperski.

Frings griff in seinen Aktenkoffer. »Schauen Sie«, sagte er und schob Brandt Kopien zu. »Das sind Unterlagen von den Krämer'schen Turbinenwerken. Darin wird beschrieben, wie der Urgroßvater von Ferdinand Krämer den alten Dubois unter Druck gesetzt und wissentlich gegen die Sicherheit verstoßen hat. Und zwar einzig und allein, um die Erfindung schnellstmöglich auf den Markt zu bringen. Diese Idee versprach so revolutionär zu werden wie vor einigen Jahren der Lithium-Ionen-Akku. Die Krämers wollten um jeden Preis als Pioniere gefeiert werden. Dabei schien es sie nicht zu stören, dass durch den Zeitdruck, den sie aufbauten, ein Mensch zu Schaden kam. Macht und Erfolg wurden zum Selbstzweck. Und das heutige Oberhaupt dieser feinen Familie, die den Tod des früheren Konkurrenten zu verantworten hat, sich aber ausschweigt, ist mein bester Freund. Ferdinand Krämer!«

»Ihm. Eine Weiterentwicklung der nach ihrem Konstrukteur benannten Lavaldüse. Und dafür hatte Dubois lediglich einen Monat Zeit?«

»Ja, die sollte einen deutlich höheren Wirkungsgrad haben als das Urmodell.«

»Wirklich eine knappe Sache.«

Frings donnerte mit der Faust auf den Tisch, dass Gläser und Kelche klirrten und Bestecke ruckelten.

»Es brach Dubois den Hals!«, eiferte er sich.

Brandt machte eine besänftigende Handbewegung.

»Trinken Sie Wasser und kommen Sie runter. Sie haben Lust zu boxen.«

»Nein, ich bin über diese sagenhafte Skrupellosigkeit unglaublich entsetzt und menschlich total enttäuscht«, blaffte Frings.

»Jeder macht Fehler. Warum positionieren Sie sich komplett neu zu Krämer?«

»Weil sich sein Ansehen in der Öffentlichkeit von Tag zu Tag verschlechtert.«

»Sie wissen schon, dass Sie durch diese Aussage Ihren Freund gerade stark belasten.«

»Ja, aber ich muss *mich* entlasten. Alles andere schadet meinem Image.«

»Und Krämer?«

»Und Krämer, und Krämer. Krämer spielt entweder toter Mann oder Opferlamm. Allerdings ein Opferlamm, das gleichzeitig die Zähne fletscht.«

»Sie führen Krämer zur Schlachtbank und lassen ihn dort verbluten?«, fragte Brandt und fügte in Gedanken *Sie kleiner Petzer* hinzu. Er konnte sich des Eindrucks nicht verwehren, dass sich Frings als Nestbeschmutzer entpuppte.

»Ab jetzt ist der bloß *ein* Freund von mir.«

»Eben Frings, ein Freund.«

»*Ein* Freund ist wie ein Bekannter. Das bedeutet nix. Das heißt nur: Den hab ich an der Theke kennengelernt und weiter nichts.«

»Aha.«

»Mir geht es darum, nicht den gleichen Fehler zu machen. Eben nicht zu ignorieren, was Krämer längst wusste. Er schiebt die Verantwortung für Fehler einfach von sich.«

»Und Sie seine Freundschaft?«

»Nicht ich, Herr Brandt, sondern Krämer hat die aufs Spiel gesetzt.« Frings putzte sich den Mund mit einer Serviette ab. »Der einzige Haken ist: Ich mag ihn nach wie vor unheimlich gern. Nichtsdestotrotz – jetzt muss der Sache ein Riegel vorgeschoben werden. Also schieben Sie!«

Umständlich zückte Brandt sein zerknülltes Taschentuch mit Monogramm und tupfte die Mundwinkel.

»Sie bluten ja!«, rief Frings.

»Wo?«

»Ich kann nichts Genaues erkennen. Irgendwo im Gesicht.«

»Oh, den Fleck hatte ich völlig vergessen. Das ist *Kölsche Tinte*. Das Tuch hab ich mir beim nächtlichen Korrigieren von Masterarbeiten leider versaut«, erklärte Brandt grinsend, steckte das Taschentuch wieder ein und wandte sich seinem Nachtisch zu. Sorgfältig teilte er den Crêpe in mundgerechte Portionen.

»Halten wir fest: Krämer schweigt sich aus. Und zwar vehement. Damit verleugnet er offiziell die Realität. Zweifellos – die Sache mit dem alten Dubois ist historische Ignoranz. Das kann man Krämer unterstellen. Ihm fehlt eine angemessene Wahrnehmung der Situation. Krämer ist aber ebenso ein erfolgreicher Unternehmer. Glauben Sie denn allen Ernstes, Krämer erschießt Menschen – seinen eigenen Mitarbeiter?«

»Das weiß ich nicht. Aber er hat sehr deutlich gezeigt, dass er wenig von Fellinger hielt.«

»Hat er das gesagt?«

»Nicht direkt, aber indirekt. Könnte also durchaus sein, dass es so ist.«

»Indirekt? Könnte so sein?«

»Ja, ich meine, es in seinem Gesicht gesehen zu haben.«

»Viele Konjunktive«, sagte Brandt und lehnte sich zurück. Den gleichen Eindruck hatte er allerdings auch von Krämer. Nur musste Frings das nicht wissen.

»Außer ein paar wilder Theorien haben wir nichts. Und auf Vorverurteilungen gebe ich nichts.«

»Moment, soll das heißen: im Gegensatz zu mir?«, fragte Frings und zeigte demonstrativ auf sich selbst.

Brandt fixierte ihn mit einem skeptischen Blick.

»Noch können wir Krämer nichts beweisen. Warum sollte Krämer denn Fellinger ermordet haben?«

»Es gibt bestimmt einen Weg, das herauszufinden. Und ich bin mir sicher, Sie kennen diesen Weg längst.«

Brandt hielt den dunkelgrauen Dessertteller hoch, als interessierte ihn lediglich der Stempel des Herstellers auf der Tellerrückseite. Er lud das letzte Stück auf die Gabel und schob es vorsichtig in den Mund. Es *war* köstlich – gewesen.

Frings kniff die Augen zusammen. »Da ist *noch* etwas.«

»Ist nicht immer irgendwas?«

»Dieses Gespräch hat nie stattgefunden.«

Brandt sah auf. »Okay, war's das?«

Tränenreich

Caro Fellinger senkte den Blick. »Er war mein Sein. Mein Sinn. Mein Himmelreich.«

Brandt verstand sie nur ungenau. Nach den Hiobsbotschaften von Frings und einem anstrengenden Vormittag an der Uni hätte er kotzen können.

»Sagen Sie, Herr Brandt, haben Sie mittlerweile einen Verdacht, wer meinen Mann umgebracht haben könnte?«

»Das versuchen wir ja gerade herauszufinden und Sie könnten mir dabei helfen.«

»Mach ich, wenn ich kann«, antwortete Caro Fellinger und ihre haselnussbraunen Augen füllten sich schon wieder mit Tränen.

»Dürfte ich trotzdem nebenbei aufräumen? Zwar traue ich mich nicht mehr vor die Tür und verbringe viel Zeit in den eigenen vier Wänden, aber tagsüber bin ich völlig groggy, denn nachts liege ich wach. Außerdem habe ich es bisher nicht gewagt, mich neu zu sortieren. Heute wollte ich versuchen, mich Stück für Stück vorzuarbeiten. Doch ist das leichter gesagt als getan. Die vielen Erinnerungen halten alles fest. Dieses Wohnzimmer und der Garten waren unser Lebensmittelpunkt.«

Brandt nickte verständnisvoll und schaute auf einen blauen Müllsack. Sie schien mit dem Badezimmer begonnen zu haben. Shampooflaschen und Cremedosen waren bereits in den Müll gewandert. Ausgemistet. Weg damit.

»Die Box, die Box … wo ist die Box«, fragte sie plötzlich aufgeregt, wirbelte suchend herum und lief zum Tisch. »Können Sie Kosmetikartikel für den Mann gebrauchen? Sind gestern mit der Post gekommen. Noah muss sie kurz vor seinem Tod bestellt haben«, sagte sie und ihre Lippen zuckten.

Brandt vermochte nichts dazu zu sagen.

Doch Caro Fellinger übersah sein wortloses Zeichen. »Ich kann nicht alles entsorgen oder verkaufen. Ich schenk sie Ihnen.«

»Wirklich nicht, bitte. Aber vielen Dank für das Angebot«, meinte Brandt mit Nachdruck. »Bestimmt finden Sie eine andere Lösung.«

Und die Lösung fand sie, indem sie die Box in dem Sack vergrub. »Ich bin keine Aufräumexpertin, aber freie Flächen erleichtern das Putzen. Die Hausarbeit wird mir besser von der Hand gehen, wenn nicht jeder Zentimeter vom Haus mit Nippes vollgestellt ist«, schniefte Caro Fellinger. »Entrümpelt haben wir immer gemeinsam«, sagte sie und rieb sich die Nase.

Brandt schaute ihr zu. »Warum haben Sie mir das eigentlich nicht gesagt?«

»Was?«

»Dass Ihr Mann Franzose war.« Instinktiv betrachtete Brandt ein Familienfoto. Ein schwarzes Ripsbändchen zierte den Silberrahmen.

»Ach so, ist das wichtig?«, fragte sie und holte einen kleinen Streuselkuchen von einer Anrichte. Die Türen standen sperrangelweit auf. Bis auf eine Flasche Wein und lose Servietten war das Sideboard ausgeräumt.

Brandt schnupperte. Der Kuchen duftete nach Butter und war noch nicht angeschnitten.

Mit einem überdimensionalen Messer teilte sie ihn in der Mitte, schnitt zwei dicke Stücke ab, legte eins auf eine mintgrüne Serviette, klappte die Seiten hoch und reichte ihm das Päckchen.

»Versuchen Sie mal. Es gibt Leute, die fallen nach dem ersten Bissen um. Vor Glück. Ich muss mir nur kurz die Hände waschen.«

Brandt nickte. »Ja, ja machen Sie ruhig.« Verstohlen sah er ihr hinterher und war erleichtert: Caro Fellinger hatte nicht gemerkt, dass ihm der abgebröckelte Streusel von der Serviette gefallen war. Eilig wischte er die restlichen Spuren vom Hemd.

Minuten später hörte er das Quietschen einer Tür. Wie hatte sie das wissen können? Caro Fellinger kam mit einem Besen zurück, fegte die Kuchenbrösel zusammen und rückte die Stühle gerade, während er im Stehen noch kaute.

»So, jetzt könnte auch ich ein Stück vertragen.« Sie griff hinter einen Bücherstapel, der auf dem Esstisch lag. »Doch zuerst gibt es einen Wermut.«

»Aber bitte nur einen Tropfen.« Brandt sah auf die Uhr.

Caro Fellinger blickte ihn direkt an. »Ich hab nicht vor, mich volllaufen zu lassen, aber gerade tut ein Gläschen gut.«

Brandt schaute an ihr vorbei auf das Plakat von Cannes.

»Schon mal in Frankreich gewesen?«, fragte Caro Fellinger.

»Nein.«

»Ich kenne die angesagten Lokale in Deauville. Zum Essengehen und Feiern. Haben Sie schon einmal Hummer gegessen?«

»Nein.«

»Dann haben Sie einen fast schwarzen Hummer, der ins kochende Wasser geworfen wird und sich binnen Sekunden rot färbt, noch nie sterben hören?«

»Nein.«

»Aber ich. Ich hab sie nicht gesehen, aber ich konnte sie quieken hören. Angeblich war es nur die Luft zwischen Schale und Fleisch, hieß es. Ich hab mir die Finger in die Ohren gesteckt.«

Brandt legte das angebissene Kuchenstück zurück auf die Anrichte.

»Schmeckt er nicht?«

»Doch, doch.«

»Tut mir leid«, sagte sie. »Ich wollte Ihnen nicht den Appetit verderben. Es gibt Bilder, die bekommt man leider nie mehr aus dem Kopf.«

Brandt wusste, wovon sie sprach. »Haben sie von den beiden anderen Taten im Hambacher Forst gehört?«, fragte er.

»Nicht wirklich.«

»Wissen Sie, dass die Polizei sich in diesem Zusammenhang für Krämer interessiert?«

»Oh! Nein, davon hab ich bisher nichts gehört.«

»Haben Sie Herrn Krämer seit dem Tod Ihres Mannes noch einmal gesehen?«

»Ich hab seine Frau gesehen. Und Herrn Krämer auf der Beerdigung. Aber sonst … Allerdings hatte Johanna Krämer mir gesteckt, dass mir ihr Mann eine Seelsorgerin organisieren würde. Zudem würde mir die RÜW ein Jahr lang das Gehalt meines Mannes weiter zahlen. Als Sonderhilfe. Eine monatliche Rente. Als Schmerzensgeld.«

»Aha!«

»Das geschieht auch bereits. Aber persönlich? Persönlich war Herr Krämer bisher nicht hier«, versicherte Caro Fellinger ernst.

»Die Unterstützung wird Ihnen helfen«, betonte Brandt.

»Dieses Geld wird niemals ausreichen, den menschlichen Ausfall auszugleichen, den ich durch das Geschehene erlitten habe. Mein Arzt hat mir eine psychoreaktive Störung attestiert.«

»Oh!«

Caro Fellinger zuckte die Achseln. »Es gibt Momente, da wird einem klar, dass man sich nur einbildet, alles im Griff zu haben. Das Leben ist gemein und ungerecht und surreal«, erklärte sie und fügte hinzu: »Wenn es in Einzelteile zerfällt.«

Brandt stemmte die Arme in die Hüften. Der Tod spaßte nie, und in Wohlgefallen hatte sich noch gar nichts aufgelöst. Trotzdem musste er schmunzeln. »Wenn ich mich so umsehe, leben Sie wie in einer kleinen Bibliothek.«

»Noah war sehr belesen. Die Liebe zu Büchern machte ihn glücklich. Einmal im Jahr staubte er sie ab. Sie können sich denken, wie das ausging. Nach fünf Minuten hatte er sich festgeschmökert und las bis zum Gehtnichtmehr.« Seufzend setzte sie sich an den Tisch und wickelte die Füße um die Stuhlbeine.

Brandt neigte den Kopf zur Seite und überflog einige der Buchtitel. »Steinaecker, Widmer, Delius. Wer von Ihnen hat das gelesen?«, fragte er und sah zu Caro Fellinger hinüber. Er wartete die Antwort nicht ab und stellte gleich die nächste Frage. »Gönnen Sie sich gern das Unperfekte?« Verstohlen blickte er auf die Preisschilder, die auf den Sohlen ihrer zitronengelben, hochhackigen Riemchensandaletten klebten.

Caro Fellinger stand auf. »Perfekt aussehen muss man nur, wenn man sonst nichts kann.«

»Hm«, sagte er nur und musterte sie. Caro Fellinger war zweifellos eine tolle Frau mit einer eleganten Haltung – zu schade, wenn sie in Zukunft auf chaotische Bratkartoffelverhältnisse hereinfallen würde. Sein Blick wurde durch Lucas unterbrochen.

»Wo bist du gewesen?«, horchte Caro Fellinger nach.

»Im Wohnmobil.«

»So lange?«

»Ich hab gar nicht gemerkt, wie die Zeit verging«, entschuldigte sich Lucas. »Überall lagen Zeitungen verstreut, und ich hatte plötzlich Bilder vor Augen, wie Papa die gelesen hat«, meinte er wehmütig.

Caro Fellinger lächelte. »Du bist ein echter Träumer«, sagte sie zärtlich.

»Unheimlich war mir das schon«, antwortete er.

»Eigentlich«, sagte sie, »hatte ich gedacht, du würdest mir beim Kochen helfen.«

Lucas verdrehte die Augen.

Seine Mutter winkte ab. »Ich sehe schon, dass du für den Rest des Tages andere Pläne hast. Ich werde auch allein fertig mit dem Abendessen.«

»Was machen wir mit den Wasserkästen?«, fragte Lucas.

»Lass sie drin. Für unsere nächste Tour«, antwortete Caro Fellinger und wandte sich an Brandt. »Das Wohnmobil war für meinen Mann ein zweites Zuhause.«

Brandt ging auf die Terrasse. »Darf ich mir Ihr Wohnmobil mal näher anschauen?«

»Nur zu«, ermunterte sie ihn. »Aber ich muss Sie warnen: Ich bin mir ziemlich sicher, dass dort nach wie vor Chaos herrscht. Lucas ist nicht gerade der perfekte Aufräumer.«

»Das hat er anscheinend von Ihnen«, lachte Brandt. »Trotzdem – darf ich jetzt? Direkt?«

»Ja klar, sehr gern! Ich freu mich, dass ich Ihnen helfen kann.«

»Sind in dem Wohnmobil irgendwelche Unterlagen oder Wertgegenstände deponiert?«

»Vielleicht ist es für Sie und Ihre Kollegen von Interesse, dass es dort ein Schließfach gibt. Wenn Sie hineingehen, direkt links im Einbauschrank. Ich hab nur keinen Schlüssel. Ach ja – und wenn Sie Durst haben, bedienen Sie sich.«

»Gute Idee!«, meinte Brandt.

Caro Fellinger lächelte. »Wollen Sie gleich mitessen? Ich hab in den letzten Tagen ein paar neue Rezepte ausprobiert.«

Grübelnd zwirbelte Lucas an einer Locke. »Hey Mama, gibt es heute etwas Richtiges zu essen oder machst du wieder ein Experiment?«

»Es gibt Bratkartoffeln!«

Brandt grinste und lief durch den Garten zum Wohnmobil – einem großen mit Vorhängen an den Fenstern. Klappstühle lehnten links von der Tür, und an einem Mast neben der Hecke hatte jemand eine rote Flagge gehisst. Zwei goldene, gestreckte Löwen mit blauen Zungen und blauen Krallen wehten im Wind. Wie ungewöhnlich.

»Gehen Sie ruhig weiter«, rief Caro Fellinger. »Die Wappentiere der Basse-Normandie beißen nicht. Nur wenn Sie etwas klauen«, sagte sie lachend. »Bis gleich! Ich muss im Haus weiter räumen und richten.«

»Was kommt als Nächstes dran?«, fragte Brandt.

»Die Klamottenschränke, die platzen aus allen Nähten. Manche Menschen nehmen Drogen, ich konsumiere Schuhe.«

»Na ja«, druckste Brandt. »Auch eine Form von Leben auf großem Fuß.« Damit meinte er allerdings den Anschaffungspreis dieses Reisemobils. Ein echtes Dickschiff. Als ein Freund von Ruhezonen tauchte er in eine für ihn komplett neue Welt. Trotz der Ausmaße war es ein beengter Raum, wo man sich mit seinen Mitbewohnern wirklich gut verstehen sollte. Vier Schlafplätze, Küche, Bad. Der Komfort war zwar hoch, aber mit einem Wohnzimmer doch nicht ganz vergleichbar. Um nichts zu übersehen, durchsuchte er jeden Schrank, jedes Klappfach. Drehte jedes Kissen, jede Matratze, jeden Topf zweimal um. Schüttelte jede Decke, jede Gardine, jedes Handtuch dreimal aus. Rüttelte an einer Unmenge von großen und kleinen Dosen. Kehrte ohne Ende das Unterste zuoberst. Fand Wäscheklammern, Haarklammern, Büroklammern – nur nicht diesen verdammten Schließfachschlüssel. Dabei hatte er alles auf den Kopf gestellt. Erschöpft griff er zu der Wasserflasche neben einem Gewürzständer und ließ sich auf die Eckbank fallen.

Campen im Bus. Er sah sich, gut gebräunt, mit einem Thermobecher in der Hand, die Landschaft und die Freiheit auf vier Rädern genießen. Natürlich Richtung Norden und vor allem im Hochsommer. Aber ob er wirklich Lust hatte, letztlich auf einem proppenvollen Platz zu landen, der jede Caravanmesse in den Schatten stellte? Es müsste auf jeden Fall ein Ziel sein, wo er hautnah die pure Natur erleben konnte. Das leise Rauschen in der Nacht. Das Zirpen der Grillen. Den frischen, nach Salz schmeckenden Wind. Während er, im Heckbett liegend, durch ein Fliegengitter über das von Sternen erleuchtete Meer blickte. Wow, das konnte ohne Weiteres vergnüglich sein, und er versprach sich und allen Individualisten, ernsthaft über ein Wohnmobil nachzudenken. Ein umgebauter Bulli wäre schön.

Viel schöner als sein Problem mit der Wasserflasche. Warum verdammt, ließ die sich nicht öffnen? Je länger sie ihn nervte, desto durstiger wurde er. Er drückte und knautschte das Plastik, wrang den Behälter wie ein feuchtes Tuch und presste ihn mit drehenden Bewegungen zusammen, als er plötzlich, wie aus dem Nichts – zwei Teile in den Händen hielt. Einen wassergefüllten Flaschenhals und einen wassergefüllten Bauch. Ein weiteres Teil kullerte über den Tisch. Was bitte war denn das? Irritiert guckte er sich den Blindgänger genauer an. Wohl kaum konnte jemand auf die Idee kommen, im Mittelteil einer herkömmlichen Wasserflasche einen zehn Zentimeter hohen Minisafe zu vermuten. Einfacher und effektiver konnte ein Versteck nicht sein. Auch nicht für einen

Schlüssel. Wenn der nicht zum Schließfach passte, würde er ab heute nur noch Besen fressen. Gebannt starrte er auf das Schloss. Simsalabim und die Tür sprang auf.

Vorsichtig nahm Brandt einen durchsichtigen Plastikbeutel heraus und stülpte ihn um. Viele, viele bunte Sticks klackerten wie Smarties munter auf den Tisch. Diese USB-Sticks musste er zunächst auswerten lassen. Er griff ein weiteres Mal ins Fach und zog einen flachen Umschlag mit Fotos heraus. Er betrachtete die alten Polaroids von Hochzeit und Urlauben und entdeckte Fellingers Hochschulabschluss. Er fand die historischen Unterlagen der Dubois'schen Turbinenwerke, die Aufzeichnungen und Skizzen zu der innovativen Entwicklung, den Notarvertrag zwischen Krämer und Dubois und eine Abschrift der Patentanmeldung. Er hielt die wahren Hintergründe der schleierhaften Explosion, die sich vor über einem Jahrhundert ereignet hatte, in den Händen. Aber nicht nur diese.

»Jetzt tief einatmen, lang ausatmen Brandt«, forderte er sich auf. »Konzentriere dich, nicht nachlassen!«, flüsterte er, schnappte sich eine weitere Wasserflasche und hoffte, dass diese diesmal real war. Es zischte. Aber sein Bedürfnis zu trinken war bereits verwässert. Vielmehr hatte er Durst bekommen auf das, was vor ihm lag. Er spannte seine Bauchmuskeln an und zog die Schultern zurück. Mochte ja sein, dass Frings ein arroganter Pinkel war, aber vielleicht hatte er doch recht und Krämer war tatsächlich nicht ganz koscher. Vielleicht half *das* hier weiter: Vertrauliche Dokumente der RÜW! Wie interessant. Waren das Dokumente, die verrieten, dass Krämer Briefkastenfirmen in Steueroasen besaß?

»Ach nee.« Firmen mit Beteiligungen an klassischen Energiekonzernen! Konzerne, die teilweise im Tagebau am Hambacher Forst involviert waren. Die Unterlagen zeigten, dass Krämer Fördergelder der Ökostrom produzierenden RÜW einfach in profitablere, aber umweltschädlichere Geschäfte gesteckt haben musste. Dann stimmten die Gerüchte in den Medien also doch. Nur ein einziges Organ musste informiert worden sein. Nur ein einziges

Organ musste ihn am Haken haben. Der Rest hörte aufs Wort. Der Rest lief von allein. So eine Sache sprach sich herum.

Aber irgendetwas störte ihn. Er konnte es sich nicht erklären. Im Grunde war alles klar. Er erhob sich. Setzte sich wieder. Jetzt wusste er es. Brandt nahm ein Beteiligungsformular und hielt es gegen das Licht. Drehte es mehrfach und verglich das amtliche Blatt mit anderen Formularen und mit den Fördergeldanträgen. Wo standen die Firmenlogos? Warum liefen die Textzeilen nicht kontinuierlich? Warum diese überzähligen Schreiben? Die amtlichen Stempel hatten ungewöhnlich scharfe Ränder und eine seltsame Farbe. Aber auch Einträge fehlten und ausradierte Zahlen waren nicht abgezeichnet. Brandt sortierte alle Schriftstücke nach Datum. »11. März – 5. Mai – 20. September.« Sie waren vollkommen identisch, die Unterschriften. Und zwar in Form und Größe. Das durfte ja wohl nicht wahr sein! Da hatte er gerade durch den Fund dieser bizarren Papiere Krämer an der Angel gehabt und jetzt sollte er ihn wieder schwimmen lassen?

Brandt betrachtete die Dokumente. Der Kollege, den er per Handy verständigt hatte, blubberte ihm ins Ohr. Vor ihm flatterte die Fahne im Wind und ein Klappstuhl fiel um.

»… die Motive für Fellingers Ermordung, für den Absturz von Kasperski und für die Brandleiche bewegen sich eindeutig zwischen Affekt, Rache oder Auftragsmord. Die Indizien ergeben ein total stimmiges Bild und in einer Sekunde hab ich den Namen des Täters!« Brandt grinste über sich und seine Polemik und schüttelte ungläubig den Kopf. »Warum muss ich euch immer alles in epischer Breite erklären? Wir brauchen Vergleichsinformationen und Abgleiche von Datenbanken … ihr müsst feststellen, ob die Firmen überhaupt existieren … ihr müsst euch die Grundbücher, Betriebsdaten, und, und, und anschauen … die Dokumente haben ungewöhnliche Nummern … bei mir gehen die Warnglocken an … das sind lächerliche Computerausdrucke! Gebt die Sachen der Prüfstelle! Ich bringe alle Unterlagen noch heute vorbei! … Doch, ich habe schon einige Fälschungen gesehen und entlarvt. Was glaubt ihr, warum ich Arbeitgeber und Arbeitnehmer unterschiedlichster Branchen für ein Erkennen und Überprüfen schule und sensibilisiere? Wir müssen der Sache nachgehen! Egal, ob das einfach wird oder nicht. Also, auf Jungs! Zeigt Köln, was ihr könnt. Ach ja, und noch etwas: USB-Sticks sind auch zu sichten. Bis später.« Brandt verkniff sich eine Bemerkung über die bisherige Transusigkeit seiner Kollegen. Wieder kam er nicht weiter.

»Alles in Ordnung?« Caro Fellinger tippte ihm auf die Schulter. »Ich hab Sie schreien gehört und wollte mal nachhorchen.«

Brandt schielte sie an – sie störte ihn. »Nachhorchen ist eigentlich meine Aufgabe. Aber wenn Sie schon einmal hier sind: Wussten Sie davon?«, fragte er und deutete auf die Dokumente der RÜW.

Mit weit aufgerissenen Augen schaute Caro Fellinger auf die Papiere. »Mein Mann brannte für die RÜW ebenso wie für sein soziales Engagement.«

»Ich vermute, die Dokumente sind gezinkt«, sagte Brandt.

Caro Fellinger krümmte sich zusammen und begann jämmerlich zu weinen. »Ich kann nicht mehr. Es ist mir alles zu viel. Jeder hat sein Leben. Keiner fragt nach mir.«

»Können Sie sich vorstellen, dass Ihr Mann diese Unterlagen gefälscht hat?« Er hielt ihr die Formulare unter die Nase. Ihre Tränen tropften, aber zum Glück daneben.

Stille Post

W as hat Krämer für ein Glück.« Brandt balancierte einen heißen Kaffeebecher ins Auto. Er musste zweimal aussteigen, um mehrere Brötchentüten einzukassieren. So ein Fahrzeugdach war eine praktische Zwischenablage und er freute sich ein Loch in den Bauch, dass er seinem wolligen Fair-Trade-Pullover mit einem karierten, kuscheligen Lieblingshemd als Kratzschutz den Garaus gemacht hatte. Prompt blieb er an der Tür hängen. »Das nennt man dann wohl sich nach Strich und Faden ärgern«, fluchte er und blickte auf eine gerissene Masche. »Sekunde, ich muss Sie kurz abwürgen, aber bleiben Sie dran. Sobald ich fahre, kann ich frei sprechen.«

»Die Route wird berechnet. Ihr Ziel liegt in der angegebenen Richtung.«

Brandt schnallte sich an und bog auf die Innere Kanalstraße in Richtung Lindenthal ab. Der Berufsverkehr war so dicht wie immer. Er fuhr dreihundert Meter und stand. Eine nette Frau auf der Nachbarfahrbahn kniepte ihm aus dem Auto verbindlich zu. Der Mann neben ihr schaute gar nicht so freundlich rüber. Umso netter war es, dass es prompt weiter ging. Bis ans Ende vom Stau. Da kroch sie wieder in ihm hoch, seine Leidenschaft: Warten, warten, gähnen.

»Wo war ich stehengeblieben? Ach richtig! Ich sprach davon, dass Krämer einen unheimlichen Dusel hatte.«

»Und was für ein Glück haben Sie, dass ich Sie über diese furchtbare Detonation von damals informiert habe. Ohne dies hätten Sie die skandalösen Dokumente über die RÜW vielleicht niemals gefunden«, behauptete Frings voller Stolz.

»Was man so Glück nennt«, korrigierte Brandt »denn alle Papiere sind ausnahmslos Fälschungen.«

»Was! Sind Sie sicher?«

»Hundertprozentig geprüft und als falsch eingestuft.«

»Dann hat Krämer also gar kein Green Fake betrieben?«, fragte Frings zögerlich.

»Genau!«

»Dann ist er also unschuldig.«

»Was das angeht, ja.«

»Hm.«

Das Navi bot Brandt keine alternative Route an. Stockender Verkehr auf der Inneren bedeutete immer nur eines: durchhalten zu müssen.

»Und jetzt?«, wollte Frings wissen.

»Wenn Sie mich fragen, muss Fellinger sein ganzes Leben auf Rache an Krämer ausgerichtet haben. Nur deshalb studierte er offenbar Energiewirtschaft.«

»Dann hat er nie verkraftet und verziehen, dass sein Urgroßvater nur verunglückte, weil ihm damals die Pistole auf die Brust gesetzt wurde. Nur durch den Tod seines Urgroßvaters strichen die Krämers die Lorbeeren und Millionen für die Erfindung ein. Fellinger hat die Geschichte seiner Familie nicht losgelassen.«

»So scheint es zu sein. Er lebte inkognito, baute sich eine bürgerliche Scheinwelt auf, schlich sich bei der RÜW ein und hat Krämer durch gezinkte Meldungen an die Presse existenziell bedroht. Er muss diese USB-Sticks an die Presse verteilt haben. Vermutlich wollte er die Streuung in großem Stil fortführen. Denn die Datenträger, die wir sichern konnten, waren alle präpariert.«

»Ein akribisch vorbereiteter Coup«, murmelte Frings.

»So ist es«, sagte Brandt, stoppte, trank vom Kaffee und kramte zwischen den Brötchentüten. Wo hatte er bloß sein Portemonnaie?

»Durch Fellinger geriet Krämers Welt komplett durcheinander. Nach wie vor muss Krämer sich außerdem den verbissenen Umweltaktivisten stellen. Das fordert ihn massiv heraus. Sein Gleichgewicht ist aus dem Lot. Ihm fehlt seine innere Mitte.«

»Ausgerechnet die! Dabei war es immer seine Stärke, aus dieser inneren Ruhe heraus zu handeln.« Frings hustete und räusperte sich mehrmals.

Die Morgensonne blendete Brandt. Er hatte plötzlich wieder den quälenden Gestank des beißenden Rauchs in der Nase und die grässlichen Bilder vor Augen. Die Flammen im Hambacher Forst. Das verkohlte Gerippe. Der blutüberströmte Kopf von Fellinger. Aber auch Krämer am Tatort, als er sich versteckte und völlig arglos getan hatte. Brandt dachte an Kasperski, der immer noch im Koma lag. Ob Krämer die Sache ein für alle Mal beenden wollte?

»Ich halte es für möglich, dass Krämer sich selbst aus der Schusslinie nahm, um Fellinger genau dort zu haben.«

»Was bedeutet das?«, fragte Frings. »Hat Krämer Fellinger getötet?«

»Ja, so sieht es wohl aus. Alles spricht dafür, dass er Fellinger auf die Schliche gekommen ist.« Brandt nippte an seinem grünen Smoothie. »Ich fürchte, der Mord an Fellinger war Krämers Notausstieg.«

»Was haben Sie jetzt vor?«

»Anhalten, aussteigen, Portemonnaie suchen.«

»Bitte?«

Angespannt linste Brandt über das Autodach. Lief um seinen Kombi herum. Öffnete den Kofferraum. Tastete seinen Dufflecoat ab. Ohne Erfolg. Schweißgebadet fuhr er herum.

»Suchen Sie vielleicht das?«, fragte ein junger Mann und schaute ihn breit grinsend an.

»Woher haben Sie — ?«

»Vom Bürgersteig vorm Bäcker«, amüsierte sich der Mann und schüttelte kaum wahrnehmbar den Kopf. »Ich hab Ihre Verladeaktion beobachtet, Ihre Brieftasche eingesammelt und bin Ihnen gefolgt. Erfreulich, finden Sie nicht?«

Keiner hupte, keiner schimpfte, aber alle glotzten – so wie Brandt. »Wie kann ich Ihnen danken?«

»Danken Sie dem Stau. Er zwingt uns, zu entschleunigen«, feixte der Mann. »Und lächeln nicht vergessen!«, rief er Brandt noch zu.

Erleichtert und dem Tipp folgend, stieg Brandt mit hochgezogenen Mundwinkeln wieder ein. Ob auch nichts fehlte? Nein, noch nicht mal ein Cent. Alle Kreditkarten, Ausweise und Euros steckten.

»Los, fahr doch!«, brüllte sein Hintermann.

»Was war los?«, plärrte Frings.

Brandt ignorierte beide Schreihälse.

»Sie müssen mir helfen, Frings. Nutzen Sie Krämers Netzwerk. Hören Sie sich um. Eigentlich sind Sie beide doch immer noch wie Pech und Schwefel. Sie sind wie Pat und Patachon. Wenn Sie der Kopf sind, dann ist Krämer der Hals.«

»Der in einer Schlinge steckt. Und dann häng ich mit am Galgen.«

»Krämer hört Ihnen zu!«

»Was glauben Sie, was er nach der letzten Unterredung von mir hören will? Dass ich ihn auch noch frage, ob er Fellinger erschossen hat? Dass ich das denken könnte, darf er niemals erfahren! Sonst gerate ich selbst in Gefahr. So, wie Krämer gerade tickt, ist dem alles zuzutrauen«, erklärte Frings laut und deutlich. »Krämer benimmt sich nämlich zur Zeit wie ein schmollendes Kind. Ein Kind, das Süßigkeiten räubert, unterm Kopfkissen versteckt und behauptet, der Teddy habe sie gegessen. Nee, Brandt, das machen Sie schön allein. Ich bin raus.«

Brandt lachte. »Krämer ist eher pubertierend. Vielleicht hängen an den Türen der RÜW Sprüche wie: *Für Eltern verboten!* oder *Kein Zutritt für Frings!*«

»Ha, oder für Brandt!«, beschwerte sich Frings.

Hörte Brandt da einen beleidigten Unterton?

»Krämer ist derart verschlossen und präsentiert sich als ein Buch mit sieben Siegeln«, nörgelte Frings weiter. »Je lauter es um ihn wird, desto stiller wird er und desto schneller verkriecht er sich.«

»Akzeptiert. Aber sein Schweigen wird ihn herunterziehen. Geheimnisse können Ängste auslösen. Das Gefühl, nicht offen sein zu können, macht Krämer zusätzlich unzufrieden.«

»Blödsinn! Krämer ist ein Aussitzer.«

»Wegen seines Sitzfleischs?«, alberte Brandt. »Glauben Sie mir, das Schweigen wird für ihn zu einer schweren Last. Ich schwöre, dass mittlerweile selbst seine geistige und körperliche Leistungsfähigkeit eingeschränkt ist.«

»Ich kenne Krämer besser als Sie. Krämer ist der ewige Mikadosieger – wer sich zuerst bewegt, verliert«, erklärte Frings.

»Das gaukelt Krämer vor. Aber in Wirklichkeit wird es für ihn ganz bestimmt immer mühseliger, Verstecktes verborgen zu halten.«

»Sie sind überzeugt, Krämer könnte schwächeln?«

Brandt parkte auf dem Campus ein. Eine Gruppe Studenten bewegte sich ins Vorlesungsgebäude.

»Nicht fragen, Frings, feststellen!«, sagte er, biss in ein knuspriges Käsebrötchen und nuschelte ein »Tschühüs«.

Es musste etwas geben, das Krämer aus der Reserve lockte, ihn regelrecht umhaute. Einen Denkanstoß, eben!

»Also Sie sind diejenige, die mir die dubiose Schokobombe heimlich auf den Schreibtisch gelegt hat«, sagte Krämer verblüfft.

»Wieso Bombe?«, fragte Valerie. »Eine Eissplittertorte hat deutlich mehr Kalorien.«

»Ich meinte nicht den Brennwert.«

»Aha! Na gut, auch wenn ich Sie gerade nicht verstehe, ich wollte Sie auf keinen Fall erschrecken«, beteuerte Valerie und reichte ihm eine Zartbitter. »Ich dachte, eine Tafel könnte Ihnen Trost spenden. Weil momentan Ihre Sympathiewerte leiden.«

Zufrieden betrachtete er den dunklen Schmelz, der sich in sein Blickfeld drängte. Das Wasser lief ihm im Mund zusammen. Er war ihre Penetranz und Anmaßung inzwischen gewohnt.

»Es ist reizend von Ihnen, und ich weiß Ihre Fürsorge zu schätzen«, redete er salbungsvoll daher und ergänzte mit übertriebener Bescheidenheit: »Allein dieser Aufwand – das müssen Sie doch nicht tun.«

Valerie erlaubte sich einen kurzen Blick auf Krämers Handy, um zu überprüfen, wer anrief. »Na ja, Sie sollten zwar versuchen, den Kopf freizubekommen und nicht immer erreichbar zu sein«, tadelte sie und wies mit einem Finger auf den Knopf in Krämers Ohr. »Aber das ist wichtig.«

Das Handy zappelte und tanzte und nervte. Krämer griff zu einer Büroklammer und begann, sie zu verbiegen.

»Sie wieder! ... Hallo? ... Hallo?«

Brandt faltete eine Brötchentüte klein, verstaute sie im Handschuhfach und legte den ersten Gang ein.

»Herr Krämer, nur ganz kurz: Die Ermittlungen im Mordfall Fellinger machen es notwendig, dass wir Ihr Handy konfiszieren.«

»Muss das sein?«

»Ja, das muss sein.«

»Erst meine Pistole, jetzt mein Telefon. Verdächtigen Sie mich etwa?«, fragte Krämer.

»Das hab ich nicht gesagt. Ich habe Sie nur gebeten, uns Ihr Handy für eine Überprüfung vorzulegen.«

Brandt wartete ab und sah dabei auf die Tankanzeige. Das Maß war voller als gedacht.

»Wir haben Anhaltspunkte dafür, dass Sie möglicherweise in der Mordnacht im Hambacher Forst waren.«

»Nehmen Sie nicht alles für bare Münze«, erwiderte Krämer.

Die Antwort kam für Brandt nicht nur überraschend, sondern auch entschieden zu schnell. Woher sollte Krämer wissen, welche Entdeckungen er gemacht hatte? Außerdem hatte er in seiner Stimme ein leichtes Zittern gehört. Konnte es sein, dass Krämer seinen Anruf erwartet hatte?

»Auch wenn der dunkle Fleck in Ihrer Unternehmensagenda Jahrzehnte zurückliegt, der tote Fellinger tut das nicht. Sie haben bei der Aufklärung eine Mitwirkungspflicht. Sowohl für den Tag der Ermordung als auch für den Tag von Kasperskis Unfall müssen wir Ihre Standortverläufe ermitteln«, erklärte Brandt scharf. Er zögerte keine Sekunde, er wollte ein exaktes Bild haben.

Krämer mampfte geräuschvoll.

»Guten Appetit!«, sagte Brandt spitz. »Geht das auch dezenter?«

»Eher nicht. Eher glaube ich, Sie haben keinen richterlichen Beschluss.«

»Sobald ich diesen bekomme, werde ich für beide Tage eine Funkzellenabfrage vornehmen lassen. Das wird zeigen, ob Sie zu den Tatzeitpunkten in der Nähe vom Hambacher Forst waren.«

»Wenn – ich eingebucht war.«

»Waren Sie, Krämer?«

»Jetzt werden Sie mal nicht übergriffig, oder haben Sie mir etwa schon eine *Stille SMS* geschickt?«, fragte Krämer gereizt.

Brandt schmunzelte. Wie gut Krämer Bescheid wusste, was machbar war, um einen nachverfolgbaren Datenverkehr zu generieren.

»Wundern Sie sich gerade über mein technisches Verständnis?«, fragte Krämer frech.

»Wissen Sie was? Sie geben mir jetzt sofort einen Termin oder ich lasse Sie vorladen. Haben wir uns verstanden?

»Das klappt nicht.«

»Dann kriegen Sie es ans Klappen!«

»Schwierig – das sieht nicht gut aus. Alles voll, alles voll … Wie wäre es mit nächster Woche Freitag?«, schlug Krämer vor.

»Wie bitte?«

»Ich weiß nicht, wo mir der Kopf steht. Zu viele Dinge auf einmal.«

»Soll ich Ihnen einen Crashkurs in Multitasking geben? Ich glaube nicht, dass Sie über eine geringe Auffassungsgabe verfügen, sonst fühlte ich mich nicht erheblich verschaukelt. Das ist übrigens eine Konstante, dass ich durch Sie regelmäßig Schaukelpferdgefühle entwickle. Sind Sie eigentlich gern Unternehmer?«

»Jetzt gerade nicht.«

»Dann hab ich eine gute Nachricht für Sie.«

»Die wäre?«

»Sie werden nicht mehr lange Unternehmer sein.«

»Okay. Danke, Brandt, und tschüss!«

»Hören Sie zu! Ich weiß, dass in Ihrer Vergangenheit eine Riesensauerei passiert ist. Und, dass das einen Menschen das Leben gekostet hat. Ich vermute sogar, zwei. Vielleicht muss ich auch meine Brandleiche dazuzählen. Bleibt noch Kasperski. Dann wären es vier. Und ich bin mir ziemlich sicher, dass einige Journalisten dieser Stadt großes Interesse daran haben.«

»Gut, Herr Brandt. Ich kenne jemanden, der dafür sorgen kann, dass Sie in Zukunft diese Drohungen unterlassen. Und dass Sie ganz schnell im letzten Loch von Köln versinken.«

»Da sind Sie zu spät, Krämer.«

»Dann bleiben Sie in der Leitung.«

Brandt wartete und hörte Krämer sprechen.

»Ja, *jröß* dich! Ferdinand hier ... du, ist dein Chef ... ah ... in einer Sitzung ... keine Zeit ... und morgen ... auch nicht ... äh ... ich ... ich ... ruf wieder an«, sagte Krämer und hustete.

Brandt grinste. »Sehen Sie Krämer, mit Ihnen und den Meldungen über Ihre RÜW haben anscheinend auch Stadtoberhäupter ein Problem. Politiker hassen schlechte Presse. Und wenn die Medien über Ihre Familiengeschichte und über Ihre Taten berichten, werden Ihre Anhänger Sie fallen lassen wie eine heiße Kartoffel. Die Titelseiten sind für Sie sowieso schon reserviert«, erklärte er. »Krämer?« Brandt horchte. Diese aalglatte Stille bei Krämer. »Hallo, was ist? Denken Sie nach?« Diese orakelhafte Stille bei Krämer. »Noch immer blocken Sie, werden patzig. Noch immer behaupten Sie, Sie hätten nichts gemacht. Noch immer verstecken Sie sich hinter der Halbwahrheiten. Sollte Fellinger den Preis für seine gegen Sie gerichtete Presseeskapaden bezahlen?«

»Ich sag nichts mehr!«

»Es ist vorbei, Krämer! Es ist nur eine Frage der Zeit – irgendwann verraten Sie sich selbst. Auch ohne den Mund zu öffnen. Wehe, Sie haben Blut an den Händen! Kommen Sie beichten!«

In Sankt Gereon

M anche Wege musste man allein gehen. Ohne Familie. Ohne Freunde. Nur er. Auf Zehenspitzen betrat er die schummrige Basilika mit dem mächtigen Rippengewölbe und hielt inne. Kirchen und Reliquien waren es gewesen, die Köln als Heilige Stadt etabliert hatten. Zahlreiche prachtvolle Bauten bestimmten das Stadtbild. Aber das Dekagon von Sankt Gereon war herausragend. Vier Stockwerke hoch – und jedes begehbar. Voller Ehrfurcht legte er den Kopf in den Nacken und drehte sich wie ein Kreisel, aber in Zeitlupe. Er bekam eine Gänsehaut, als er mit offenem Mund in die größte Kuppel nördlich der Alpen schaute. Maßwerkartig gruppierte Fenster setzten mit ihrem Farbklang ungewöhnliche Akzente. Fenster mit Chiffren sakraler Wesen wie Aposteln, Propheten und im Zentrum das Lamm Gottes, umgeben von Maria und Johannes dem Täufer erzeugten im Kirchraum ein angenehmes buntes Flirren. Das Spiel des Lichts hatte eine unerschöpfliche Faszination. Er konnte sich an dieser kühnen Architektur mit den antiken Mauerbögen gar nicht sattsehen – einer Mischung aus gotischen Formen und rheinischer Romanik.

Warum war er dem Sog des klaren Glockenläutens nicht mehr gefolgt? Wie lange schon war er nicht in einen Gottesdienst gegangen? Wie lange sollte das noch gehen? Während er so da stand, fühlte er sich wie ein Kind an Weihnachten – vor der ersehnten Bescherung. Er harrte aus, schaute weg und hoffte, dass ihm der Glaube ans Christkind noch helfen konnte. Irgendwann ginge der Vorhang wieder auf. Irgendwann würde er wieder Licht am Horizont sehen. Er durfte die Hoffnung nicht sterben lassen und schloss die Augen. Wankte. Wackelte. Zerrte am engen Kragen seines Rollis. Röchelte, lehnte sich schnell an eine Wand und langte mit den Fingerspitzen in die Weihwasserschale. Wie war das noch gewesen? »Im Namen des Vaters, des Sohnes und des Heiligen Geistes«, rief er und hielt sich erschrocken die Hand vor den Mund. »Amen«, flüsterte er, und ein fauler Geschmack breitete sich in seiner Mundhöhle aus. Rasch atmete er mehrmals süßen, würzigen Duft ein. Ob Weihrauch eine balsamische Wirkung hatte? Könnte der Duft Gottes die Schmerzen seiner verharzten Seele lindern?

Zögerlich und mit hängenden Schultern schlich er über den reliefartig gestalteten Fußboden. Er folgte schwer atmend dem Martyrium des heiligen Gereon, vorbei am Opferstock, den Mittelgang hinunter und immer das lebensgroße Alabasterkreuz im Blick. Hin zum jüngsten Gericht. An den Stufen zum Turmjoch blieb er stehen, schaute in den Hochchor und auf das eindrucksvolle Altarbild und verlor sich im irdischen Köln. Ein Wechselbad der Gefühle ließ ihn erst schwitzen und dann frieren. Schlotternd vergrub er seine Hände tief in den Hosentaschen. Fühlte etwas Klebriges, Rundes, Hartes. Schnippte den Drops mit einem Finger auf eine Holzbank und lutschte verstohlen am Daumen. Kein Schnuller dieser Welt hätte ihm seine Angst nehmen können.

Der Rücken schmerzte. Die Augen brannten. Der Schädel brummte und war so leer wie ein ausgehöhlter Hokkaidokürbis. Dabei hatte er Aufgaben abzuarbeiten – und die Liste wurde täglich länger. Brandt verlangte sein Handy. Seine Frau hatte den Gärtner für die Dachbegrünung bestellt. Die Umsatzzahlen purzelten in Rekordtiefen. In den Medien tobten Diskussionen. Unangenehme Fragen verbreiteten sich in Fernsehinterviews wie Aerosole. Letztens fiel sogar der Name Dubois. Richtig schlimm wurde es für ihn, als sich diese Sendungen wiederholten. Er war in einer Schleife gefangen. Ob er sich je wieder befreien konnte, während seine Kraftreserven zur Neige gingen? Und bei Twitter erhob sich zeitgleich das übliche Gemecker über einen Mangel an Transparenz. Kunden seit Wochen bei Laune zu halten, machte ihn mürbe. Die Stimmung war extrem infektiös und hatte selbst Frings angesteckt. Dazu lauerten Umweltschützer hinter jedem Baum und dieser penetrante Struwwelpeter im Schlaf auf ihn.

Aber was nutzte alles Schweigen? Krämer drehte sich um. Heute würde er es tun. Er hatte das Gefühl, es tun zu müssen.

Auch wenn er sich wie gelähmt fühlte. Abwechselnd spreizte er die Finger und ballte eine Faust. Aber er setzte einen Fuß vor den anderen und lief Schritt für Schritt durch das Seitenschiff. Ob er den Beichtstuhl in der hinteren Ecke wählen sollte? Unsicher blickte er über die Kirchbänke.

Nur eine einzige Person saß da. Eine alte, zierliche Dame betete, ganz in sich versunken. In einer Nische brannten fünf Opferkerzen.

Krämer strich sich über die Wange. Ein Windzug löschte alle Flammen. Die Eingangstür fiel ins Schloss. Der hallende Knall unterbrach die Stille. Krämer spähte an einem Pfeiler vorbei. Niemand war zu sehen. Trotzdem näherte sich ein rhythmisches Schlurfen. Er wandte sich wieder ab, lief weiter, schaute auf das Eisengestell. Eine der Opferkerzen brannte wieder. Krämer runzelte die Stirn, drehte sich um und sah eine Gestalt näherkommen. Flink bewegte er sich zum Beichtstuhl und versteckte sich dahinter. Ob er besetzt war? Warum nur hatte er Johanna zuliebe das Karatetraining sausen lassen? Er spitzte die Ohren. Hörte keine Stimmen. Hörte keine Schritte. Aber den Magen knurren. Das übertönte sogar das Herzklopfen. Er war mutterseelenallein. Niemand war ihm mehr wohlgesinnt, niemand nahm ihn einfach mal in den Arm – außer Johanna, vielleicht. Frings erst recht nicht mehr und schon gar nicht aus Freundschaft. Als hätte er die Pest! Krämer knabberte an der Unterlippe. Bis jetzt sah er keinen Ausweg aus dem Streit. Aber er brauchte Frings' Rat nicht. Dieser Pfeil, der sich durch hunderte Schokoladentafeln in seine Seele gebohrt hatte, saß. Im Gegensatz zu Speck wurde man Worte nicht wieder los. Auch, wenn Frings seine Spitzen vielleicht schon längst wieder vergessen hatte. Alles andere würde ihn jedenfalls wundern.

Krämer schaute um die Ecke. Jetzt könnte er einmal in den Beichtstuhl sehen. Sanft berührte er den Vorhang, als er plötzlich einen starken Druck in der linken Seite spürte. Stocksteif blieb er stehen.

Eine hohe, krächzende Stimme kicherte.

»Keine Angst, Krämer, ich bin bei dir. Sei ganz ruhig und tu so, als ob wir beide uns unterhielten«, hauchte ihn jemand an.

Krämer starrte auf die schrankartige Einrichtung vor ihm und wagte es nicht, den Kopf zu drehen. Mit Schrecken fiel ihm Johannas finstere Begegnung hinter dem Kaiser-Wilhelm-Ring ein.

»Wer sind Sie? Was wollen Sie von mir?«

»Los, geh da entlang. Mach keinen Aufstand, sonst knall ich dich gleich hier ab«, zischte jemand in heiserem Ton.

Die alte Frau auf der Bank guckte zu ihnen hinüber, aber gleich wieder weg.

»Na los, nach hinten! Zu der Nische! So ist es brav.«

Krämer merkte, dass es gerade schlecht war, zu sprechen. Schlecht für seine Gesundheit. Allein dieser widerliche Gestank aus Modder und kaltem Qualm verursachte bei ihm eine leichte Übelkeit.

»Beeilung, ab an den Stumpf! Und jetzt geh noch einen Schritt vor. Aber keine einzige dumme Bewegung, sonst blase ich dein Licht aus.«

Krämer versuchte, sich zu rühren. Seine Beine reagierten nicht. Er begann zu hecheln. Ein qualvoller Krampf zog vom rechten Fuß hoch in die Wade.

»Wird's bald?«

Krämer zuckte von einem erneuten Stoß in die Seite zusammen und schluckte. Er hatte keine Ahnung, was diese Gestalt von ihm wollte, aber er konnte die Mordlust in der Heiserkeit hören. Er konnte am Ton erkennen, wie die Person die Zähne fletschte.

»Näher an den Steinklotz!«

Schweren Schrittes trat Krämer an die Blutsäule. Seine Hände kribbelten. Die Finger wurden taub. Der Puls raste. Der Krampf tat immer noch höllisch weh, und das bohrende Etwas in seiner Seite hakte sich widerstandslos ins Fleisch. In diesem Etwas lauerte der Tod. Das ahnte er. Das roch er.

»Deine Zeit ist gekommen!«

Krämer schüttelte heftig den Kopf. »Nein«, wimmerte er.

»Wenn ich jetzt schieße, kräht kein Hahn mehr nach dir. Du hast nicht nur diesen Fellinger auf dem Gewissen, ich weiß es genau.« Die Stimme kicherte wie über einen gelungenen Witz.

»Ich hab das alles nicht gewollt.«

»Was heißt, ich hab das nicht gewollt? Gestehe, dass du Kasperski von der Brücke gestoßen hast. Wenn der aus dem Koma nicht mehr aufwacht, hast du ein fettes Problem. Mit mir. Und wenn er aufwacht, auch. Mit ihm. So oder so wirst du deines Lebens nicht mehr froh. Also gib es endlich zu! Überlege gut. Noch kannst du deine Unschuld beweisen. Kennst du die Blutsäule?«

Krämer senkte den Kopf. Er versuchte an etwas Schönes zu denken, aber ihm fiel gerade nichts ein.

»Du zitterst ja.«

»Nein.«

»Glaub es: Rein an diesem Stein soll einst Blut gegossen sein! Sollt ich schuldig sein, so ist hier die Strafe mein«, drohte die heisere Stimme. »Da du selbst ein Mörder bist, wird es dich vermutlich kaltlassen, dass der heilige Gereon und seine Truppen an dieser Stelle einen grausamen Märtyrertod gestorben sind. Die Säule wurde dabei mit ihrem Blut getränkt. Seither kann der Turm alle Sünder entlarven. Wer betrogen oder gemordet hat, stirbt. Also fass die Säule an!«

»Nein.«

»Fass sie an! Mach schon!«, zischte es.

»Bitte nicht!«

»Siehst du, selbst du hältst dich für unglaubwürdig. Wir wissen, wo du wohnst, und wir sind viele«, flüsterte die raue Stimme und sie klang hochzufrieden. »Hast du dir etwa in die Hose gepisst?«

Krämer bewegte sich keinen Millimeter, zuckte nicht, schloss die Augen. Er versuchte unauffällig seine Brust zu heben und zu senken. So wenig wie möglich Atemgeräusche zu zeigen, kein Zeichen des Lebens zu geben. Nicht wackeln, nicht wanken, nicht taumeln – unter der Last der Angst.

Er stutzte. Der Druck auf seine Seite war verschwunden.

Die bedrohlich hauchende Stimme in seinem Nacken schwieg.

Ganz langsam neigte er sich nach hinten, spürte keinen Widerstand. Wieder nach vorn. Wieder nach hinten. Ungläubig drehte er sich, da rammte etwas Hartes in seinen Magen. Er rang nach Luft, und er glaubte noch, die Stimme kichern zu hören.

Als er wieder erwachte, sah er die Augen der alten Dame forschend auf sich gerichtet. Das aus den bunten Fenstern einfallende Licht ließ ihre Haut glatt erscheinen und ihre Augen glitzern. Sein Schädel dröhnte. Er hörte die Engelchen singen und hatte Zeit verloren. So einiges war in den vergangenen Wochen aus dem Ruder gelaufen, und das Wasser stand ihm bis zum Hals.

Die alte Dame lächelte gutmütig. »Soll ich den Pfarrer rufen?«

Seilschaften

So sicher wie das Amen in der Kirche wollte sie heute jeden Meter des faszinierenden Panoramas genießen.

»Wir schweben!«, freute Agi sich. »Wenn das nicht ein Highlight ist!«

»Im wahrsten Sinne des Wortes«, maulte Johanna. »Ich hätte gut und gerne auf diesen Höhenflug verzichten können und—« Sie verstummte jäh. Ein heftiges Rütteln. Ein harter Ruck. Mit beiden Händen umklammerte sie die Sitzkante, als die Kabine den ersten Pylonen überrollte.

»Bist du aufgeregt?« Agi schaute sie vergnügt an. »Die Gondeln sind die schnellste Verbindung zwischen Zoo und Rheinpark.«

»Ich freu mich tierisch«, sagte Johanna und verdrehte die Augen.

»Guck, auf der Zoobrücke ist Stau. Dort ständen wir jetzt auch. Also, ich bin froh, dass es zwischen den Rheinufern in Riehl und Deutz eine alternative Verbindung gibt. Macht doch Spaß!« Agi rutschte auf der Bank hin und her. »Göttlich, dass wir für uns diese knallrote Kabine mit der Expresswerbung ergattern konnten!«

»Trotzdem kutschiert die uns auch nicht schneller«, murrte Johanna und knibbelte an dem Ticket der Claudius Therme.

»Du bist übrigens mindestens genauso rot!«, bemerkte Agi und grinste.

»Im Gesicht?« Johanna prüfte ihre Stirn. Die Hände waren deutlich kälter, aber gleichermaßen feucht. »Hoffentlich kein Fieber.«

»Macht ja nichts«, erklärte Agi. Sie wollte auf ihre Nervosität nicht eingehen, ihr bewusst keinen Raum geben. Dafür war eine Gondel der falsche Ort.

»Auch die KöKös bekommen diesen Sommer ihre Kabine. In Blau und Weiß und Rot. Sehr frongßösiesch – parfäää«, sagte Agi und warf ihr offenes Haar nach hinten, durchkämmte es mit beiden Händen und legte den Hals frei.

Johanna knibbelte weiter am Ticket. »Tu mir bitte einen Gefallen – hör auf zu hampeln! Spürst du denn nicht, wie wir schaukeln?«

»Hängen«, flachste Agi, hob die Hände, spreizte die Finger und beugte sich mit unheilverheißendem Blick zu ihr hinüber. »Am seidenen Faden.«

Johanna schüttelte den Kopf.

»Hör auf!« Sie versuchte ein Lächeln, faltete die Hände und spähte vorsichtig in die Tiefe. »Ferdinand will mit seinem Boot nach Südfrankreich. Ich möchte lieber mal wieder in die Berge. Die rufen schon lange.«

»Wenn bei mir der Berg ruft, ist es meist meine Wäsche«, kicherte Agi und legte den Kopf schief. »Soll ich mich neben dich setzen? Oder magst du den Platz tauschen?«

»Warum? Ich bin heilfroh, dass wir uns gegenübersitzen, sonst gerät das Teil noch in Schieflage. Und für einen Platzwechsel ist die Kabine viel zu eng.«

»Quatsch!«

»Trotzdem.«

»Wie kann man bloß so bockbeinig sein. Wenn wir tauschen würden, hättest du einen phänomenalen Blick auf die Rheinuferstraße.«

»Um genau was zu sehen?«

»Na, das Kölner Klimaradeln.«

»Ach, du lieber Gott. Das auch noch.«

»Ich finde diese Idee klasse. Warum nicht dazu motivieren, vom Auto aufs Rad oder auf öffentliche Verkehrsmittel umzusteigen? Mach doch selbst mal mit!«

»Mach ich doch gerade.«

»Aber nur widerwillig.«

»Das ist gemein! Ich hab halt ein ungutes Gefühl und lieber festen Boden unter den Füßen. Außerdem möchte ich vorsichtig sein.«

»Vorsichtig wobei?«

»Bei Massenaufläufen. Weißt *du,* wer da alles lauert?«

»Nee, aber du anscheinend. Also wer?«

»Keine Ahnung, wer genau. Kann ich dir nicht sagen. Aber du weißt ja, wie stark wir gerade von ein paar Umweltschützern und den Medien attackiert werden. Die machen Ferdinand fertig. Die wollen ihn provozieren, bis er daran zerbricht. Ich habe echt Angst um ihn. Das bleibt aber unter uns, Agi.«

Agi nickte eifrig und kreuzte an beiden Händen den Mittelfinger über den Zeigefinger. »Es wird so viel Fieses gemunkelt, aber von mir – kein Sterbenswörtchen!«

Johanna musterte sie.

Schnell drehte Agi ihre Haare zum Knoten.

»Und was ist mit Caro Fellinger?«, entfuhr es ihr, und sie biss sich auf die Unterlippe. Dass sie ihr vorlautes Mundwerk nie zügeln konnte. Verlegen juckte sie sich die Nase.

»Caro Fellinger?« Johanna zuckte die Schultern. »Woher soll ich das wissen? Ich glaube, die RÜW zahlt ihr noch ein paar Gehälter. Fellinger hatte eine gute Position.«

»Aber für eine Teilhaberschaft hat es nie gereicht, oder?«

Johanna bot ihr ein Minzbonbon an. »Tja, es wird einen Grund geben, warum Ferdinand prinzipiell keine Mitgesellschafter zulässt. Er sagt immer: Die RÜW gehört den Krämers. Selbst bei einer Firmenpartnerschaft würde er immer Mehrheitseigner bleiben. Was meinst du, wie viele gute Angebote von Investmentgeiern ihm auf dem Tisch liegen – noch und nöcher!« Johanna steckte sich das Bonbon in den Mund, zog ihr Handy aus der Tasche, wischte über die Oberfläche, fuhr sich durch die Haare und betrachtete sich im Display. »Die sind so dünn geworden«, beklagte sie sich.

»Unsinn.«

»Doch, guck mal.« Johanna senkte den Kopf.

»Auweia! Stimmt.«

»Was? So schlimm?«

»Nee, aber—«

»Wie jetzt – ja oder ja?«

Agi wog bedächtig den Kopf. »Deine Pracht beweist Mut zur Lücke.« Vor Lachen fiel sie fast von der Kabinenbank. Dabei schwankte die Gondel hin und her und schlug wie ein Pendel nach beiden Seiten aus. »Oh, ist das lustig!«, rief sie und klatschte mehrfach in die Hände und hielt sich den Bauch.

»Mensch, Agi, hör auf zu lachen! Wenn wir hier runterfallen, sind wir tot!«, schimpfte Johanna.

»Die Ruderer dort unten werden uns retten. Komm, wir winken ihnen! Huhu!«

»Warum akzeptierst du nicht, dass ich Angst habe?«

»Hast du die auch, wenn der *Decke Pitter* läutet und du währenddessen im Dom sitzt? Die Petersglocke beschwingt nicht nur dich!«

Nervös wischte Johanna über das Telefondisplay.

Agi kräuselte die Stirn. »Tippst du sicherheitshalber schon mal den Notruf ein?«

Johanna wischte kommentarlos weiter.

»Sprichst du nicht mehr mir? Du könntest wenigstens dieses Whatsappen sein lassen? Oder hast du keine Lust auf unseren Ausflug? Appst du auch gleich beim Schwimmen?«, fragte Agi und zupfte an Johannas Jacke. »Hey, nicht schmollen. Deine Haare sind okay. Und das Image eurer RÜW ist schnell wieder auf Vordermann gebracht. Ich sag dir, was dem Unternehmen fehlt: die Balance zwischen Glaubwürdigkeit und flockiger Verpackung. Dafür müsst ihr vernünftige Werbung in eigener Sache machen.«

»Selbstbeweihräucherung?«

»Nee, schlaue Eigenreklame. Dann ist das verlorene Image im Nu wieder präsent.«

Johanna lächelte sie an. »Erzähl schon, du Nervensäge.«

»Also: Eigenwerbung ist nichts anderes, als wenn du dich für eine Gala am Samstagabend in Schale schmeißt. Aber es kommt auf das perfekte Zusammenspiel an. Ist die Robe zu schrill, ziehst du die falschen Blicke auf dich. Ist die Frisur unspektakulär, sieht dich keiner. Also künstliche Wimpern für den verführerischen Augenaufschlag und los? Genau das wäre falsch! Das Zauberwort heißt Authentizität. Wenn du in den Spiegel schaust, möchtest du dich noch selbst erkennen, oder? Die RÜW muss ihren Kern und ihre Essenz zeigen. So funktioniert Profilbildung.«

»Erstaunlich. Wo hast du das denn gelernt?«, fragte Johanna sichtlich beeindruckt.

Agi lächelte stolz.

Johanna fingerte an ihrer kurzen goldenen Halskette. »Ich finde sowieso, dass du dich in letzter Zeit gern aufbrezelst. Roter Lippenstift, starkes Rouge ... Hast du diesen Tipp mit der Eigenwerbung aus einem Modemagazin? Wie den neuen Gürtel, den du trägst? So einen hätte ich auch gern. Aber ich befürchte, wir müssen unseren demnächst enger schnallen.«

»Geht nur mit einer schmalen Taille. Hula-Hoop hilft.«

»Shaken à la Shakira?«

»Ja, hullern ist der neueste Schrei und das sogar mit eingebauten Massagenoppen. Lässt das Fett an Hüften und Bauch schmelzen. Für den Anfang ist auch ein Beckengürtel empfehlenswert. Vom vielen Üben kannst du Blutergüsse bekommen.«

»Die kriegt man auch durch Treppenstürze«, nörgelte Johanna. »Das ist nichts für mich. Der Reifen würde sich zwischen meinen Rettungsringen ausruhen.«

»Bei Hula-Hoop ist ein Sixpack nicht ausgeschlossen«, witzelte Agi.

»Na, dann schlage ich diesen Reifen mal meinem Gatten vor. Schoko adieu!«

»Das könnte ihm gefallen. Wenn auch nur gegen Speck, aber Hauptsache, er hätte eine neue Geheimwaffe. Hat dein Gatte eigentlich die gefilzte Pistole von der Spurensicherung zurückbekommen?«

»Nee.«

»Hm.«

»Die werden nichts finden!«

»Hoffentlich. Die Spuren, die Waffen erzeugen, sind individuell. Also charakteristisch. Was die abbilden, gibt es kein zweites Mal. Ich hab recherchiert. Weißt du, was eine Beschussprobe ist? Pass auf: Mit der mutmaßlichen Tatwaffe wird auf ein neutrales Ziel geschossen. Das besteht üblicherweise aus einer gallertartigen Masse. Dann sichert man sowohl Hülsen als auch Projektile, vergleicht, ob diese mit denen von Tatort und Opfer übereinstimmen. Und jetzt kommt's – die beim Abschuss entstandenen Spuren an Hülsen und Projektilen, die sind genauso einzigartig wie Fingerabdrücke. Wahnsinn, oder? Und schwups hat man die Tatwaffe.«

Johanna sah sie fassungslos an. »Wieso beschäftigst du dich mit solchen Dingen?«

»Nun, dein guter Gatte legt zur Zeit ein merkwürdiges Verhalten an den Tag. Ist dir das nicht aufgefallen?«

Johanna betrachtete ihre transparent lackierten Fingernägel. Plötzlich erinnerte sie sich wieder. Ferdinand hatte sie gebeten, nicht über die Firma zu reden. Sie bemühte sich, leicht verwirrt zu klingen. »Doch, doch, aber er ist halt sehr beschäftigt.«

»Beschäftigt? Beschäftigt sind wir alle.«

»Verdammt, ich darf nicht—«, stammelte Johanna und sprach bewusst nicht weiter. Warum musste Ferdinands Redeverbot sie in eine derartige Erklärungsnot bringen? Ausgerechnet Agi gegenüber, die sowieso darauf bestehen würde, mehr von ihr zu erfahren?

»Johanna, weißt du noch, wie wir als Kinder barfuß über ein Stoppelfeld gelaufen sind und uns die stacheligen Halme unter den Füßen piekten?«

»Ja. Und ich wusste nur, dass ich mich ganz schnell vom Acker machen wollte.«

»Genau. Das hab ich schon damals nicht zugelassen und werde es heute auch nicht tun. Außerdem bin ich jetzt der Halm. Also?«

Johanna achtete auf Agis eisernen, stechenden Blick. Ihr blieb keine Wahl.

»Also, ich vermute«, begann Johanna. »Nein, ich glaube … Nein, ich weiß … ach egal … dass sein komisches Verhalten daran liegen könnte, dass Ferdinand dermaßen unter dem Bruch der Freundschaft leidet.«

Agis Augenbrauen wanderten nach oben. »Tja, ja, das könnte durchaus sein. Ein guter Freund ist wie ein vierblättriges Kleeblatt – schwer zu finden und großartig zu besitzen.«

»Ich finde Agi, man muss zusammenhalten, füreinander da sein. Das ist ein Naturgesetz. Was zwischen diesen beiden Kampfhähnen abgeht, ist kindisch.«

Agi schmunzelte. »Sollen wir ihnen den Sandkasten erweitern und neue Schüppchen kaufen?«

Johanna steckte ihr Handy ein und schob ihre Tasche von sich weg. »Dieser Streit ist unter ihrem Niveau.«

»Ist Niveau etwa keine Hautcreme?« Agi zog kurz eine Grimasse. Die kaffeebohnengroßen Grübchen in ihren Wangen lachten wie ihre Augen. Dann wurden sie ebener. »Nun gut, wenn das alles ist? Ich werde nochmals mit Jean sprechen. Versprochen.«

Johanna strich sich die Haare zurück. »So gesehen, ist unsere Seilschaft noch gesichert. Hängt aber davon ab …«

»Hängt wovon ab, Johanna?«

»Davon!« Ängstlich und mit einem kurzen Aufschrei starrte Johanna nach draußen und deutete mit zitternder Hand auf die zappelnden Transportbänder. Panisch wischte sie sich über das Gesicht. Hastig drückte sie sich in die Ecke und schrie und zuckte, schrie sich die Seele aus dem Leib! Ohrenbetäubendes Quietschen übertönte ihre Hilferufe. Wild blickte sie um sich.

Agi sprang auf, streckte die Arme nach ihr aus, aber ein schlagartiger Ruck schleuderte sie gegen das Seitenfenster. Die Kabine stand. Die Bänder wippten gespenstisch nach. Sie spürte, wie die Schwingung abflachte. Vorsichtig rappelte sie sich wieder auf und rieb sich den schmerzenden Oberarm.

»Puh, das war wirklich heftig. Ich … ich …«, stotterte Johanna. »Ich bin letztens am Ring verfolgt worden, seitdem habe ich ständig Panikattacken. Ich kann momentan an nichts anderes mehr denken«, flüsterte sie und zitterte wie Espenlaub. »Ich hab solche Angst.«

Agi atmete durch und setzte sich zu ihr.

»Klar, und wovor hast du jetzt genau Panik? Dass jemand dich Tage später bis zur Seilbahn verfolgt und uns mit seiner Kabine rammen will?«, amüsierte sie sich und stupste ihrer Freundin mit dem Zeigefinger gegen die Stirn. »Du spinnst!«

»Vielleicht handelt es sich um eine geplante Sabotage am Seil?«

»Ganz sicher, und zwar ausgerechnet, wenn du über dem Rhein baumelst. Schluss jetzt! Deine Hysterie ist absurd. Es ist höchste Zeit, dass du in die Therme kommst und entspannst. Ich hoffe, das wirkt.«

»Und wenn er mich da findet und die Sauna verriegelt, während wir drin sind?«, raunte Johanna.

»Schluss jetzt!«, rief Agi streng und gab ihr einen Knuff in die Seite. »Schau mal, wir hängen nur noch zehn Meter über dem Boden. Sollte ein Unglück passiert sein, müssen wir noch nicht einmal abgeseilt werden. Ich hab das mal beobachtet. Das ist ganz einfach. Der Feuerwehrmann müsste uns nur helfen, in einen Steiger zu klettern.«

Es ruckelte erneut.

»Juhu, wir fahren wieder! Wusstest du eigentlich, dass die Busse und Bahnen in Köln jeden Tag insgesamt rund einhunderttausend Kilometer zurücklegen und damit quasi knapp zweieinhalb Mal um die Erde gondeln?«

»Die letzten neunhundertdreißig Meter haben mir gereicht«, sagte Johanna leise.

Agi schüttelte verständnislos den Kopf. »Wieso? Läuft doch!«

Krämer brauchte nicht lange, um zu erkennen, dass offenbar mal wieder etwas schief gelaufen war. »Johanna? Bist du das? Himmel nochmal, beruhige dich, ich kann kein Wort verstehen.« Er hielt sein Handy weit von sich, weil sie so schrie und stellte auf Lautsprecher. Schon drehten sich Spaziergänger um, die seinen Aussichtspunkt passierten. Er verstand *Sabotage* und *Seil* und *einfach tot, tot.* Aber einen Reim konnte er sich nicht darauf machen.

Ungeduldig zupfte er dabei an einem Zweig. Neben einem leuchtend lilafarbenen Fetzen trieb das erste Grün. Er sah einen Regenschauer heranziehen, der jetzt die astronomisch große Grube am Hambacher Forst überschattete, und wartete auf mehr.

»Nur wegen dir, nur wegen dir«, rief sie immer wieder.

Geschlagene zehn Minuten brauchte seine Frau, bis sie ihm erzählt hatte, was sie dermaßen in Wallung brachte.

»Du bist an allem schuld! Das ist mir jetzt klar! Warum hast du das getan?«, fragte Johanna empört.

»Ich war es leid. Du weißt doch, dass ich es nicht ausstehen kann, wenn Dinge nicht richtig laufen.«

»Und da hast du kurzerhand Tabula rasa gemacht?«

»Das war längst überfällig.«

»Aber wir hätten vorher darüber reden können.«

Krämer versuchte ein verlegenes Lachen. Er wusste nicht, ob es ihm gelungen war. Aber zumindest wütete Johanna nicht mehr.

»Kein Wunder, dass es uns verlassen hat!«, unterbrach sie ihn. »Unser Glück. So gehst du damit um. Ich wollte unseren Küchenabfall rausbringen, da hab ich sie gesehen. Glänzend, in der Tonne. Wie tot. Ich hätte heulen können.«

»Johanna, es hat von Anfang an nicht funktioniert. Dann könnte ich auch behaupten, dass wir seitdem Pech haben. Also sei froh, dass das Ding fort ist«, sagte er mit gesenkter Stimme.

»Winkekatze weg gleich Glück weg«, sagte Johanna dumpf.

Krämer kaute an einem Fingernagel. Nun musste er Ersatz beschaffen, so schwer ihm das auch fiel. Er fand die Dinger grottenhässlich. Wie lange schon hatte er auf den passenden Moment gewartet, um sich von dieser kaputten Winkekatze zu befreien. Bis ihm einfach die Hutschnur gerissen war.

Angespannt beobachtete er die Monsterbagger. Über der Grube hatte sich der Himmel so sehr verfinstert, dass eine Dusche kurz bevorstand. Krämer wollte das Gespräch gern beenden, bevor es donnerte. Trotzdem wartete er noch. »Johanna?«

»Ja?«

»Sei nicht traurig. Ich kauf dir eine neue. Vielleicht 'ne einfarbige.«

»Na gut.«

»Sei nicht böse.«

»Mal sehen. Außerdem wäre es wunderbar, wenn wir beide mal wieder einen gesprächigen Abend hätten. Irgendwann leben wir nicht mehr … oje!«, kreischte Johanna. »Ich muss zur Terrassentür! Hier geht die Welt unter.«

»Dann bis später.« Mit einem Schlag zuckte es. Blitzte es. Krachte es. Aus allen Wolken. Er sah auf sein Handy und überprüfte die Eingänge. Wo Brandt und Frings wohl gerade waren?

Mikrokosmos

E r hatte damit gerechnet, dass er nicht kam, und erwartet, auf seiner Mailbox eine Ausrede vorzufinden, weil angeblich anderes wichtiger war, stattdessen stand Frings jedoch pünktlich auf der Schwelle seines Büros.

Krämer winkte ihn herein, während Valerie schweigend ein Tablett mit einer Flasche Wasser, zwei Gläsern und einem ungeheuren Obstteller abstellte. Ein Monument aus gesundem Allerlei. Seit Kurzem sein tägliches Einerlei. Es ging ihm partout nicht in den Kopf, warum er Diät halten sollte. Warum kümmerte Valerie sich um ihn und nicht um sich selbst? Sie sah müde aus.

In der RÜW herrschte Hochbetrieb. Den ganzen Tag lang hatte sie gemeinsam mit Kollegen die Informationen über den Totalzusammenbruch im Kölner Norden gesichtet. Dazu mussten Bewerbungen geprüft werden, um die Servicemannschaft aufzustocken. Er selbst war zwischenzeitlich auf der Suche nach neuen Partnern gewesen. Es war nicht einfach, fündig zu werden. Weil ihm niemand in seinen Ökostrom hineinreden sollte.

Valerie nickte ihm kurz zu und zog sich majestätisch zurück.

»Na, Jean!«, sagte Krämer und setzte sein süßestes Lächeln auf. »Danke, dass du gekommen bist.«

Frings sah ihn mit einem stumpfen Blick an, seine Gesichtsfarbe ging ins Rötliche über. Camparifarben.

»Ich bin nur deswegen hier, weil Agi mich bekniet hat«, sagte er knapp.

»Hm. Aber es wird doch wieder gut zwischen uns, oder?« Krämer lächelte verkrampft weiter, obwohl er dieses bestimmte Verziehen von Frings' schmallippigem Mund bemerkte. Dieses gekonnte Lachen, ohne zu lachen.

»Gut? Schlecht? Wer weiß das schon?«, meinte Frings.

»Du willst sauer bleiben, obwohl ich dich inständig um Versöhnung bitte?«

»Ach, Ferdinand, du erzählst mir irgendetwas von Opferlämmern und schweigst dich so lange aus, bis ich dir die Freundschaft kündige und du flennend über alten Fotoalben hängst. Warum schaffst du es nicht, auf mich zuzukommen?«, fragte Frings.

Krämer verschränkte die Arme und wartete ab. »Tu ich doch.«

»Nein, das bin wieder mal ich!«, beschwerte sich Frings.

»Tut mir leid, Jean. Aber unsere Pause lähmt mich.«

»Freundschaft ist ein Dialog, bei dem die Pausen genauso wichtig sind wie das Gespräch.«

Krämer schüttelte seine Arme aus – sie schmerzten. »Was für eine unglaublich dämliche Situation.«

»Kannst du laut sagen. Du solltest dein Denken verändern. Hast du denn dein Denken überdacht?«

»Und ob ich das habe!«

»Dann rede endlich und stell dich nicht so an.«

»Aber ich komm zur Zeit mit dir nicht klar.«

»Das liegt daran, weil du und deine Heimlichtuereien so unangenehm sind«, erwiderte Frings.

»Das war scheiße, ich weiß. Aber warum darf ich nicht auch mal scheiße sein? Sofort machst du einen großen Bogen um mich und fährst mit unserer Freundschaft einen harten Kurs. Wie willst du mich richtig verstehen, wenn du nicht in meine Haut schlüpfst und darin herumläufst? Wie willst du dann die Wahrheit erkennen?«, fragte Krämer betrübt.

»Tja, die liebe Wahrheit. Mit der Wahrheit ist das so eine Sache, aber ein Hexenwerk ist das nicht. Dunkle Stellen in der Vergangenheit brauchen Licht. Mauern ist ein Ausdruck der totalen Hilflosigkeit, Ferdinand.«

»Ich wollte mich nicht verbarrikadieren und unsere Freundschaft gefährden!«

»Aber wie du dich in letzter Zeit gegenüber deinem Umfeld verhältst, das fühlt sich einfach falsch an.«

»Ich kann nichts für meine Vergangenheit. Die hat mir mein Urgroßvater wie einen riesigen Haufen Mist einfach vor die Tür gekippt. Ich hab diesen Dreck nicht bestellt und wollte ihn auch nicht haben, aber hab ihn jetzt am Hals. Er ist, abstoßend, eklig – sein beißender Geruch schon von Weitem zu spüren. Der Gestank zieht durch mein ganzes Leben und ist kaum auszuhalten.« Krämer öffnete ein Fenster und wandte sich wieder an Frings. »Kannst du dir vorstellen, dass es mir um ein Vielfaches besser ginge, wenn das nicht der Fall wäre?«

Frings nickte.

Krämers Achselhöhlen waren schon ganz feucht. »Ich schlage mich tagaus tagein mit diesem Mist herum und muss feststellen, dass mich jeder meidet. Sogar du, als mein bester Freund, bist mit mir fertig und willst dich nicht mehr sehen lassen – mit so einem Stinkstiefel. Aber das Schlimmste ist, dass sich der faule Geruch nicht verzieht. Im Gegenteil – der Mist gärt seelenruhig nach. Sein Gestank ist kaum noch zu ertragen. Es schmerzt so sehr. Ich hab meine Lektion gelernt. Wirklich. Kannst du mich nicht einfach umarmen und sagen: Ich weiß?«

Frings strich sich die Haare aus dem Gesicht.

»Schau mal«, sagte Krämer, »ich hab doch einfach nur geschwiegen.«

»Schweigen ist auch eine Art zu reden. Und deine Botschaft hat mich mächtig erschreckt.«

»Manchmal kann Schweigen überlebenswichtig sein.«

»Taten zählen, Ferdinand!«

Krämer blickte zu einer Dose. Warum hatte er keinen Appetit auf Schokolade und Lakritz? Seine Lippen zitterten. »Ich schwöre, Jean, ich kann nicht morden!«

Frings schaute nur auf Krämers Schuhe. Seit wann trug er Slipper?

Krämer räusperte sich verlegen. »Die Erfolgswelt wird von einem System der Angst beherrscht, in dem Fehler immer etwas Negatives sind. Ich schäme mich so, aber ich kann die Zeit nicht zurückdrehen. Immer wieder setzte ich mich für grünere Veedelsstrukturen ein. Jährlich spende ich große Summen, um Forschung und nachhaltige Ökologie zu unterstützen. Auch die Kölner Junior Uni und Greenpeace profitieren davon. Und pro verbrauchter Kilowattstunde *echtem* Ökostrom investiere ich einen Cent in die Energiewende. Und dennoch wird mir schon seit Längerem Green Fake vorgeworfen. In der Nacht des Stromausfalls bin ich extra nochmals in die RÜW gefahren, um zu prüfen, ob alles seine Richtigkeit hat. Ich wollte mich vergewissern, dass wir *wirklich* Ökostrom liefern. Dass sowohl der selbst produzierte als auch der dazugekaufte zu einhundert Prozent aus erneuerbaren Energien stammt. Das tat er, das tut er. Trotzdem drohen mir Aktivisten mit wiederholter Sabotage. Man legte mir stinkendes Aas vor die Tür. Man bedrohte Johanna. Man stellte mir in Sankt Gereon nach. Und als du mich dann noch fertiggemacht hast, habe ich mich abgeschottet. Es war ein harter Kampf zwischen dem, was ich meiner Familie versprochen habe, und dem, was ich in meinem Herzen fühlte. Mein Urgroßvater hat einen Menschen getötet, der bei ihm auf eine Zukunft hoffte. Vielleicht sollte ich wieder mehr auf mein Bauchgefühl hören. Vielleicht«, erklärte Krämer und schaute Frings skeptisch an. Ob er ihm glauben würde? Er fühlte sich befreit und doch nicht befreit.

»Und, was sagst du?«

»Hättest mich ruhig eher ins Boot holen können.«

Krämer starrte vor sich hin. Sein Rachen war so ausgetrocknet wie ein alter Brunnen. Mit hängenden Mundwinkeln und fiebrigen Augen blickte er auf Szenen der Vergangenheit. »Ich habe meiner Familie geschworen, niemals etwas zu erzählen. Und das war ihr gegenüber richtig.« Er würgte. »Aber dir gegenüber war das falsch. Richtig falsch«, wiederholte er und brach ab.

Frings blinzelte. »Ich werd's überleben.«

Krämer atmete auf.

»Aber ich erwarte, dass du aus deiner Krise etwas Positives für dein Leben ziehst. Niemand kann immer ein Held sein, aber er kann immer ein Mensch sein. Und wehe, du nimmst meinen Tritt in den Hintern nur lächelnd hin. Dann ist nicht nur die erste Tür, durch die ich dich rausgeschmissen habe, verschlossen. Durch die zweite wirst du nicht mehr hineinkommen.«

Krämer nickte. »Klar, aber vergiss nicht, dass ich mich nach wie vor überlastet fühle.«

»Dann arbeite an deiner Resilienz. Eine Krise ist auch eine Chance. Der Umgang mit Stress lässt sich erlernen.«

»Bist du unter die Therapeuten gegangen?«

Frings grinste. »Deine Stressoren müssen besänftigt werden. Hier, soll ich dir von Agi geben«, sagte er und reichte ihm einen weißen Umschlag.

»Hier, soll ich dir von Johanna geben«, sagte Krämer lächelnd und tauschte mit Frings die Kuverts. »Ich war so ein Idiot. Einmal blöd, immer blöd. Blöd war die Turbinenexplosion. Extrem blöd waren die Hintergründe. Und noch blöder war, dass ich mich ins Mauseloch verkrochen habe.«

»Erzähl mir nicht, du hättest da reingepasst«, sagte Frings und blickte schmunzelnd auf seinen Umschlag.

»Jean?«, fragte Krämer.

Frings richtete seine blauen Augen auf ihn.

»Es tut mir leid«, beteuerte Krämer zerknirscht.

Frings lächelte schief.

Krämer legte das Kuvert zur Seite, rieb sich die heiße Stirn. »Die Vergangenheit kann ich nicht korrigieren. Wie schaffe ich es denn, mich jetzt wieder ins richtige Licht zu rücken?«

Frings antwortete nicht, blickte auf den Umschlag, öffnete ihn und zog langsam an einer Karte. Zwischen Daumen und Mittelfinger hielt er einen Karton. Er starrte auf die handgeschriebene Zeile und fühlte Unruhe, und zwar trotz oder gerade auch wegen dieser persönlichen Ansprache. Ob er der Einladung zum Abendessen folgen sollte? Auf der Rückseite stand: *Dummkopf!*

Krämer hob scheu lächelnd die Brauen.

»Jetzt du!«, forderte Frings ihn auf und fixierte Krämer.

Krämer entnahm dem Umschlag seine Karte, drehte sie um und strahlte. Eine unendliche Erleichterung durchströmte ihn.

»*Dummkopf!*«, las er leise vor. »Eine Einladung zum Abendessen?«

»Das nenn ich Seelenverwandtschaft, findest du nicht?« Frings grinste breit.

»*Dicke* Freunde!«, gluckste Krämer und nickte heftig. Doch plötzlich schaute er ernst auf die Tageszeitung.

»Nur diese Umweltaktivisten ...«

»Was ist mit denen?«

»Die verfolgen mich nach wie vor! Die warten nur auf ihre Gelegenheit.«

»Ferdinand, wenn das so ist ...«

»Es ist so! Das macht mich verrückt! Ich mache dadurch strategische Fehler in der RÜW. Neulich habe ich ein abstürzendes Aktienpaket gekauft. Ich benötige Hilfe, verstehst du? Personenschutz, Bodyguards!«

Frings kniff die Augen zusammen. »Aber das lässt sich doch anders regeln. Brandt könnte mit dem Sprachrohr der Umweltschützer reden.«

»Sag nicht, du sprichst von Kasperski?«

»Heißt der so?«

Krämer nickte. »Kasperski liegt im Koma.«

»Bist du dir sicher?« Frings war erstaunt und zupfte sich am Ohrläppchen. »Ich hab im Radio gehört, die Ärzte hätten ihn aus seiner tiefen Bewusstlosigkeit herausgeholt. Also könnte Brandt mit ihm reden, dass diese Personen sich dir nicht nähern dürfen. Ganz einfach—«

»Einfach?«, unterbrach Krämer ihn und lockerte eine Schulter. Seine Muskeln verspannten umso stärker, je engagierter Frings eine Unterredung mit Kasperski plante. Nicht, dass seine Planung Kasperski und seine Leute zusätzlich anfeuerte. Dann könnte es ein Schuss in den Ofen werden.

»Verstehst du denn nicht, Jean? Ich will mit dir nicht diskutieren. Ich hab mir das mit dem Polizeischutz genau überlegt. Meine Situation wird immer erdrückender. Wenn ich allein schon an

Brandt denke. Er lässt keinen Stein auf dem anderen. Ich wüsste zu gern, was er mittlerweile über den Mord an Fellinger herausbekommen hat. Oder weißt du was?« Krämer musterte ihn neugierig. Warum schwieg Frings?

»Du sagst gar nichts.«

»Ich—.«

»Das bleibt hoffentlich nur eine Ausnahme«, grinste Krämer.

»Hoffe ich auch. Sollen wir unsere Sachen nehmen und zu unseren Frauen nach Hause fahren? Ich bin todmüde. Und du bestimmt auch.«

Abends im Niehler Hafen zu stehen, war, ganz egal, wie oft man es schon erlebt hatte, jedes Mal aufs Neue eine unbehagliche Situation. Diese Luftfeuchte, dieses metallische Quietschen von Ketten, diese dumpfen Stimmen aus der Ferne – Zwielicht, wo das Auge keinen Bezugspunkt fand und ausgelaugte Sinne am Limit arbeiteten. Aber heute bedeutete das für Krämer pure Glückseligkeit.

»Jean?«

»Hm?«

»Danke!«

Frings sah ihn prüfend an, als er in den Wagen kletterte und den Motor startete. »Alles in Ordnung?«

Krämer fuhr sich mit den Fingern über die Augen und nickte.

Spieglein, Spieglein …

D ie Stille weckte ihn. Vielleicht war es auch der Bewegungsmelder, der Krämer aus seinem komatösen Zustand riss.
Er gähnte herzhaft und beschloss, den Erfassungswinkel endlich
anders einstellen zu lassen. Jeder x-beliebige umherschleichende
Kater knipste bei ihnen das Licht an. Er pflegte keine Freundschaf-
ten mit Katzen. Sie machten ohnehin, was sie wollten. Auch wenn
er eigentlich dem Kater dankbar sein musste, denn sein geplanter
Minutenschlaf hätte von selbst kein Ende gefunden. Am besten
sollte er sich beim nächsten Nickerchen nicht auf der gemütlichen
Couch ablegen. Ein Schläfchen im kantigen Stuhl wäre vermutlich
schlauer gewesen, um schnell zwischendurch zur Ruhe zu kommen.

Er angelte sich sein Handy. Wie spät war es? Mit verkniffenen
Augen tippte er den Entsperrcode ein, überflog schlechte Nachrichten, drängelnde E-Mails und das perfekte Leben irgendwel-
cher Menschen auf Instagram. Er sollte sich endlich dafür entscheiden, nicht permanent über alles Bescheid wissen zu müssen.
Das könnte sehr befreiend sein.

Entschlossen sprang er auf, stand senkrecht im Raum, stellte sich
auf das eine Bein, dann auf das andere und testete einige Sekunden sein Gleichgewicht. Das physische war in Ordnung. Für das
psychische musste seine ungemein gute Espressomaschine heran.
Er schloss noch einmal kurz die Augen und machte sich bewusst,
wofür er dankbar sein konnte: Dass er abgesehen von seiner Trot-
zigkeit, seiner Krümelpedanterie, seinem Kindskopf gesund und
am Leben war.

Krämer sah zur Terrassentür. Schon wieder dieser Kater. Auf
Zehenspitzen pirschte er sich an das bodentiefe Fenster, drückte
sich am Glas die Nase platt. Wo war das Vieh? In Zeitlupe ging er
in die Knie, behielt den Nasenkontakt zur Scheibe und hinterließ
eine feine senkrechte Schleimspur. Er klopfte dreimal, dann hefti-

ger mehrmals hintereinander und konzentrierte sich. Ob der Kater bereits das Weite gesucht hatte? Kein Schnurren, kein Knurren, wenigstens ein Miau? Wieder spitzte er die Ohren, wieder blieb alles still. Schließlich zuckte er die Achseln und polierte mit dem Ärmel seines Pullovers das Glas. Warum nur brannte nach wie vor das Licht? Warum war es nicht längst erloschen? Wahrscheinlich musste zusätzlich auch die Zeituhr eingestellt werden. Krämer gähnte ungeniert, ohne sich die Hand vor den Mund zu halten und stierte noch einmal ins Halbdunkel. Die Abdeckplane der Hängematte bewegte sich. Beulte sich seitlich aus.

»Schhh!«, fauchte er. Diese Samtpfote sollte abhauen. »Schhh, schhh!« Manchmal machten solche Stubentiger es sich dort gemütlich. Ein Krachen lenkte seine Aufmerksamkeit kurz auf etwas anderes.

Ein dicker Ast lag plötzlich neben ihm auf den Keramikplatten der Terrasse und einen verrückten Moment lang glaubte er, eine Gestalt zu sehen. Hinten im Garten war das Licht zu diffus und sein Entsetzen machte die Nachtsicht nicht besser. Ein Stück von der Plane entfernt, weiter rechts, neben einem Strauch … waren das Zweige, die sich bewegten? Etwas machte die Bewegung bedrohlich. Die Zweige sahen aus wie Finger. Er spitzte die Lippen und blies. Geräuschlos. Die Puste reichte aus, um selbst den aufgezogenen Vorhang in Wallung zu bringen. Er schaute, starrte und sah niemanden. Die schemenhaften Hände, die er sich wahrscheinlich ohnehin nur einbildete, verharrten. Aber beständig fiel der blasse Schein der Außenlampe durch das Fenster in den Raum. Ob Johanna beim Verlassen des Hauses die Eingangstür abgeschlossen hatte? Sein Blick tastete das Wohnzimmer ab. Die Schranktüren waren angelehnt. Die Stühle standen dicht am Esstisch. Ein prächtiger weißer Lilienstrauß zierte die Sitzgruppe. Eine Blüte lag neben der Vase, auf dem Teppich eine weitere. Krämer schnalzte mit der Zunge, und es war das lauteste Klacken, dass er je erzeugt hatte. Der Schatten eines dreiarmigen Kerzenständers hatte sich wie ein dunkles Kruzifix auf die gegenüberliegende

Wand gelegt. War dies ein böses Omen? Natürlich wusste er, dass das grotesk war, aber—

»Denk nicht mehr an Sankt Gereon. Denk nicht mehr an die Blutsäule«, murmelte er wie beim Rosenkranzgebet und merkte erst an dem Brennen seiner Handflächen, dass er sich krampfhaft an einen Heizkörper geklammert hatte. »Du schaffst das«, flüsterte er und sein Zittern hörte glücklicherweise auf.

Er richtete seinen Blick wieder zur Plane, stellte ganz leise den Griff senkrecht, öffnete fast geräuschlos die Tür und stürzte beherzt nach draußen. Unschlüssig sah er sich um. Unschlüssig lief er hin und her. Unschlüssig kratzte er sich am Kinn. Es war irrsinnig. Es war wahnwitzig. Und er war wirklich plemplem. Wie verquer war es, ernsthaft zu vermuten, dass knochige Hände den Strauch bewegt hätten. Johanna sollte die verholzten Triebe besser zurückschneiden. Innerhalb von Sekunden entschied er, dass er sich geirrt hatte. Wie dumm von ihm anzunehmen, erneut bedroht zu werden. Da war nichts! Mit einem festen Tritt stieß er den Ast zur Seite und hob vorsichtig die Plane.

»Killekille, miez, miez, miez!«

Auch jetzt rührte sich nichts.

Er versuchte, sich zu erholen, und stieg auf ein Podest aus Bangkirai, das im Sommer für mehr Abwechslung sorgte und mit den Sitzquadern wie eine Erweiterung des Wohnraums wirkte. Aber auch in dieser Jahreszeit war der Platz ideal, um die nächtliche Stimmung in frischer Märzluft zu genießen. Leise vor sich hin summend bewegte er die Zehen. Trotz warmer Hausschuhe waren sie bereits eiskalt und er erinnerte sich, wie ihm seine Mutter im Winter immer Gummistiefel angezogen hatte. Damit er an den Füßen nicht fror, wurden diese mit Zeitungspapier dick umwickelt und in einem minutenlangen Kraftakt in den viel zu engen Schaft gepresst. Zur Belohnung für diese schweißtreibende Aktion versprach sie ihm die Kombination aus Einkaufsbummel und Schlittenfahrt. Gezuckertes Kopfsteinpflaster sollte es möglich machen. Sogar eine Fleischwurstscheibe vom Metzger stand in Aussicht.

Endlich auf dem kleinen Holzschlitten sitzend und in großer Vorfreude auf eine besondere Tour, startete die Schüttelpartie auf einem Mix aus Schnee und Asphalt. Die Eisenkufen knirschten auf Stein, holperten über gefrorene Pfützen, stotterten über Bordsteine und Kanaldeckel. Und seine eingezwängten, unbeweglichen Füße hatten sich zu schmerzhaften Eisklötzen verformt. Desillusionierender hätte der Winterzauber damals nicht sein können.

Krämer blickte in den Himmel und suchte zwischen den Wolken den Mond. Sterne gab es keine. Die Guten mieden ihn vermutlich auch und hatten keine Lust mehr, nach ihm zu sehen – wie alle anderen. Und während er neuerdings Obst schälte, Walnüsse knackte und in Hafermilch aufgeweichte Flocken aus kleinen Schüsselchen löffelte, dämmerte es ihm, dass es höchste Zeit war. Allerhöchste Zeit, um aus seiner Tauchstation wieder emporzusteigen. Denn er sah sich auf Dauer so werden, wie er war, und das gefiel ihm nicht. Sein neues Normal.

Seine Stirn glättete sich. Die Versöhnung mit Frings war ein guter Anfang gewesen. Obendrein hatte er gestern eine Lieferung frischen Arabicas bekommen. Obendrein hatte er sündhaft leckeres Schwarz bitter nötig. Obendrein war Kaffee immer eine gute Idee.

Krämer ging wieder ins Haus und in die Küche. Ob Johanna endlich lernen würde, sparsamer mit Energie umzugehen? Wieder hatte sie die Festbeleuchtung nicht ausgeschaltet, dafür aber eine Tasse bereitgestellt. Energisch drückte er den Knopf. Wenn der Vollautomat surrte, war das Musik in seinen Ohren. Noch schöner war, dass er keine Aufwärmphase abwarten musste. Irritiert nippte er am Espresso. Die Maschine stellte sich eigentlich automatisch aus. Nach neun Minuten. Vielleicht hatte Johanna diese Zeitspanne verlängert? Oder er selbst, und er konnte sich nur nicht mehr daran erinnern? Obwohl der Espresso heiß war, lief ihm ein Schauer über den Rücken.

Er machte eine halbe Körperdrehung zum Küchenfenster, schüttelte den Kopf und trug seinen Espresso ein bisschen spazieren. Er schlurfte in den Flur, schielte zur Eingangstür, ging zurück ins Wohnzimmer und stellte sich erneut ans Fenster. Auf der Terrasse war alles stockfinster. Kritisch betrachtete er sich in der Scheibe, nickte sich zu und ging näher heran. So nahe, dass er glaubte, das Bild von sich auf der Spiegelfläche durchdringen zu können. Er legte die Hand flach gegen das glatte, kalte Glas, pustete sein Bild an, verharrte vor seinem farblosen Gesicht. Dann rückte er ein Stück zur Seite, trat zurück, wieder vor.

War da ein Fleck an der Scheibe? Ein Hauch eines Atems? Stand hinter dem sichtbaren Atem ein Gesicht? Er kniff die Augen auf und zu und auf. Das konnte nicht sein. Eben war nichts gewesen, warum sollte jetzt etwas sein? Alles düster. Er warf seinem Spiegelbild einen strengen Blick zu. In letzter Zeit sah er überall Gesichter. Er sah Gesichter auf Hausfassaden, Gesichter auf Baumrinden, Gesichter in langnasigen Kleiderhaken. Sogar lächelnde Autos oder verbissen guckende Betonpoller tauchten in seinem Leben auf. Er erkannte Gesichter an Stellen, an denen eigentlich keine zu erkennen sein sollten.

»Na ja«, bemerkte Krämer leise und schaltete den Fernseher ein. Für jetzt schien er die Kurve so gerade noch gekriegt zu haben.

Robinson Crusoe

Etwas, was Brandt nicht verstand – waren Drehtüren. Warum mussten Besuchermassen mit Drehtüren in Bewegung gehalten werden? Er sputete sich, um das nächste Segment zu erwischen. Ein Mann mit einer saloppen Kutte folgte ihm und quetschte sich neben ihn. Es schien ihn nicht zu interessieren, ob er da überhaupt noch hineinpasste. Fröhlich nickte der Weißhaarige ihm zu und fing an zu schieben. Stemmte sich mit beiden Händen gegen das Glas und prustete. Sein Geruch vermischte sich mit der Luft. Schweiß und Jod. Streng und medizinisch. Die Tür blieb stehen. Entschlossen schlug er gegen die gläserne Wand und schob erneut. Wieder begann sich die Tür zu bewegen. Wieder half dieser Mönch nach, versuchte die Sicherheitsbremse zu überwinden. Im Stottergang bewegte sich Brandt weiter. Ausgerechnet ihn hatte dieses schleichende Karussell in Haft genommen, während der Mönch weiterhin schnaubte, sich abmühte und schließlich seine kreisrunde Tonsur rieb. Offenbar hatte er dann endlich das *Nicht-berühren-dreht-automatisch*-Schild entdeckt und durchbrach die stickige Atmosphäre mit einem: »Gott sei Dank – geschafft!«

»Ja«, sagte Brandt und verbiss sich ein erleichtertes Seufzen.

»Ich bin immer wieder froh, wenn ich aus der Uniklinik rauskomme!«, meinte der Mönch.

»Da ist was dran.«

Während der Mann über den Vorplatz auf die Kerpener Straße eilte, sah sich Brandt suchend um. Das musste er sein. Rechts auf der Bank. Direkt neben dem Standaschenbecher. In der blauen Jogginghose mit dem weißen Sweater. Seine üppige Struwwelpetermähne war unverkennbar. Abwechselnd kritzelte er in ein Notizheft und guckte in die Luft.

Leibhaftig. Brandt hatte nicht mehr damit gerechnet, dass er überhaupt noch ein Wort mit ihm reden könnte, nach dem, was ihm angetan worden war. »Herr Kasperski?«

Der junge Mann sah ihn ratlos an.

Brandt musterte ihn. Hielt er das wichtige Puzzleteil in der Hand? War Kasperski der Schlüssel, und wenn ja, zu wem? Zu Fellinger, der als Vertriebsleiter die RÜW vertreten hatte und mithilfe von dessen Ermordung Krämer einen Denkzettel verpasst bekommen sollte? Oder war Kasperski der Code zu Krämer? Vielleicht hatte der Aktivist, quasi von seinem Logenplatz aus, seinen Täter kommen gesehen? Vielleicht waren die beiden sogar verabredet gewesen, um sich auszusprechen? Vielleicht hatte er Krämer eine Brücke bauen wollen? Und zwar im wahrsten Sinne des Wortes. Denn für Krämer hatte sein vermeintlicher Green Fake eine gefährliche Fallhöhe. Brandt malte sich genüsslich aus, wie Krämer sich allmählich nach oben in das luftige Baumhaus gehangelt hatte. Dabei durfte man Krämer nicht unterschätzen, sonst erwischte es einen kalt. So stur, wie Krämer war, so flexibel und geschmeidig konnte er sein.

»Sie sind doch Herr Kasperski, oder nicht?«

»Was wollen Sie?«, fragte Kasperski nach einer Weile und betrachtete ihn genau, als wollte er auf diese Weise irgendwelche unlauteren Absichten erkennen.

»Eine Krankenpflegerin sagte mir, dass ich Sie hier finden könne. Ihnen scheint es wieder deutlich besser zu gehen.«

Kasperski zog an seiner Zigarette. »Ich ... ja klar ... Sie sind zuständig für ...?«

»... die Ermittlungen im Hambacher Forst. Wir hatten bereits das Vergnügen auf der Demo vor der RÜW. Sie erinnern sich?«

»Und ob ich mich erinnere«, sagte Kasperski etwas gequält.

»Gutes Gedächtnis.«

»Ja.« Kasperski lachte gekünstelt und betrachtete ihn halb gelangweilt, halb neugierig.

»Wie geht es Ihnen?«, fragte Brandt und deutete auf seine Krücken.

»Oh, danke! Das künstliche Koma hat den Regenerationsprozess super unterstützt. Selbst die Knochenbrüche profitierten von dieser kleinen Zwangspause. Nur die Degeneration der Muskeln macht mir zu schaffen. Aber bald geht's in die Reha.«

»Und dann wieder auf die Bäume?«

»Klar, und zum Jetski«, meinte Kasperski trocken und wandte sich seinen Notizen zu.

»Darf ich?«

Kasperski blickte auf und rutschte zur Seite.

Brandt ließ sich neben ihm auf ein paar Reisemagazine sinken.

»Wo soll's denn hingehen?«

»Noch nirgendwohin. Fürs Erste in ein neues Baumhausdorf.«

»Ein erneuter Absturz ist damit nicht ausgeschlossen, nur verschoben.«

»Könnte passieren.«

»Sie gehen mit Ihrem Leben sehr lässig um. Tun Sie das auch mit fremdem? Zum Beispiel dem Leben von Krämer?«

»Warum?«

»Ihre Mitstreiter bedrängen Herrn Krämer, stellen ihm nach und werden übergriffig …«

»Ach, wer sagt das?« Kasperski blickte in den hellblauen, wolkenlosen Himmel, formte seinen Mund zu einem O und hauchte Rauchkringel.

»Sein bester Freund.«

»So, so. Und das glauben Sie? Vielleicht steht Krämer wegen der Presse unter Schock.«

»Sagen Sie Ihren schlauen Gefährten, sie sollen die Hetzjagd unterlassen. Sonst könnte das ernste Folgen haben.«

Kasperski zeigte auf den Kölner Stadtanzeiger, der zwischen ihnen auf der Bank lag. »*Das* hat Folgen, Herr Brandt. Green Fake!«

»Was Krämer betrifft, nicht wirklich.« Brandt schüttelte bedauernd den Kopf.

»Die Medien wurden mit falschen Informationen versorgt. Krämer ist, was seinen Ökostrom angeht, unbefleckt.«

»Also alles Fehlanzeige?«

Brandt nickte.

»Keine Beteiligungen an Braunkohlewerken? Niemals! Bigottes Gerede.«

»Eine leichtfertige Behauptung, Herr Kasperski.«

»Mein loses Mundwerk bringt mich oft in Schwierigkeiten«, sagte Kasperski gleichgültig, während es in seinen Augen gefährlich blitzte.

»Und wenn es nicht Ihr Mundwerk ist, dann ist es Ihr Gesichtsausdruck.«

Kasperski gähnte und zog, wie ein angriffslustiger Hund, die Lippen zurück.

»Bissig, Herr Brandt, sind Sie bestimmt selbst, nicht wahr?«

Brandt überging seine Geplänkel. »Hat Krämer mit Ihnen verhandeln wollen? Damit Sie sich zurückziehen? Damit Sie die Füße stillhalten?«

»Beim Schutz unserer Bäume gibt es nichts zu verhandeln.« Kasperski besah sich seine Krücken. Von so einem Bonzen muss ich mir nicht meine Umwelt versauen lassen, sagte sein Blick. »Der Hambacher Forst ist meine grüne Insel.«

»Und Sie sind Robinson Crusoe und kultivieren Ihren Zorn?«

Kasperski schwieg, drückte mit einer lässigen Fußdrehung den Zigarettenstummel aus, um sich gleich wieder eine neue anzustecken. »Die Klimakrise bringt unsere Welt an ihre Belastungsgrenze.«

»Haben Sie schon mal darüber nachgedacht?« Brandt wies mit einer Kopfbewegung auf die Zigarettenkippen. »Die stellen nämlich ein besonderes Müllproblem dar. Nennen Sie das etwa nachhaltig?«

»Aaach«, gab Kasperski säuerlich zurück. Seine Wangen hatten mittlerweile rote Flecken bekommen. »Reden Sie keinen Mist.«

Brandts Kiefer mahlten. Er verstand den Groll, aber nicht die Abwehr. Zwei Dinge schien Kasperski nicht im Griff zu haben: den Nikotinkonsum und sein Bild von Krämer.

»Es regt mich halt auf«, ergänzte Kasperski. »Ständig wird der Kohleausstieg aufgeschoben. Von Leuten, die Rang und Namen oder Geld haben – oder beides. Die Frage ist doch, ob der Abbau von Braunkohle in Zeiten der Klimakrise und der erneuerbaren Energien wirklich noch von Relevanz ist.«

»Ich sag's Ihnen, Sie missbrauchen Krämer und die RÜW zu Unrecht für Ihre Wut. Warum zweifeln Sie an Krämers ökologischer Gesinnung?«

»Zweifel erzeugt Widerstand«, antwortete Kasperski und zog die Mundwinkel nach unten.

Asche fiel auf Brandts Schuhe. Er schüttelte sie ab. »Sie mögen Krämer nicht, richtig?«

Kasperski legte seine Stirn in schwere Falten. »Ich mag die gesamte RÜW nicht. Und die mögen mich nicht. Eine klassische Pattsituation.«

»Im Schach heißt das Remis. Und die Partie endet dort auch.« Brandt machte eine Pause. »Wissen Sie, was ich mich die ganze Zeit frage?«

»Nein, was denn, Herr Kommissar?«

»Als Sie von der Brücke fielen, wer hat Sie wohl gestoßen? Irgendeine Idee?«

»Ähhh … Sie sind wirklich zu komisch«, lachte Kasperski süffisant.

»War Krämer mit von der Partie, als Sie sich auf der Hängebrücke befanden?«

»Keine schlechte Vorstellung.«

»Also, wer hat Sie geschubst? War es Krämer?«

»Geschubst?«

»Ja, geschubst. Aus dem Hinterhalt, um Sie mundtot zu machen? Weil Sie ihn in die Ecke trieben, ihn in den Ruin führen wollten und Krämer in seiner Verzweiflung keinen anderen Ausweg mehr wusste.«

»Sie meinen, Krämer wollte für mich seinen Kopf verlieren? Und mich von der Bildfläche verschwinden lassen, weil ihn meine Anschuldigungen störten? Eine sehr gute These, die mir gefallen könnte. Wenn …« Kasperski lehnte sich zurück und streckte entspannt die Beine aus, aber sein Kinn zeigte Entschlossenheit. »Wenn ich überhaupt geschubst worden wäre.«

Brandt stutzte und sprang auf. »Moment mal, was haben Sie da gerade gesagt?«

»Jetzt werden Sie doch nicht ungemütlich.«

»Bitte?« Brandt sah ihn durchbohrend an. »Aber das hatten Sie doch behauptet – bevor Sie ins Koma gelegt wurden.«

»Entschuldigung, Herr Kommissar. Ich kann mich nicht erinnern. Wirklich nicht«, sagte Kasperski mit einem Dackelblick und schnippte die Kippe weg.

»Wir haben uns die ganze Zeit Sorgen gemacht. Wegen Ihrer Sicherheit. Und Sie erklären mir, niemand hat Sie von der Brücke gestoßen?«

Kasperski zuckte mit den Schultern. »Ich habe mich über Ihren Wachposten vor meinem Zimmer auch gewundert. Jetzt steht er dort am Eingang«, sagte Kasperski und zeigte in Richtung Drehtür. »Sehen Sie? Er spielt den Unsichtbaren.«

»Wollen Sie mich verarschen?« Brandt wurde wieder laut. »Sie können sich vorstellen, welche Auswirkungen Ihre Aussage für uns hatte.«

»Aber ich sage Ihnen doch alles. Auch wenn Ihnen meine Erklärung nicht passt. Doch kein Grund zur Sorge. Garantiert sind Sie ein erfahrener Ermittler. Ein harter Brocken, der niemals kapituliert.«

Brandt schüttelte seinen Kopf und stöhnte. »Ich kann es nicht fassen. Doch nicht geschubst ...«

»Tja, da war ich wohl benebelt. Asche über mein Haupt. Ich muss es in geistiger Umnachtung behauptet haben. Dabei ist es ganz sicher *so* gewesen: Das Trittholz der Hängebrücke hat nachgegeben, bevor ich mich in eine Seilsicherung einhängen konnte und ...«

»Und?«

»Rums!«

»Rums?«

»Genau. Rums. So fühlte sich der Aufprall an.«

Brandt rieb sich über das Gesicht und presste die Nasenwurzeln zusammen. Da hatte er wohl zu viel erwartet. Er war mehr als verblüfft. Diesen Kasperski konnte nichts umhauen. Ob er Fellinger tatsächlich als Warnschuss gegen Krämer benutzt hatte?

»Es war wirklich so. Ehrenwort«, sagte Kasperski.

»An Ehrenworte zu glauben, fällt mir gerade schwer.«

»Ich kann Sie nicht zwingen.«

»Voltaire, ein großer Philosoph, hat einmal gesagt: Es ist verdammt schwer, den Moment zu erkennen. Die Chance ist kurz, das Leben ist flüchtig. In diesem Sinne, Herr Kasperski, eins noch …«

»Was denn?«

»Haben Sie Fellinger auf dem Gewissen?«

Kasperski lachte lauthals. »Aber klar doch. Natürlich«, sagte er süffisant. »Für ein Mordmotiv Voltaire zu zitieren, Kompliment.«

»Sie können sich das Kompliment sparen. Das Zitat hab ich mir gerade einfallen lassen.«

Kasperski grinste bis über beide Ohren. »Mein Motiv auch?«

»Ich hab Frau Fellinger versprochen, den Tod ihres Mannes unter allen Umständen aufzuklären. Und ich werde mein Versprechen halten. Mit oder ohne Ihr Zutun.« Brandt ging. Neben seinem Kombi stand eine Politesse.

»Vielen Dank noch für den Polizeischutz!«, rief Kasperski ihm hinterher.

»Gern geschehen.«

Scheuklappen

Widerstrebend war er heute um fünf vor sechs aufgewacht. Sein Kombi hatte gestern den Geist aufgegeben. Also musste er per Bahn nach Kalk ins Polizeipräsidium fahren und war trotzdem wie üblich der Erste seiner Abteilung gewesen. Ein Blick auf die gläserne Bürowand dokumentierte sein Pensum der letzten Wochen. Jedes mysteriöse Foto, jeder abgründige Zeitungsartikel, jeder dunkelrote Kringel spiegelte die grausamen Taten im Hambacher Forst wider. Seit jener finsteren Nacht im Kölner Norden schlichen Schatten durch die Stadt. Ihr Flüstern war kaum hörbar, aber ihr diabolisches Vorhaben mit jedem Flackern zu spüren. Brandt setzte sich aufrecht hin, zeichnete Strichmännchen, malte sich ihre Charaktere aus. Verknüpfte, kombinierte, vernetzte ihr verhülltes Sinnen und riskantes Trachten. Kasperski hatte ihn keinen Schritt weitergebracht. Dafür war ihm Krämer erneut durch die Finger geglitten.

Ein junger Kollege mit aufgerollten Hemdsärmeln kam herein. Leider nicht mit einem Kaffee, sondern mit gerunzelter Stirn.

»Du sitzt immer früher am Schreibtisch. Was ist denn los?«, fragte er. »Aus dem Bett gefallen? Soll ich dir vom Bäcker Rosinenweckchen mitbringen? Sorgen für gute Laune.«

»Nee. Ist schon gut. Momentan komme ich mir nur vor, als hätte ich Scheuklappen auf.«

»Das wundert mich nicht, wir sind auf der *Schäl Sick*«, lachte der Hemdsärmelige.

Brandt lächelte nur mühsam zurück. »Dieses Telefon macht mich wahnsinnig. Pausenlos klingelt es. Da, schon wieder!« Brandt wedelte mit einer Hand. Es tat ihm Leid, dass er seinen Kollegen wie eine lästige Fliege abweisen musste. »Komm später wieder«, raunte er. »Nee, warte noch ... das ist die Rechtsmedizin!«, korrigierte er sich und jonglierte mit der linken Hand seinen Stift, drehte ihn schnell und gegen den Uhrzeigersinn zwischen den

Fingern, wie ein Schlagzeuger seine Drumsticks.

Der Hemdsärmelige zog einen Stuhl heran und setzte sich hinter einen Aktenstapel als würde er sich förmlich verstecken. Neugierig lugte er über den Rand.

»Gut, das hätten wir.« Brandt wischte sich die Haare aus der Stirn, atmete erleichtert aus und wandte sich wieder an sein Gegenüber. »Immerhin, ein Lichtblick.«

»Lass hören!«

»Wir haben die Ergebnisse von der verkohlten Leiche. Im Baumhaus muss ein Ofen installiert gewesen sein.«

»Und dieser löste das Feuer aus?«

»Richtig! Laut Pathologie ist die Person an dem Kohlenmonoxid erstickt und später verbrannt.«

»Also ein tragischer Unfall.«

»Ja«, Brandt nickte. »So, wie wäre es jetzt mit einem starken Kaffee?. Willst du auch einen? Oder Tee?«

»Nee, ich geh zum Bäcker.«

»Also gut. Ein Milchbrötchen, ein Körnerbrötchen und ein Croissant. Für dich, was du willst. Bist du so freundlich? Ich lade dich ein.« Brandt suchte sein Portemonnaie.

»Du hast es wieder vergessen? Gott steh dir bei!«

Brandts Telefon klingelte erneut. Mit dem Hörer zwischen Kinn und Schulter schaute er zur linken Rheinseite. Warum musste er so viel um die Ohren haben, dabei bot Köln einen friedlichen Anblick?

»Ach, der Herr Kollege aus dem Rauschgiftdezernat. Was kann ich denn für Sie tun? ... Wo?« Brandt stellte laut und rührte im Becher.

»Ein riesiger Erfolg«, sagte der Mann am anderen Ende der Leitung. »Die Namen der Festgenommen sind ziemlich beeindruckend. Alles bekannte Gesichter. Damit haben wir eine deutsch-niederländische Drogenbande zerschlagen. Die Truppe hat seit einem Jahr Marihuana und Haschisch im Wert von mehr als fünf

Millionen Euro geschmuggelt und verkauft. Bei der Wohnungs-razzia haben wir neben großen Mengen Drogen auch Geld gefun-den.«

»Schön für euch.«

»Und noch schöner für Sie ist die dabei aufgetauchte 9 mm Parabellum. Diese stimmt nämlich mit der Tatwaffe aus Ihrem skurrilen Mordfall an Fellinger überein. Wir dachten, das könnte Sie interessieren.«

Brandt hielt den Löffel senkrecht. »Und ob es das tut! Sind Sie sich ganz sicher?«

»Absolut.«

»Aber es kommt noch besser. Unter den aufgespürten Verhafte-ten ist auch ein Migrant mit dem Namen Can. Bei der Festnahme leistete er keinen Widerstand. Er sitzt vor mir und redet die ganze Zeit von Onkel Noah. Keine Ahnung, was das zu bedeuten hat. Ich schlage vor, Sie werfen einen Blick auf den Mann.«

»Könnten Sie mir diesen Can zum Verhör überstellen?«

»Das war mein Ansinnen. Das Paket ist bereits verschnürt, die Sendung geht Ihnen gleich zu.«

»Perfekt! Vielen Dank!«

Mit undurchdringlicher Miene saß der junge Mann im Verhör-raum. Sein Gesicht war kalkweiß unter dem schwarzen Haar-schopf. Er warf Brandt einen kurzen Blick zu, um sofort wieder ins Nichts zu starren.

Brandt setzte sich ihm gegenüber. »Wie sind Sie bloß da hinein-geraten, Herr … ?« Brandt probierte es mit Empathie. Seine Kum-merkastenofferte zeigte, wie es aussah, prompt Wirkung.

»Sie dürfen mich ruhig beim Vornamen nennen. Alle tun das. Ich heiße Can.«

Brandt blätterte in der Akte Fellinger. »Also gut, Can.«

»Wir haben die Schusswaffe gefunden, mit der dieser Mann hier erschossen wurde.« Er schob Can ein Bild vom blutüberströmten Fellinger und ein zweites vom durchlöcherten Fahrzeug hin.

»Wir müssen uns darüber unterhalten, wer ihn auf dem Gewissen hat. Und warum. Ich wüsste gern, wer ihm den Schädel durchlöchert hat. Wenn ich Glück habe, Can, und Sie Pech, sitzt der Killer gerade vor mir. Was meinen Sie?«

Can machte ein verständnisloses Gesicht.

»Haben Sie schon einmal geschossen?«, fragte Brandt.

»Also … ich bin ganz ehrlich … Wir haben mal am Fühlinger See auf 'ne Mauer geballert.«

»Und wie war das?«

»Das war schon echt krass. Wenn man von einer Waffe seinen allerersten Stoß bekommt, kriegt man Respekt.«

»Wie seid ihr an die Waffen gekommen?«

»Keine Ahnung, woher diese Typen die hatten. Ich kannte die nicht. Das war so aus Versehen.«

»Aha, aus Versehen«, staunte Brandt. »Okay, Can, ich lese hier, Sie waren noch nie im Gefängnis oder vorbestraft?«

»Ich weiß.«

»Aber jetzt sind Sie hier zum Verhör.«

»Ja, ich weiß.« Can schaute zum Fenster.

»Es sieht nicht rosig für Sie aus.«

»Ja, ich weiß.« Can schaukelte vor und zurück.

»Die Menschen, die ich verfolge, haben ihr Schicksal selbst gewählt.«

»Ja, ich weiß.«

»Ja, ich weiß, ja, ich weiß … Wenn Sie es wissen, müssen Sie es anders machen.«

»Ja, sorry«, sagte Can kleinlaut.

»Ihr Typen sagt immer: Ich weiß, ich weiß. Aber ihr wollt nie etwas ändern.«

Brandt klatschte zweimal hintereinander seine Hand auf den Tisch.

Can zuckte zusammen. »Doch!« Er grinste verlegen.

»Also gut, dann geht es in den Knast«, sagte Brandt und lehnte sich zurück.

»Ihre Kritik akzeptiere ich«, lenkte Can rasch ein. »Es kommt aber auch immer darauf an, ob ich mich wohlfühle. Ich hab zwar 'ne coole Seite, aber auch 'ne zarte Seele. Deshalb bin ich manchmal auch einfach *so* …«, erklärte Can und führte die Unterarme wie beim Boxen zur Deckung zusammen.

»Wer Erwachsenenverbrechen begeht, kann nicht erwarten, wie ein Kind behandelt zu werden. Und ich gebe Ihnen eine faire Chance. Das Spiel geht so: Ich stelle unangenehme Fragen und bekomme von Ihnen ehrliche Antworten. Zeigen Sie, dass Sie anders als Ihre kriminellen Brüder sind«, ermunterte Brandt, beugte sich wieder vor und tippte auf die Bilder. »Dieser Mensch, den Sie Onkel Noah nennen, wurde vor geraumer Zeit brutal ermordet. Sind Sie mit ihm verwandt?« Brandt fixierte ihn.

»Verwandt?« Can zog die dunklen Augenbrauen hoch. »Nicht direkt, aber fast. Onkel Noah war für mich wie meine Familie. Er war in Chorweiler mein Integrationshelfer.« Can hob einen Fuß auf den Tisch und verknotete die Schnürsenkel seines goldenen Turnschuhs.

Brandt biss sich auf die Unterlippe. »Sie sind ein echter Goldjunge.« Er hatte es sofort gewusst, er kannte ihn.

»Sie haben sich auf der Beerdigung ganz reizend um Caro Fellinger gekümmert. Ich dachte zuerst, Sie wären ein Freund von Lucas.«

»Onkel Noah sagte immer, ich sei wie ein Sohn für ihn«, raunte Can. »Selbst seine Frau war immer nett zu mir.«

»Waren Sie häufiger bei den Fellingers?«

»Nee, aber damals durfte ich ihr Haus mit anstreichen. Und zum Grillen war ich auch eingeladen«, erklärte Can und plötzlich leuchteten seine Augen. »Ich war mit dem Mercedes auch bei Onkel Benz!«

»Dem Reis?«

»Äh … ich meine mit meinem Onkel bei Mercedes Benz … mega! Onkel Noah war mein Master, mein Chef, mein Coach.«

»Ihr Coach?«

»Ja, verstehen Sie? Er und ich – das war sowas von cool«, strahlte Can und wurde immer euphorischer. »Onkel Noah sollte stolz auf mich sein können. Ich wollte ihm zeigen, was ich drauf hab.«

»Was heißt das übersetzt?«

»Dass ich auch Ansagen machen kann«, meinte Can und boxte in die Luft.

Brandt sah ihn perplex an. »Und was machen Sie zur Zeit?«

»Ganz ehrlich? Ich hab momentan keinen Job. Aber auf jeden Fall werde ich 'ne Ausbildung rocken. Bei der letzten hatte ich keinen besonders guten Start. Bereits am ersten Tag musste ich mich mit einem aus dem dritten Lehrjahr prügeln.«

»Und Sie meinen, dieses Mal schaffen Sie die Ausbildung?«

»Auf jeden Fall – ja!«

»Warum?«

»Weil ich große Autos will, einen großen Kontostand, ein großes Haus …«

»Viel Großkotzigkeit«, bemerkte Brandt spitz.

»Das klingt nur so. Onkel Noah hat mir nämlich gezeigt, dass ich meine Träume nur mit Bescheidenheit erreichen kann. Er sagte immer: *Can, lerne Demut. Demut heißt ackern. Und Ackern bringt Erfolg.* Sie glauben gar nicht, wie ich auf diesen Moment hoffe. Dass ich irgendwann einmal ein ganz normales Leben führen darf.«

»Wann beginnt Ihre Ausbildung?«

»Eigentlich im Herbst. Meine Ausbildung ist eine Retourkutsche an alle, die nie an mich geglaubt haben.«

Das war also Can. Brandt trommelte mit den Fingern. Das Vertrauen war aufgebaut und der Kummerkasten voll. Alles, was er jetzt noch brauchte, war ein geeigneter Deckel.

»Passen Sie auf, Can, jetzt bin *ich* Ihr Master. Und als Ihr neuer Master weiß ich, dass Sie bestimmt schon viele schreckliche Dinge erlebt haben. Als Ihr neuer Chef sage ich Ihnen, Sie sind wieder in Not. Und als Ihr neuer Coach sage ich Ihnen, packen Sie endlich aus und zeigen Sie auch mir Ihre Qualitäten!«

Can senkte den Blick. »Onkel Noah hatte mir gerade die Tür in eine bessere Welt geöffnet – und jetzt ist sie schon wieder zu.«

»Wenn sich eine Tür schließt, dann können Sie diese theoretisch noch mal öffnen. Das ist eine Tür. Türen funktionieren so«, erklärte Brandt. »Möchten Sie ein Wasser? Hier, bitte!« Er stellte die Flasche wieder beiseite.

Can atmete schwer, die Adern an Stirn und Händen waren hervorgetreten und die Finger zitterten, als er nach dem Becher griff.

»Los jetzt, Can! Sie haben keine Schweigepflicht.«

Can sah planlos um sich und schüttelte den Kopf. »Alles stand auf Zukunft«, stammelte er, »aber dann kam die Gelegenheit. Dieser Riesendrogendeal auf dem Parkplatz am Hambacher Forst. Ich wollte die Kohle. Ich wollte dabei sein. Nur noch ein einziges Mal und dann wäre endgültig Schluss gewesen. Ich schwöre. Auf meine Mutter.« Can hob seine rechte Hand zum Eid und sah ihn mit flackerndem Blick an. »Ja, ich war daran beteiligt. Aber nie ... niemals hätte ich auf meinen Onkel Noah geschossen.«

»Wusste Fellinger von dem Drogendeal?«

»Nein«, presste er mühsam hervor.

»Wieso war Fellinger dann dort?«

Can hob verzweifelt die Schultern. Seine Augen glänzten und füllten sich mit Tränen. »Ich weiß es nicht. Anscheinend hat er einfach herausfinden wollen, was ich so treibe.«

»Und dann?«

»Alles war gut, der Deal lief. Aber auf einmal kam Unruhe unter meinen Geschäftspartnern auf. Ab da ging alles rasend schnell. Es war so entsetzlich und so grausam. Als sie entdeckten, dass sie beobachtet wurden, ballerten sie wie wild drauflos. Erschossen ihn einfach. Ich konnte nicht mehr eingreifen«, weinte Can und fiel nach vorn.

Es klopfte. Der Hemdsärmelige winkte Brandt zu und signalisierte: »Telefon.«

»Schon wieder?«

»Es ist Herr Krämer.«

»Na gut, ganz kurz. Stell durch«, erwiderte Brandt, ging in den Nebenraum, lehnte sich ans Fenster, parkte den rechten Fuß auf einen Stuhl und blätterte in Prospekten, die auf der Fensterbank lagen. Er hielt einen hoch, auf dem das neue Kölner Veggie-Taxi abgebildet war. Er zerknüllte die Werbung und warf sie gekonnt in den Papierkorb. Treffer!

»Brandt?«

Krämer räusperte sich. »Ich hab nachgedacht«, sagte er offen. »Ich wollte hören, wann ich Ihnen mein Handy vorbeibringen darf?«

»Das freut mich, dass Sie endlich aus Ihrer Ecke kriechen und den Mund aufmachen. Wenn Sie eher mitgeholfen hätten, wären Sie längst entspannter. Wir brauchen Ihr Telefon nicht mehr.«

Krämer schwieg, aber diesmal war in seinem Schweigen eine echte Erleichterung zu spüren.

»Gegen Ihre Sprachfaulheit helfen offenbar die besten Nachrichten nicht«, sagte Brandt. »Sie sind unschuldig.«

»Ich weiß.«

»Dann ist gut.« Brandt lächelte nur, legte auf und ging zurück in den Verhörraum. »Also Can, ich nehme Ihnen die Geschichte ab. Und hoffe, dass Sie auf den geraden Weg zurückfinden. Wählen Sie nie mehr einen Holzweg, sondern jenen, den Fellinger für Sie geebnet hat.«

Brandt wartete noch einen Moment, aber Can hatte ihm anscheinend keine Silbe mehr zu sagen. Er war wieder in seinen starren Blick ins Nichts zurückgefallen.

»Ich bin schuld«, murmelte er. »Ich bin schuld, dass Onkel Noah tot ist.«

Les Planches

Fünf Monate später.
Der Rest ihres Lebens begann mit dem heutigen Tag. Loslassen heilt Wunden.

Caro Fellinger blickte in eine Schaufensterscheibe und richtete ihr Haar. Die Boutiquen in Deauville präsentierten den letzten Schrei. Leicht würde sie in diesem kleinen mondänen Küstenstädtchen den Sommer durchwandern – in Schönheit und im Licht. In zeitloser Eleganz und dem maritimen Temperament der Côte Fleurie. In irgendetwas zwischen illustrem Chic und normannischer Lebensart. Hier, wo sie mit Noah ihr erstes Tête-à-Tête hatte. In diesem schmucken Seebad, dem heimlichen einundzwanzigsten Arrondissement von Paris.

Sie blinzelte zum Himmel und tänzelte über den Wochenmarkt, an Cafés und an blühenden Hecken vorbei. Selbst wenn der Herbst kam und die Blätter fielen, gäbe es kein Sterben. Keine Endzeitstimmung. Ganz im Gegenteil. Lucas und Sie würden dann in Paris leben. Sie hopste vom Bordstein. Es war alles so einfach und sonnenklar, das Reihenhaus war verkauft.

»Bonjour, Madame!«, grüßte eine freundliche Dame, die ihr in einem weißen bodenlangen Strandkleid entgegenkam.

»Bonjour«, antwortete Caro Fellinger lächelnd und schwang im Takt ihrer Schritte eine übergroße Basttasche. Sie konnte sie riechen, diese Leichtigkeit des Seins. Der Duft von Jasmin und Bergamotte benebelte ihre Sinne. Sie hatte sich eben die bisher teuerste Sonnenmilch ihres Lebens gegönnt, aber kein Quäntchen schlechtes Gewissen. Stolz flanierte sie über die schier endlose hölzerne Strandpromenade. Les Planches war so etwas wie die französische Version des Walk of Fame in Hollywood. Nur mit dem Unterschied, dass die berühmten Stars hier nicht auf den im Boden eingelassenen Sternen verewigt waren, sondern auf … Strandkabinen! Alle Filmschauspieler und Regisseure, deren Namen in beachtlicher Zahl vor den kleinen Badehäuschen auf dem geradezu ikonischen Laufsteg der Schönen und Reichen prangten, hatten Deauville tatsächlich besucht. Sie lief langsamer. Vorbei an James Dean, Shirley MacLaine … ihr hüpfte das Herz.

Was hatte Lucas gesagt? Welche Nummer hatte ihre Kabine? Vierhundertzehn. Rasch zog sie sich um. Keine Sekunde des Tages sollte verloren gehen.

Ob Lucas schon im Wasser war? Sie schaute auf die klare Weite des Meeres und winkte ihm zu. Unzählige blaue und rote Schirme zierten den noch menschenleeren Strand.

»Hurra!«, jauchzte sie übermütig, ließ sich auf ihr weißes Handtuch fallen, setzte ihre Sonnenbrille auf, knotete ihr buntes Haarband neu und nahm ein Buch aus der Korbtasche – der Tag konnte kommen. Aber auch der bevorstehende Abend hatte seinen Reiz. Sie wollte das Festival Villerville besuchen. Ab morgen hieß es dann: Vokabeln auffrischen. Lucas hatte sich an der Sorbonne eingeschrieben. Sie selbst hatte die Aufnahmeprüfung an der bedeutendsten Schauspielschule Frankreichs bestanden. Endlich Tanz. Endlich Theater. Endlich durfte sie auf den Conservatoire national supérieur d'art dramatique. Kunst, Literatur und Schauspiel waren die Lichter, die ihre Welt in Zukunft lenkten.

Caro Fellinger streckte ihren Arm aus und kramte blind in der Tasche. Da war sie ja. Wenigstens eine Zigarette konnte Sie sich gönnen. Seit Noahs Tod hatte sie angefangen zu rauchen. Nicht viel, nicht häufig, nur ab und zu. Also selten. Sie zuckte die Schultern. Genau jetzt war der Moment für – selten. Aber vor allem für eine uralte Packung, die sie beim Aufräumen entdeckt hatte. Ob sie noch schmeckte? Fast theatralisch zündete sie den Glimmstängel an und legte den Kopf in den Nacken. Eine erquickende Kühle entfaltete sich im Mund. Wie eine Kugel Eis, die schmolz. Angenehm luftig, nicht fruchtig, aber frisch wie ein Minzbonbon. Dass Mentholzigaretten besonders giftig waren und Rauchen eigentlich sowieso eklig, interessierte sie gerade überhaupt nicht. Im Gegenteil.

Ein Prickeln auf der Haut ließ sie schmunzeln. Es war so herrlich, so herrlich, unvernünftig zu sein!

»Trotzdem Schluss damit und gut«, raunte sie, öffnete eine Flasche, löschte die Zigarette mit einem Spritzer Wasser und griff zu einem Handspiegel.

»Na, du Abenteurerin? Wie gefalle ich dir? Erkennst du mich? Bin ich für dich neu oder besser?«, fragte sie grinsend, sah über das Meer und erblickte Lucas beim Surfen. Er konnte es also nicht sein, der anrief. Dann stierte sie zur Tasche und presste die Lippen zusammen.

Misstrauisch zog sie ihr Handy hervor. »Hallo?«

»Hier ist Can.«

»Can, mein guter Junge! Wie geht es dir?«

»Ich hab Glück gehabt. Ich bin nicht so schlimm bestraft worden. Bei guter Führung bin ich bald wieder draußen.«

»Oh, das freut mich für dich.«

»Ich wollte mich nur für alles bedanken. Ich würde es so gerne ungeschehen machen.«

»Mach dir keine Sorgen.«

»Ich konnte ihm nicht helfen!«, stotterte Can.

Tüt, tüt, tüt.

»Wenn du wüsstest, wie du *mir* geholfen hast«, flüsterte Caro Fellinger, vergrub ihre Füße im warmen Sand, hob sie langsam an und ließ die feinen Körnchen durch die Zehen rieseln.

Was waren Noah und sie doch geschwebt! Auf ihrer Wolke Sieben. Anfangs überschüttete er sie mit seiner Liebe. Er nannte sie *meine Schöne*. Sie war so gerne seine Schöne. Ihre Beziehung schien perfekt. Doch dieses Bild wandelte sich dramatisch schnell. Der Alltag kippte, wenn auch nicht von außen erkennbar. Noah wurde immer unzufriedener, immer streitsüchtiger. Eine klebrige Traurigkeit schlug ihr auf den Magen, eine graue Schicht lag auf ihrer Seele. Eine merkwürdige Lähmung machte sie unruhiger. Sie kämpfte um ihren verlorenen Platz in seinem Leben, aber Noah hörte sie nicht mehr. Er tat ihr nicht gut, tat ihr weh. Seine Tage drehten sich nur noch um Rache an Krämer und den Zerfall der RÜW. Das war das Einzige, was ihm ein Ziel gab. Das Einzige, wobei er sich nicht so hilflos fühlte. Das Einzige, was er kontrollieren wollte und offenbar konnte. Er nahm keine Rücksicht, kämpfte für seine Familie. Für die alte. Für die Dubois'. Aber nicht für seine neue. Die hatte er im Nichts geparkt und schlichtweg vergessen.

Caro Fellinger zog die Augenbrauen hoch und pustete ein winziges Insekt vom Arm. Natürlich war es unrecht gewesen, dass Noah jahrelang leiden musste. Es war ebenso unrecht, dass Krämer wegen des Vorwurfs von Green Fake leiden musste. Es war auch unrecht, dass Krämer wegen Mordverdachts leiden musste. Aber es war vor allem unrecht, dass sie durch Noah derart gelitten hatte.

Warum musste er auch so verbohrt sein? Musste sie zur Requisite der biederen und unschuldigen Kulisse machen? Sie, die grandiose Schauspielerin, zur Laiendarstellerin ihres gemeinsamen Lebens degradieren? Ansonsten hätte Sie vielleicht nicht so genau hingehört, als Can sie leichtfertig ins Vertrauen zog, um vom geplanten Drogendeal zu erzählen. Dann hätte Sie Noah dies vielleicht nicht gesteckt und gehofft, dass er Can in den Hambacher Forst folgt. Dann hätte sie nicht gehofft, dass dort ein Unrecht passiert.

Caro Fellinger streifte ihren Ehering vom Finger und presste ihn tief in den Sand. Eleganter hätte sie sich von ihm nicht trennen können. Schließlich waren gut gemeinte Informationen kein Verbrechen.

Sie hatte nichts Böses getan. Jeder war in irgendeiner Form ein Geheimniskrämer. Oder nicht? Still beobachtete sie das flimmernde Licht am Horizont. Diese unendliche Ruhe.

Kleines Glossar

Schreibweisen für die kölsche Sprache können von Stadtteil zu Stadtteil differieren. Aber auch in der näheren Umgebung der Stadt Köln findet man eine Anzahl an Varianten. Ferner wird man feststellen, dass standarddeutsche Einflüsse die kölschen Idiome verdrängen. Ein Beispiel für eine gegenläufige Anwendung ist das »g«. Im traditionellen Altkölschen, dem Kölsch-Ripuarischen, ist das »g« im Anlaut ein »j«, analog seiner Artikulation. Trotzdem wird man heutzutage Abweichungen in Wort und Schrift begegnen. Deshalb habe ich mich an zwei unterschiedlichen Quellen orientiert: Adam Wrede, *Neuer kölnischer Sprachschatz*. Mit einem Vorwort von Wolfgang Niedecken, Köln 2017; Akademie för uns kölsche Sproch, SK Stiftung Kultur der Sparkasse KölnBonn (www.koelsch-akademie.de)

Aapejeseech – Affengesicht = mundartlich für einen eingebildeten Menschen

Aäzezeller – Erbsenzähler, Pedant

avläje – ablegen

Decke Pitter – Dicker Pitter = Petersglocke, Glocke 1 des Kölner Domgeläuts

Dress – Scheiße

Drömeröm – Drumherum

fädich – fertig

Flöns – Blutwurst

jet Neues – etwas Neues

Jröß – Gruß

Kölsche Köpp – Kölsche Köpfe

leev Lück – liebe Leute

Plüschprumm – Pfirsich

Quallmänner – Pellkartoffeln

rut-wieß – rot-weiß

Schäl Sick – scheele Seite, falsche Seite = mundartlich für gegenüberliegende Seite des Rheins. In Köln wird mit der »falschen Seite« die rechte Rheinseite bezeichnet. Das kölsche Wort *schäle* steht für *blinzeln*. Eine Interpretation von *Schäl Sick* stammt aus der Zeit, in der Treidelschiffe rheinaufwärts von Pferden gezogen wurden. Die Pferde auf der linken Rheinseite wurden aufgrund der reflektierenden Sonnenstrahlen auf dem Wasser geblendet. Um eine Erblindung zu vermeiden, wurden den Pferden Scheuklappen angelegt. Dadurch waren sie *schäl*, konnten also schlecht zum anderen Ufer blinzeln.

schlääch drop – schlecht drauf

schwade – schwatzen, schwätzen

schwad nit esuvill – schwatz nicht so viel

Seiverschnüss – Schwätzer

Trööt – Kindertrompete = mundartlich für jemanden, der langsam macht, also trödelt

üvverdrieve – übertreiben

Veedel – Viertel = Stadtteil

zo Hus – zu Hause

Die Flora, ein Mord und der Kölsche Klüngel

Edith Niedieck
Luxuslügen
Kölner Krimi

304 Seiten, 13,5 × 21 cm, Paperback, ISBN 978-3-87062-316-6

Jean Baptist Frings, dynamischer Wirtschaftsconsultant und General der *Kölschen Köpp rut-wieß T.G.*, wird an der Riehler Redoute – der Residenz der Traditionsgesellschaft – niedergestochen. Mysteriöserweise ist zwei Stunden zuvor seine Assistentin in der nahegelegenen Flora ermordet worden. Besteht zwischen den Taten vielleicht ein Zusammenhang?

Ein Grandhotel und ein allwissender Concierge

Andreas Izquierdo / Paul Schaffrath (Hg.)
Zimmer mit Mord
Kriminelle Hotelgeschichten

254 Seiten, 13,5 × 21 cm, Paperback, ISBN 978-3-87062-329-6

Ein erstklassiges Hotel von 1913 bis 1969 in Köln: 16 deutsche Krimiautorinnen und -autoren verbreiten Hochspannung und Humor in ihren kriminellen Kapiteln um hektische Mörder, schwere Koffer und verstörte Reisende. Unter den Autoren sind Ingrid Noll, Gisa Klönne, Romy Fölck, Ralf Kramp, Brigitte Glaser, Carsten Sebastian Henn u.a.